| 铜仁学院区域文学与文化中心成果 |

最美不过锦江水

向笔群 著

GUANGXI NORMAL UNIVERSITY PRESS
广西师范大学出版社
·桂林·

最美不过锦江水

ZUIMEI BUGUO JINJIANG SHUI

图书在版编目（CIP）数据

最美不过锦江水 / 向笔群著. -- 桂林 ：广西师范大学出版社，2024.6

ISBN 978-7-5598-6872-5

Ⅰ. ①最… Ⅱ. ①向… Ⅲ. ①散文集－中国－当代②短篇小说－小说集－中国－当代 Ⅳ. ①I217.2

中国国家版本馆 CIP 数据核字（2024）第 070705 号

广西师范大学出版社出版发行

（广西桂林市五里店路 9 号　邮政编码：541004
网址：http://www.bbtpress.com）

出版人：黄轩庄

全国新华书店经销

广西民族印刷包装集团有限公司印刷

（南宁市高新区高新三路 1 号　邮政编码：530007）

开本：880 mm × 1 240 mm　1/32

印张：11.75　　字数：220 千

2024 年 6 月第 1 版　　2024 年 6 月第 1 次印刷

定价：62. 00 元

目 录

第三辑　追忆人生

第四辑　新时代书写

第一辑　地域释怀

梵净山“圣水”

铜仁梵净山是武陵山脉的主峰，属于国家级自然保护区，同时也是联合国教科文组织“人与生物圈计划”世界生物圈保护区网络成员单位。2018年7月，铜仁梵净山成功被列入世界遗产名录。“梵天净土”成为这一方神奇土地的代名词。对于梵净山，我不感慨它的神奇伟岸，我赞叹的是它取之不尽用之不竭的泉水——被当地人称为“圣水”的梵净山泉水。

梵净山山脚溪流的源头，是梵净山的泉水。在山间，不少山泉汩汩冒出，清澈而温柔地散落，溪流遍地……这是上亿年地壳运动的结果，泉水成为梵净山的一大特色。泉水在山里形成的众多溪流，增添了梵净山灵秀的景致。

大多数游客因梵净山风景慕名而来，他们追逐的是云雾缥缈的山景，或者梵净山的红云金顶、蘑菇石。大家不约而同地赞叹梵净山的神奇，感怀大自然的造化，竟能塑造金顶这般独一无二的风景。多数游客与梵净山的交集就是站在梵净山最高处的金顶之上，拍几张各种姿势的照片带回自己家乡，或炫耀，或扩散在自己的朋友圈里，让人们点赞或者转发。他们只能看到梵净山比较明显的一面，而构造梵净山气质的水却往往被他们忽略，很少有人对其称奇与关注。我想，如果到梵净山游览只是因游山而来，显然是对梵净山风景的一种误读。一个风景区要是没有水，景色自然就会少了灵性，甚至大煞风景，或者至少是一种缺陷。而我，游梵净山，最为关注的就是那里被人们忽略的水，因为我每一次到梵净山，都是因为梵净山的水，因为这里的水与我的家庭有关，承载了我家几辈人的期许。以前，祖辈都称梵净山的水为“圣水”。听老辈子们讲，多少年来，祖辈每年农历六月十九都要到梵净山“朝圣”，在梵净山上的山泉边烧一炷香，虔诚地跪在泉水边装上一瓶“圣水”，小心翼翼地带回家，与家里人分享大自然赐予的“圣水”，保一家人一年无灾无难。梵净山泉水已经被祖先视为一种与家庭生活休戚相关的“神物”。农历六月十九，无论多忙，祖辈都要到梵净山“朝圣”，给家人带一瓶消灾消难的“圣水”。

小时候，我知道梵净山，是因为祖母。她说，梵净山是一座了不起的“圣山”。我感受到祖母那一代人对梵净山的水的顶礼膜拜。每年农历的六月十九，传说是观音菩萨生日的那天，祖母和寨里其他老人都要到两百里开外的梵净山“朝圣”，在当时那个交通不发达的年代，一趟来回要四五天。每一次，他们都要带几瓶梵净山的泉水回家，让寨里男女老少轮流喝，说是“圣水”，可以“包治百病”。寨里人们生病，家里人就会到梵净山装来“圣水”，让病人喝，神奇的是很多人喝后病愈。

当年，尽管我还不知道“圣水”是什么含义，但知道祖母历经千辛万苦从梵净山带回的水一定弥足珍贵。

长大之后，我终于对梵净山有了比较全面的了解，且多次到过梵净山。只要到梵净山，我都要品几口梵净山的泉水，感受梵净山泉水沁人心脾的清凉与甘冽。

生活在梵净山脚下的江口、印江的朋友们常在我面前夸耀：在我们这里天天喝矿泉水！事实上，他们不仅天天喝矿泉水，而且洗脸、洗脚用的都是矿泉水。我虽然表面没有给他们点赞，但内心非常羡慕。同时感到他们十分的奢侈，将大量的矿泉水像日常用水一样消费，简直就是一种无端的浪费，对大自然的恩赐没有当一回事。

我常想，梵净山为什么会有淙淙的泉水？这是自然的造化，是大自然给予梵净山这片土地的福报。我每次去梵净山，除了自己要喝梵净山泉水，还要带一瓶泉水回家，让家人品尝，我怀揣着一个虔诚而朴素的心愿：希望家人喝了梵净山的“圣水”，能免除百病，健康生活。也许我的这种行为是受当年祖母的影响。祖母是一个虔诚的佛教徒，一辈子信佛，乐善好施，最后活到八十八岁无疾而终。听父亲说，祖母从三十五岁开始，一直到八十岁，每年农历六月十九都要去梵净山“朝圣”，祈求佛祖保佑。有几次，她在梵净山遇险而化险为夷，她一直认为是因为梵净山佛祖的保佑。

梵净山的“圣水”，被人们说得神乎其神，解释多种多样，后来，我才从有关资料中得到答案：经多个部门鉴定，梵净山的泉水水质优越，含有很多有利于身体健康的矿物质。这类泉水在同一纬度地域实属罕见。以前，在对一些自然现象还不能作出科学解释的时代，人们只能从一些现象上无限发挥自己的主观臆想，当成神话无限放大。梵净山是中国五大佛教名山之一，于是有人将梵净山的水与佛教的生态观结合来解答。无独有偶，也有人将中国传统的道教“天人合一”的自然观进行糅合，使梵净山这座具有多重文化元素的大山，被一代代人认同，形成了一种基本的信仰。一座山被赋予多重的文化意义在中国实属少见。从圣洁的山流出的水一定是“圣水”，因为在农耕时代，科学不发达，人们不能解释其中的奥秘，只能以“圣水”表达对梵净山泉水的膜拜。

十多年前，我去梵净山山脚的黑湾河度假，当地人告诉我这里的水来自梵净山。站在清澈见底的河水边，我心头就开始想，这样的水白白流掉太可惜了，如果有人把这些宝贵的生命之水利用起来，造福人类，那该多好啊。每一次到黑湾河，我都要下河洗洗身体，接受“圣水”对我的洗涤。在黑湾河里，清凉的梵净山水，让我感受了一种生命的圣洁，感受了“圣水”的神奇。我本是一个旱鸭子，不是我怕水，而是因为我是一个皮肤容易过敏的人，每次只要下水，周身就会长出片片红疹。第一次去黑湾河，同事纷纷下水，大家见我一个人站在岸边，都鼓动我下水泡一下。大家叫我不要怕，这里是梵净山的“圣水”，不会有什么问题。于是，我斗胆在黑湾河第一次下水，下水几分钟，不仅没有长红疹，相反周身十分舒服，有一种重生的感觉。后来我才知道，梵净山的水含有一些对身体有益的矿物质，对抑制皮肤过敏有一定效果。后来，我每次到黑湾河，都要到河里沐浴几次，在水里泡一会上岸歇一会后，又继续到河里浸泡……要是自己生活在梵净山脚下多好，我常常有这种朴素的想法。

梵净山的水孕育了不少生命，除了山里的人们，还孕育了梵净山特有的动植物。我想，这一切都来源于梵净山具有灵性的水。水是生命之源，如果没有水，生命就不会被孕育。梵净山的动物有峨眉髭蟾、黔金丝猴、娃娃鱼等稀有动物，植物有珙桐（鸽子树）、紫薇王、银杉等珍稀植物。这是世界上绝无仅有的生态现象，特别是峨眉髭蟾，没有优质的水，是不能生活下去的，它是水的“质检表”，只要水质微微恶化，它的生存就会受到威胁。据有关部门测定，梵净山的负氧离子浓度很高，有利于人类生命健康。

我在中央电视台看过一个纪实片，讲述贵州电视台记者董明海在梵净山离奇治愈癌症的故事。二十多年前，他在美丽的梵净山发现了一只长着胡子的两栖“小怪物”。专家告诉他这是中国独有的峨眉髭蟾，弥足珍贵。二十年后，患了绝症的他走进梵净山用镜头捕捉峨眉髭蟾生命的轨迹。梵净山灵山秀水，让董明海身体神奇康复。

多少年来，梵净山泉水除少部分被人们直接利用外，绝大部分都流入江河湖泊。而现在，人们认识到梵净山泉水的真正价值，已经开发利用，让梵净山的“圣水”流进中国乃至世界的千家万户，造福人类。善莫大焉！

梵净山“圣水”啊！

（本文原标题《感怀梵净山“圣水”》，原载于《南风》2017年全国散文创作大赛获奖作品专辑，获贵州省作家协会、铜仁市人民政府主办的“贵水迎天下，守护生命源”全国散文创作大赛三等奖）

最美不过锦江水

作为一个外地人，我到铜仁工作是因为一条河，即穿越与守护铜仁的母亲河——锦江。

2007年秋天，我访学路过铜仁，见到穿过铜仁城的绿莹莹的河流，忽然产生一种莫名其妙的亲切感，冥冥之中产生了一种难以割舍的缘分。我就问陪我的一位铜仁文友："铜仁的这条河叫什么？""锦江。"从这开始，我就记住了这条朴素自然的河流的名字。

当时，网络上正流行着"还有一条河流可以游泳吗？"，当我看到锦江河里还有不少人在游泳，我就暗暗地想：铜仁的河流还可以游泳。锦江还没有被污染。眼下，我就被这样的一条河流吸引，放弃到海南工作的机会，只身来到铜仁，后来又把自己的妻儿迁到铜仁，开始作为一个真正普通的铜仁人的生活。

河流是一个地方成长的命脉，世界上多数文明就诞生在大河流域。河流与人类的文明相辅相成。有河流的地方才会最早出现文明。如果一个城市没有河流，就少了灵气，没有灵气的城市，不仅是城市的缺陷，同时也是城市硬伤。

我从小就喜欢河流。因为从小生活在乌江流域，与河流结下了不解之缘。少年时期，我望着乌江产生很多幼稚而天真的幻想，我的思想随着河流去了远方，也就是诗和远方。长大之后，我看着滔滔不绝的河水，感慨万千。有时，还坐在乌江河边的沙滩上，望着源源不断流动着的河水，想象两千多年前，孔子在河边感慨“逝者如斯夫！”的千古名言，感慨祖先对于河流与人生的注解。

对于河流，不同的人有不同的诠释，而我对河流的理解，是更崇拜河流的内在动力，一种不屈不挠勇往直前的气概与精神。四年前，我到宁夏出席第二届黄河金岸诗歌节时，不少文友站在宁夏的黄河岸边无限感怀与抒情，纷纷以母亲河称赞，我看到的黄河却是中国母亲昏黄的泪痕。当今河流泛黄，与几千年前黄河上游河水清清大相径庭。这应该是作为中国人最为深切的思考。如果我们对自己母亲只是一味地索取，而不是饱含敬畏之心，那么，这将成为河流的一种灾难。历史上，黄河历次决堤给了我们多少教训？当我们的国家意识到河流需要保护的时候，在中国每一条大江小河实行“河长制”，我深深感到一个国家河流忧患意识的觉醒。铜仁则已经开始大力打造水文化，把河流作为一种长远发展的自然资源，加以保护与利用，一种新时代生态观与河流观正在形成。这是一种史无前例的进步与畅想。水文化承载着历代铜仁人的精神，是一种文化的延续。我作为一个新铜仁人，倍感骄傲与自豪。人们破坏河流的时期已经彻底结束，一个铜仁新时代已经开始。

我一直在想，每一条河流都用她独特的姿态滋润着自己流域的子民。黄河、长江具有她们的大气与一往无前的精神，有她们悠久的历史；锦江有她的温柔，像一个称职的母亲，看护着婴儿酣然入睡，同时也具有自己波澜起伏的壮阔历程，因为一条河流，就成长了一座城市——铜仁的历史因为锦江而起。铜仁原名铜人，相传元朝时有渔人在铜岩处潜入江底，得铜人三尊。锦江里的三尊铜人，后来被阐释为儒、释、道化身。由此可见，铜仁的兴起，与锦江密切关联；也可以看到铜仁是一座包容的城市，三种不同文化交融，一同构成铜仁文化的底色。

关于锦江，我问当地老人，逐渐知道了锦江的构成与来源。梵净山溪水汇集，千回百转，形成大小两条江；两江穿山越谷，交汇于铜仁城的铜岩，称为锦江；后经湖南，流入沅水，进洞庭，注长江，最后归于大海。锦江有一种自强不息的精神，冲出大山层层阻扰，进入长江。锦江与乌江同是长江的儿女，属于长江的沅江水系，它们的归途是长江。锦江就像铜仁，具有一种勇往直前的精神。

锦江大多数时候是温顺的，像一条绿色飘带环绕着欣欣向荣的铜仁，给这座黔东城市增添了一种自然的神韵。不只是我因为锦江来到铜仁不想离开，就是一些外国友人来到铜仁，看到锦江，也伸出拇指："Good！Good！"晚上，当我看到人们沿着锦江河岸休闲步道散步的时候，我就读懂了一座城市的休闲与温馨。雨天，渔船在烟波里漂荡，犹如漂在仙境，让人们想起了农耕时代铜仁人的生活，这是一条河给人们的恩赐。一条河流喂养这座城市慢慢成长，滋养两岸人们日益繁荣昌盛。

也有些时候，锦江像一条发疯的巨蟒，在铜仁城市中心咆哮。看到这个场景，我就想到也许是人们得罪了自然，河流就毫不客气地给人们惩罚。或许以前锦江有些地方生态失衡，河流就用它特有的姿态警示人们而维护自己的尊严。

在以前自然经济的时代，铜仁的船只可以直达湖南的洞庭湖，将铜仁土特产运往其他地方，又通过锦江将其他地方的产品运回铜仁。水文化滋养了铜仁的历史与文明。试想，在交通不发达的农耕时代，如果一个地方没有河流，那里的经济发展显然会有瓶颈。如果一个地方有河流，经济就有自己运行的动脉，文化就有了自己的起源。明朝正统三年（1438年）铜仁府就在锦江岸边。不妨这样说，一条河流养育了一座城市，一座城市成就了一条河流。

每个人心头都有一条河流。我心头最美的河流就是与我朝夕共处的锦江。如果我是一个画家，我一定要给锦江画一幅优美的画；如果我是一个诗人，我一定要为锦江写一首举世闻名的赞美诗。但是，我既不是画家，也不是诗人。我只能用自己发自内心的感受表达我对锦江的赞美：最美不过锦江水！

（原载于《贵州民族报》2018年9月8日）

稳坪傩戏

德江是中国著名的“傩戏原乡”。傩戏在德江叫“傩堂戏”。傩戏在德江不仅源远流长，而且保存得十分原始和完整，被誉为“中国戏剧活化石”，被列入国家级非物质文化遗产。“中国的傩戏在贵州，贵州的傩戏在德江，德江的傩戏在稳坪”，稳坪素有“傩戏之乡”的美称。

前几年，贵州省政府的一个民族文化研究项目——“贵州土家族风俗风情文化”由我主持，开题的时候，一位德高望重的陈姓老专家，专门在开题报告中提醒我：“你一定要到德江搞一次田野调查，一定要把傩戏纳入研究计划……其中有很多文章可以做！”就是因为这位老专家的提醒，我才开始关注起德江的傩戏。

为此，我专门到铜仁的贵州傩文化博物馆学习有关傩文化的知识，当我看到各种各样的傩面具时，我被震撼了，那种形态各异、表情复杂的面具包含了多少代人文化的信仰，其中的文化让人感到神秘。

在每届新生的第一节课上，我都要求每一个学生介绍他们的籍贯与爱好。其中就有不少学生说：“我来自‘傩戏之乡’德江！”当时，我就跟我的学生开玩笑：“这不是给你们的家乡打广告吗？”我知道，作为学生，一般都是介绍自己家乡的特色，比如特别引以自豪的自然人文景观。可见，傩戏是德江文化的一张名片，或者说是德江文化的代码。

傩戏，有的地方又叫“傩面具戏”。贵州土家族傩戏以德江最为著名，当地称为“傩堂戏”“傩坛戏”“杠神”。汉族和一些少数民族都有傩戏，其实它是一种佩戴面具表演的古老宗教祭祀戏剧，是一种民间民族风俗文化活动，千百年来经久不衰。有文化学家认为，傩戏就是打开德江古老文化的钥匙。

德江稳坪是我的学术团队傩戏田野调查的重点个案。稳坪镇位于德江县城东北部，地处乌江沿岸，东邻桶井乡，西接青龙街道，南接荆角乡，北与共和镇接壤。全镇总面积63.13平方公里，辖20个行政村，1个居委会，117个村民组，总人口2.1万多人，是一个以土家族为主的少数民族聚居的乡镇。从地域因素来考察，稳坪是一个相对封闭的地域，同时又在乌江沿岸。相对文化而言，地域封闭性往往会保留其文化原始性，受到外来文化的影响相对比较小，具有一定的文化研究价值。

2012年一个夏日炎炎的中午，我带着我的团队一行五人来到德江稳坪。根据我们的了解，傩戏在稳坪保存得最好的是何家寨。这里傩戏盛行，就是在现代文明的今天，无论是安葬、小孩过关、老人寿诞，还是逢年过节，到处可见傩戏……目前仍有傩戏艺人200多人，傩具300多个，服装300多套，傩戏文书（剧目）几百本。这些资料，足以证明稳坪傩戏的兴盛与薪火相传，同时也为我们研究傩戏提供了可贵的原始文化样本。

何家寨的建筑和其他土家族寨子没有多少差异，大多是木结构的吊脚楼，在古朴的乡风中熏染出历史的沧桑。这里与武陵山区其他山寨一样，大多数青壮年都外出打工，寨里只留下老人和小孩，还有为数不多的几个青壮年留守家园。何家寨古朴中凸显出一种现代生活的痕迹。

我们的到来，引起了寨里的几个老人小孩的好奇，主动询问我们。开始还以为我们是乡干部下乡。当他们听我们说来调查傩戏，一个何姓老人就兴高采烈地在寨里召集了几个六七十岁的老人，拿了一些道具，聚集在他家的院子里表演。尽管动作显得有些笨拙，但是唱腔还算圆润，那种古老的底色依然存在。我就问老人们："你们这里还常常表演傩戏？""一般在安葬、小孩过关、老人寿诞、逢年过节才表演……现在大多傩公都老了，年轻人都对这个职业不太感兴趣，平常都是我们几个老人自娱自乐！”

听到老人的话，我百感交集。作为一个文化研究者，我深感无奈！在新文化冲击之下，不少民族传统文化面临消解的危险，传统文化不应单单存在于研究者的文本中，最关键的是应存在民间日常生活中，才会源远流长。

老人给我们介绍，稳坪的特色傩戏为“全戏”，一般分为“半堂戏”和“全堂戏”，主要曲目有《上刀梯》《开红山》《开坛祭祀》《传文》《进灶》《捕罗下网》《拆坛放兵》《开洞》《开路将军》《引兵土地》《开山》《安安送礼》《关公斩蔡阳》《大王抢先锋》《刹铧》等，戏中一些绝活至今仍很神秘，如《上刀梯》《开红山》等。听完老人给我们的介绍，我才知道，稳坪傩戏剧目之繁多，完全超出了我以前的想象。我们调研就有了一些眉目。因为，稳坪的傩戏有它的特色与魅力，表现了一个地域的人们在遥远时代精神的指向。就是因为在民间，傩戏才会有强大的生命力。如果德江丢掉了傩戏，就是这个地方的传统文化丢掉了魂！但是，傩戏作为一种精神图腾与表演艺术，它的出路在哪里？我想培养人才是根本所在。

一个老人从家里拿来自己几十年搜集的几十个傩面具。我们一一观看，确实让我们大开眼界。其实老人提供的傩面具就完全可以组合成为一部傩戏文化的历史。不同时期的傩面具可以诠释稳坪傩文化的历史文化演变，可以回望农耕时代一个“毕兹卡”山寨的文化历史。还有几个傩面具是我在傩文化博物馆未看到过的形态，各种喜怒哀乐的表情，让人想到远古时代人们的生产与生活状态。此时此景，我惊讶得说不出什么话来。作为一个民族文化的研究者，总觉得自己对这片土地有一种亏欠或者一种内疚。

后来，我在我的调研报告中专章描述稳坪傩戏，将之作为贵州傩戏的个案推崇。对于稳坪，尽管我亲临其境，但是我没有看到一场真正的傩戏表演。因为当时老人们只给我们表演了一些片段。当时锣齐鼓不齐，人不多，缺少一些表演的角色。因为有一些民间表演的傩戏高手已经外出打工。当时我们有一些遗憾。看到我们几个遗憾的表情，老人们告诉我：过年的时候到我们这里来，就可以看到一场完整的傩戏了。当时听到这句话的时候，我有一种莫名其妙的感觉。我答应过年的时候一定到何家寨看一场傩戏。可是阴差阳错，我终究没去稳坪何家寨看一场完整的傩戏。所以，我心里欠了稳坪一笔债务。

一个民俗作家说过：傩戏表演就是把人们的愿望通过傩仪转达给神灵，又把神灵的“庇护”转达给人们。从事傩仪和傩戏的土老师充当人与神沟通的桥梁。傩坛布置精致，集编扎、剪纸、染印、绘画、书法、建筑等艺术为一体，具有历史学、民俗学、宗教学、戏剧学等多学科学术研究价值。傩戏在农耕时代满足了人们文化生活的需求，满足了人们求助于神灵的愿望，傩戏就有了存在的价值，具有了坚强的生命力。

离开稳坪，只要在有关民俗文化保护的各种场合，我都会为德江的傩戏，特别是稳坪的傩戏呼吁，如果再不关注，将是我们黔东文化的一大损失！后来，我听说，德江党政部门已经高度重视，稳坪傩戏已经申报了非遗项目，文化部门批准确定一批傩戏传承人，傩戏的传承与保护有了着落，而且有一部分傩戏已经在国内外表演，使德江傩戏大放异彩，这是值得我们庆幸与欣慰的好事。同时，也算是做了利在当代功在千秋的文化善事。由此，我深信，稳坪傩戏或许在不久的将来，随着新时代乡村振兴建设的文化繁荣，代代相传，成为黔东德江大地文化的一棵常青树。

（原载于《贵州日报》2021年8月13日，曾获“眼中的德江”征文作品奖）

龚滩印象

在第七批中国历史文化名镇名村名单里，风光秀美的龚滩古镇名列其中；在重庆市公布的20个历史名镇中，闻名遐迩的龚滩古镇位居首位。

大自然的鬼斧神工，造就了龚滩神奇的山水和风光。乌江和阿蓬江在这里交汇，悬崖峭壁，急流险滩，勾画出乌江流域最为壮阔的图景。1700多年的历史，孕育了这里深厚的历史文化底蕴，灿烂的土家族文化、淳朴的民风，勾画了龚滩人人魂牵梦萦的人文风情。

乌江、阿蓬江、黄葛树、险滩、蛮王峒、百里乌江画廊是龚滩自然风景的标志与象征。古老的石板街、吊脚楼、西秦会馆、董家祠堂等人文景观彰显出龚滩古朴、典雅的物质文明；乌江号子、哭嫁、木叶情歌、摆手舞、古老的神话谱写着龚滩悠远的历史长卷。

这里曾经是渝、黔两地物资集散地与乌江盐道的中转站，乌江航运的枢纽，演绎了“钱龚滩”的经济神话，一度成为乌江流域的经济文化中心。

乌江纤道，述说了乌江流域人民生生不息的历史精神，开拓了乌江流域最古老的水上交通要道，给我们留下了一个至今还未解开的历史之谜。龚滩在历史的沧桑之中，谱写出一种浓浓的人文精神，一种令人肃然起敬、使人深入思考的传统文化品格。

龚滩，一个有着历史文化厚度的巴渝古镇，曾经在乌江的东岸沉没了多年，当代画坛大师吴冠中被这里的风景感染，欣然提笔，画出绝世名画《老街》，让龚滩走向世界，为世人所关注。龚滩成了中国“老街”的代名词与符号。

关于龚滩的来历有两个离奇的传说：据说很久以前，一个共姓的部落首领为了躲避战乱，率领族人来到黔地与夜郎接壤的乌江边居住，为了躲避灾祸，就隐姓埋名，改“共”为“龚”，取意为共氏的后人，就是龙的后代。龚氏居住在乌江滩边，就取名为龚滩。对于龚滩，还有一个神话传说：乌江和阿蓬江是由一大一小的两条龙开凿而成的。乌江为乌龙前进的路线，乌龙力大体猛，由黔东北向川东南（现在的重庆）前进，经过了很远的路程，才来到了川黔边的这个地方，就开凿了乌江。而阿龙体小力弱，在川东南行走不远，于川黔交界与乌龙会合到一处，两条龙会合之后，齐心协力，奋力越过川黔的崇山峻岭，形成水流湍急的险滩，就是共滩，“共”和“龚”同音，因此就叫龚滩。

龚滩有1700多年的历史。早在三国时，蜀汉在这里设汉复县；唐朝在这里设洪杜县。龚滩是乌江流域最早设置郡县的古镇之一。龚滩以前不叫龚滩，叫“龚湍”。因为乌江湍急而得名，岸上人家大多姓龚，而且是乌江流域的名门望族。明万历元年（1573年），龚湍所依的凤凰山发生了一次大泥石流，巨大的石头阻断了乌江，形成一个闻名的乌江大险滩，于是就被人们称为龚滩。

人们一来到龚滩，就会因河岸古老的土家建筑、绝壁纤道流连忘返，更会被神奇蛮王峒、雄伟马鞍城以及光光的石板街而震撼，被这古镇上的每一个景点吸引。阿弥陀佛桥、桥重桥、望夫岩、杨家桥及杨家行、永安桥、半边仓、檐灯、绣花楼、李氏牌坊、锦楼、鸳鸯楼、鲤鱼跳龙门等景点昭示着传说和历史变幻的心路历程，赋予了民族精神内涵和文化理想。

物换星移，沧海桑田，历史的前行，社会的发展，给古老的龚滩一次历史性变迁。乌江彭水电站的修建，让这个千年的古镇整体搬迁到离原来龚滩下游1.5公里的小银滩。原样复建，让即将消失的龚滩古镇在新时代涅槃永生。同样的风景，不一样的韵味。

昔日的涛声变得平静，便利的交通，高峡出平湖。

原来的险滩已经淹没在历史的长河之中，平静的一汪江水，更添了几道龚滩古镇的自然神韵。百里乌江画廊倒映在碧绿的江水之中，超脱于桂林山水之上，形成乌江的“水上天堂”。

当人们从大都市的钢筋混凝土中走来，面对龚滩，就如走进了美丽绝伦的人间仙境。古老街道，闪烁的檐灯，石板路上打杵留下的深深烙印；老木屋上风雨和山洪留下的斑驳痕迹，还有维系世代凝聚家族人心的火铺……无不让人重温往昔的岁月、祖先的梦想，让人们感受到一种来自历史的冲击，为先民顽强的生命力和坚忍不拔的意志而震撼。我们静静地站在龚滩古老的街道上，聆听着历史远去的足音。

吃绿豆粉、品乌江鱼、尝龚滩香菌，游乌江画廊、祭祀蛮王峒、登马鞍山……如诗如画的自然人文风情，让你浮想联翩。纯净的风，让你忘却人生的烦恼；粗犷的大山，给人以无尽的力量。

龚滩是中国土家族文化发祥地之一，巴子蛮沿着乌江上溯，在蛮王峒世代繁衍生息，成为土家族子孙后代崇敬的祖先。

在这里，我们依稀看到了一个民族远去的历史背影，感受到乌江流域人民前仆后继勇往直前的意志，触摸到一个民族生生不息的文化根脉。

传统而古老的土家族民居吊脚楼，成为土家族文化凝聚的一种象征，成为土家族发祥地的一种朴拙与天人合一的生存载体，凸显着古老龚滩的蓬勃生机。

《武陵山剿匪记》《桐籽花开》《绝地逢生》等影视片把龚滩风景带上了现代荧屏，让人们深深地记住了这里的人文景观。

古老的龚滩，正在展现出她前所未有的魅力！

（原载于《中国民族报》2021年5月21日）

黔东之行

我的家乡与贵州是一衣带水的近邻。但是从真正意义上说，亲自触摸自己的近邻，去年的九月才是第一次。因为学业的需要，我必须去黔东访学。在黔东，我结识了一些神交已久的朋友，大多是文学方面的朋友。

我是从重庆的秀山进入黔东的。我的第一站是印江，因为那里有我的朋友王晓旭，他的笔名叫末未，是我读研究生时去贵州沿河认识的。以前我听沿河的朋友刘照进介绍过，末未听说我来沿河，专门从印江赶了过来，我们匆匆见面，让我感到了他这个黔东汉子的真诚。他和沿河的几个朋友送我去了沿河的乌江东方红码头，他写过一首颇有李白《赠汪伦》情调的诗歌《东方红码头送路曲》，我读了之后，感动得热泪盈眶。我到达印江的时间是 2007 年 9月 19 日下午的 1 点左右。末未中午下班刚吃午饭，接到我的电话，就骑摩托车来车站接我。直接把我接到了家里。他说最好的朋友应该住在家里，然后就领我去吃午饭。下午他去他工作的单位县教育局请假陪我逛印江，我以前没有来过印江，这次让我对他所在的县城有了一个全面的印象。他还带我去看了县里的最高学府——印江民族中学。晚上他在金穗宾馆里的餐厅为我举行欢迎晚宴。参加的是他们县里的几个朋友，除了青年诗人朵孩（其诗歌《杨正敏死了》入选《2006年中国最佳诗歌》），有两位是官员兼作家：国税局的许局长、县委办的吴秘书。还有两位是官员中的文化人：林业局的任局长、民族中学的副校长罗亨华先生。他们向我介绍了他们县的文学创作状况。我说起了印江的土家族作家思基，他们都说是他们这里老一代文学的代表。可惜思基老先生已经在他乡作古。国税局许局长说他一定要带我去思基故乡看一下，那个地方的路比较烂，不好走，他将联系一台吉普车送我去。可惜的是第二天，我去了思南，没有去成思基的故乡，这是我在印江的遗憾，我想以后一定有机会的。

晚上，末未陪我看印江的夜景。印江已经有音乐喷泉，这是为了迎接“县庆”搞的一项灯饰工程，2007年的11月，印江土家族苗族自治县成立20周年。还有一个多月的时间，我们就已经感受到了节日的气氛，听到了节日的脚步声。

第二天早上，末未带我去吃了印江的特色小吃——素豆花煮汤圆。这东西我以前从来没有吃到过，应该说这是印江土家族特色小吃，素豆花煮汤圆，加少许绿豆粉，用番茄酱作为调料，再加一些辣椒酱，非常可口。我吃了后，连续说了几个“好”字。

上午9点，末未向单位请了假，陪我去思南。我本来没有去思南的计划，但是在昨天晚上的饭局上，许局长说我研究土家族文化，不去思南是十分可惜的。如果他有时间的话，他亲自陪我去。他是思南人，对那里的土家族传统非常了解。在他的“鼓动”之下，我才有了思南之行。听说我们去思南，正在民族中学实习的青年诗人朵孩也请了假，和我与末未一道去了思南。他和末未同为校友，都毕业于思南师范。朵孩说他离开母校将近10年，还是头一回重返母校。

出发之前，末未向思南的作家安元奎先生打了电话，说我准备去思南。安元奎先生马上打电话邀请我去，还说将邀请思南的土家族作家、诗人聚一下，让我和他们“座谈座谈”。安元奎先生是思南师范的高级讲师，是末未的老师，也是黔东知名土家族作家，曾获得过贵州首届乌江文学奖。我曾经给他的散文集《行吟乌江》写过一篇评论文章。我们是神交已久的文友。

不到两小时，车从曲折的山路把我们带到了乌江边的美丽小城思南。

安先生还在上课，末未和朵孩就把我带到了他们曾经学习的学校，在校园的小径上寻找他们学生时代遗留的梦想。他们向我诉说了各自师范时代的趣闻旧事。

不一会，安先生下了课，与我们在校门口会合，他说带我到一个非常有土家族特色的饭馆去，名叫“草墩屋”。草墩是土家族的传统坐具，去那里，其实就是在向我介绍思南的土家族传统文化。

我们刚坐下一会，思南的作家、诗人就陆续地到了，分别是土家族作家田永红先生、县文联主席李光达先生、《思南报》主编张建先生、诗人许义明先生等。他们向我介绍了思南的文学创作情况，还向我赠送了他们的著作。许义明的《两如楼词笺》、田永红的《燃烧的乌江》与《一个民族的生存与复兴》、李光达的《旷继勋传》。他们还送了我《花灯之乡》和《花灯论文选》等介绍思南的传统民族文化的著作。

吃了午饭，安老师要陪我去观看思南的名胜古迹，我知道他上了一个上午的课，非常的累，就说只要末未和朵孩陪我去看就行了——他俩曾经在思南生活了三年，熟悉这个县城的每一个角落。

他们先陪我去看思南的文庙。这里是思南的一大古迹，但是在古迹里有一些不和谐的现象，这里有人在卖餐饮，有了商业的烟火。以前思南政府是制止的，不知道为何最近又有人在这里打起了这个主意。这是我后来和安先生说起这事的时候他肯定地说的。他说他们这里的文化底蕴是非常深厚的，但是在包装上还缺一些人文的因素。

然后我们又去游周家盐号，这是一个国家级文物保护单位。周家盐号的主人周业洪，是周家盐号的第三代传人，听说我是重庆酉阳人，老人说他的祖籍也是酉阳，酉阳龚滩四方井，和我是老乡，他的曾祖父周镐璜是在清朝咸丰年间迁徙来思南的，他们在这里已经繁衍了七代人。说着老人感动得和我抱头大哭，真的是“老乡见老乡，两眼泪汪汪”。好半天，这种感人的场面才告一段落。他说他一辈子才回了一趟老家，是前年乌江彭水修电站，龚滩古镇要搬迁，才去了龚滩和那里的亲人过了一个团聚的年，就连他在美国、加拿大的亲人都回来了，一共 200 多人。周家盐号是乌江 300 多个盐号中保存得最完好的一家，而且是乌江上最后一个盐号。老人说如果不是当地文化人的呼吁，引起当地政府的关注，周家盐号在旧城的改造中就被撤掉了。说着老人拿出一张报纸，是贵州省一位副省长关于保护周家盐号的批示，同时还拿了一些专家学者的保护建议给我看。末了还和我留了影，他送了我一张他家铁树开花的照片给我，而且还写了“路曲同乡留念”几个字以表示对我的祝福。

下午，我们一行人去了县文联的《乌江文学》编辑部，和那里的编辑交谈了一会。好客的李主席和全体编辑都在，我还在那见到了思南的土家族青年作家林照文先生。林先生最近几年常常在《民族文学》等大刊发表文学作品。李主席要安排我们吃晚饭，我们已经包了车在外面等着，就只有抱歉了，但是我们知道这是一个土家族作家对自己民族访问学者的一片真情。

我们三个人返回印江。给我们开车的是一个女司机，一路上跟我们很自豪地谈了思南的变化。给我的印象是思南的土家女子朴素能干。我还开了个玩笑，后悔结婚太早了，不然一定娶一个思南女子。

第二天早上，我本来说好是中午要搭乘许局长的车去铜仁的，末未因为单位的公事要去松桃，单位派车，他怕我一个人在印江等车寂寞，就邀我乘他们教育局的车去松桃，然后去铜仁，他已经给铜仁的朋友打了电话，说我要去那里。那里的文友也打来了电话表示欢迎。我听说要经过木黄，也有了兴致。木黄是贵州的革命圣地，有木黄会师纪念馆：那里是红二、红六军团会合的地方。因为我的原因，他们教育局的一行人决定在木黄吃早饭。一到木黄，末未就打电话联系了当地镇政府的朋友，专门为我开门。我非常感动，说了一些感谢的话。给我开门的政府办公室主任黄主任耐心地给我解说木黄会师的历史事迹。我在纪念馆前照了一张像，以表示我对革命英烈的敬仰之情。

从印江到松桃的路不太好走，在这两个县城之间车走了5个多小时。下午4点左右我们到了松桃，我本来是想拜望一下松桃的朋友，末未说要给我介绍一下苗族画家刘华忠的，但是铜仁的文友已经在等我了，我只好和末未告别，一个人取道去铜仁。松桃到铜仁的路不远，不到2小时的车程。我还在大兴镇，隐石打来电话询问，他问我到了什么地方，让我到了铜仁就打电话联系他。我听几个朋友介绍过隐石，说他是一个热心人。我在最近几年读了他不少的文章，他才思敏捷，是黔东的一大才子。尽管我是一个人乘车，但是我始终被黔东朋友的热情包裹着，让我看到人与人之间友谊的可贵。

6点左右，到了铜仁，我给隐石打了电话，他说他们已经在“湘水井”等我了。我就搭的士到湘水井，直接去了他们等我的房间，他们都不认识我，我向他们介绍了自己。然后，隐石给我介绍了铜仁市文联的领导和文友，文联的杨主席、梁主席，还有一个搞音乐的阳光女孩肖老师，小说家晏子非，青年作家、《铜仁日报》周末版主任罗漠。这一帮我以前不认识的文友的等待让我非常感动。我连说了几次：受你们这样的礼节，我内心有愧。罗漠说以前我们通过电话，他说那时我说的普通话，他感到我们交谈比较困难，现在一点也不困难了，连我说的土话和他们都是一样的。我想起来了，是他编的报纸上发表了我的一篇习作，我找朋友委托他给我找样报，收到后给他打电话表示感谢。当时，我说的是“重庆普通话”，他没有听清楚。他从来不喝酒，我来了他就破例喝几口。酒是隐石自带的，一瓶放了好几年的习酒，我知道这是对我这个同民族的文友的最高礼数。这样的场景，我这个不喝酒的人，便没有什么理由不喝了，这可是我一生中喝得最多的一次。

晚上，把我安顿好，铜仁文联的领导和文友相继告别。罗漠和隐石送我到住处，明天是周末，罗漠要去编第二天的报纸，就告辞了。隐石前后为我忙了好一阵。隐石邀请我去他的家，在他的家里，他拿出了他陈放多年的普洱茶，亲自泡来让我品，我们都有相识恨晚的感觉。我们谈了不少有关文学的话题。不知不觉已经是晚上 11 点了，隐石送了我一本《黔东作家小说选》，亲自送我去宾馆，然后才回家。这让我证实了朋友们对隐石的夸奖。

第二天早上，我还没有起床，隐石已在敲门了，难为他对朋友这样的真诚。我估计他平常是不会这样起早的，就是因为我，才会打扰他的美好睡眠。他问我睡好了没有，我说一觉睡到大天明。

吃了早餐，隐石便带着我逛铜仁的大街。铜仁的街道是我来之前想象不到的，这里有大都市的繁华，宽阔，很大气，让人看到了铜仁的未来。逛完铜仁的主要街道，隐石又带我去铜仁学院的分校，说那里的文友正准备出版《乌江盐殇》，是反映乌江盐号文化的学术著作。于是我们就去分校的校长办公室，几位校长都在，隐石把我介绍给他们。这本书是田永国校长和铜仁的诗人罗中玺合著的。恰好诗人罗中玺也在，他的作品我早就读到过。他曾就读于北京师范大学作家班，也许这就是一种缘。听他们介绍了这本书，我就和隐石随罗中玺去街上吃午饭，来的人很多，我只能听罗中玺先生介绍。听说我是重庆来的朋友，几个人争着买单，着实叫我见识了“仁义之城”铜仁人的那种仁义。我只有通过自己的文字遥寄我对他们的感激之情。

中午去了诗人罗中玺的家，喝了他平常舍不得喝的铁观音。然后他和隐石带我去铜仁学院参观，给我介绍铜仁学院的情况。

下午，我们三人去了隐石的家里，谈得最多的就是传统与文学的关系，我在他们的谈话里得到了很大的启迪。隐石对文学与学术的追求，让我自叹不如，只有向他表达深深的祝福。

大约是下午6点，隐石邀我与诗人罗中玺一块吃晚饭，他的夫人也从外面赶来了。

7点半，隐石和诗人罗中玺送我到铜仁火车站，依依惜别。

我坐上了回重庆的火车，黔东之行告一段落。

（原载于《铜仁日报》2008年3月17日）

双坑人家

腊月初八的早晨，乌江河畔的双坑寨一片白茫茫。地上与屋瓦的积雪如死人戴孝一般。然而，这天，寨里人们心里都喜滋滋的：本寨后生四全接花姑娘了！

四全家门上与窗边都贴上了鲜红的对联，给这幢古老的吊脚楼添了几分生气，像一个满是皱纹的老妇脸上胡乱地抹了几把劣质的脂粉，古里古怪而又给人一种神秘的观感。

四全娘却乐得眉开眼笑。六十多岁的人了，一辈子盼的就是这一天。眼下总算对得起死去的男人啦！守了二十多年的寡，总算守出了林，不是为了这一天，还图个啥？想到这些，热泪在老人眼里打着转。一种前所未有的自豪感在她沧桑的心头无限扩散着。

“嘟嘟哒……”唢呐从寨子边的山路上响起来。古老而又苍凉的曲子开始在大山里回荡着，然后蜿蜒曲折地吹进了四全家的堂屋。

一些围观吹鼓手的客人道着吉利的话语："好期辰，要想发，不离八……"

"成香这寡母子终于守出林了……"

听到这些赞美之词，四全娘心里如打翻蜜糖罐一般，乐得不知说些啥好，只是摆摆手，谦卑地笑笑。

啪啪啪……火炮炸起，唢呐节奏变更快。

人们开始涌向大门边，堂屋香龛下的方桌上那对燃得旺旺的红烛给这古朴的屋里添着不言而喻的喜气。站在桌边的管事，拿着红纸条儿声音沙哑地叨念："拜堂了……"几个男女簇拥着一对男女，那个眉大眼粗的汉子就是四全，他旁边穿绿色衣的苗条女人就是四全的新婚妻子蛮三。此时，她正低着头，害羞的眼里闪烁着一道说不清的泪光。

"一拜天地……"

"二拜祖先……"

"三拜高堂……"

夫妻双双跪在早已经站在桌边的娘跟前叩头，表达他们的感恩之情。此时，老人一手牵着儿子一手牵着媳妇，眼里流出慈祥的老泪："幺儿幺媳妇快起来，娘的贵儿贵媳妇……娘敕封你们大富大贵……"

说罢，老人就拉着儿子媳妇进了洞房。

"真是天生一对！"

“你看，今晨的红烛燃得四平八稳，两口子的日子今后会过得和和睦睦……”客人们在七嘴八舌地议论。

“大的那边的那支红烛燃得大一些，肯定先生一个崽！”

“那不一定呢？”有一位后生说出了自己疑问。

“乌鸦嘴，不信你今后看看，我的话很显灵。”一位老妇立即反驳。

“十不离八九！”

刚把儿子媳妇拉进洞房出来，老人听见亲戚朋友谈论自家儿子要生一个崽时，心头就像严冬里遇到暮春太阳一样暖和，满是皱纹的脸上又添上了一分平常难得的喜气：“承蒙你们的福口！”

“开席了……”管事开始招呼客人。

“嘟嘟哒……”凄厉的唢呐声划过双坑的天空，向远处传去。远处的大山也像在静静地聆听着，似乎在为这对新婚夫妻默默祝福。

起雾了。

双坑寨子下边，有一大一小两个坑，大坑如斗，小似锅，究竟有多深，至今还没人知道，只是每天早晨都会自然地冒出茫茫白雾。开始是一大一小的两团，没一袋烟工夫，两团白雾就连在一起，向四周扩散，半顿饭时间，就笼罩了整个双坑寨，接着又向乌江河边的山坡弥漫，有时也会越过山顶，向山那边飘去……

双坑寨里一户普通人家的新生活就这样在热热闹闹中开始了。一家三口人过起从前就希望的日子。

儿子孝顺，媳妇听话，一个传统的老人所盼望的家庭。人老了就是希望自家的香火有人续上，自己将来坟上有人烧几炷香，张家这一房人不断香火。这就是山里小户人家亘古延续的一种生活方式。老人对自己人生追求的结果非常满意。以前是怕儿子找不到媳妇，自己无法面对死去二十多年的老公，现在她不怕了，完成了儿子的终身大事，自己就是死也可以瞑目了！

老人百般照顾媳妇。她常眯着眼睛多次遐想，儿子真是前世修的道，修到这么一房好媳妇。

蛮三出嫁前，时常听那些出嫁的姐妹诉苦，婆婆嫌弃媳妇，老爱挑自家媳妇的毛病，甚至有时还百般地刁难自家媳妇。那个时候，她曾经为自己的将来担忧。过去婆婆对自己轻言细语时，她的心里犯嘀咕，做什么过场，分明是自己找不到媳妇才这样装给我看！现在她才明白，以前的想法全错了，甚至对婆婆还有一些内疚。婆婆对自己真好！

比起山里大多数女人来，蛮三还是比较幸运的，自从过了门，没受过婆婆的气，婆婆不但没为难她，还常常想把她含在自己嘴里。进屋、出门，婆婆总是堆上一脸笑。家务事基本是婆婆一个人包揽，喂猪做饭，洗碗抹灶……打柴干农活，重的活儿是自家男人干，她只是有时候陪男人上山干一点直门活儿。有时连她自己都有一些过意不去，在山里带一点柴火，但自己男人不让："你弄啥子？我一个人弄就够烧了！"

这些年头，土地下了户，山里没多少活可忙了，不少人去外面打工挣大钱。山里一年就是下种，薅草，秋收……然后翻生土，年复一年地过着。山里人发不了大财，一年只要填饱肚子就知足了。一入冬天，还要扎两个月的雪，坐在火铺上整整烤俩月的火。不知道从什么时候起，山里就形成这个规矩，山里婚嫁喜事、立房子、开财门……都选择在这段空闲时间。山里人讲究义气，礼轻仁义重。这家吃喜酒，那家踩房子……家家户户都来凑热闹。自从蛮三进家门，四全家吃喜酒、走人户的美差就让蛮三一个人包了，这让双坑几个过门不久的新媳妇羡慕不已。她们常在一起咬耳朵，数落自家婆婆，有时和自家婆婆顶嘴："你去学学别个四全娘吧，看人家是咋对待媳妇的！"婆婆不免也要反问："你才该去找人蛮三学学呢，别人对自家婆婆好孝顺！"

当这些话传入蛮三耳朵时，她就有几分满足感，脸上红得就像天边飘起的两朵红云。

蛮三自从嫁到双坑，倒比当姑娘时还过得好一些。

脸上常挂着笑意，内心也比以前快活一些。当姑娘时，每天还没亮，娘就会喊：“蛮三，起床了，把洗脸水烧好……”只要听到娘的喊声，她就得慌慌张张起床，热洗脸水，然后做饭、喂猪……一切家务做完了，她才敢松一口气。现在她再也不用重复那些零碎的家务，一起床就洗脸吃饭。她被婆婆当成心肝宝贝。

四全也有了以前没有过的人生体验。人也变爽了，想不到自己一个粗野的山里男人，还找到这么一个乌江河边的妹子，真不知上辈子修的啥道积的啥德。在双坑，蛮三是人们心目中的好女人，有姿有色……是不少双坑男人垂涎的乖女人。四全以前也自卑过，在蛮三没过门之前。如花似玉的蛮三真会嫁给我吗？会变成我的女人吗？他曾多少次在心头问自己。当蛮三同自己睡在一起时，他又有些舍不得去“玷污”她，新婚之夜，他还颤悠悠的，脑子一直处于恍惚状态，仿佛置身另一种梦境，开始他生命的延续，开始他生命的期望。

有了家室的日子，四全一心要照顾好心爱的女人，尽量让她的日子过得舒心。只有这样，他才感到自己做人的价值。当他看到蛮三肚子腆起之后，心里乐滋滋的，用庄户人的幻想去勾画他们未来的崽，他美美地想，蛮三怀得那么的粗，肯定是一个娃崽，一定能够给自家续上香火。只要自己有了后人，就完成了自己人生中的大事！人嘛，不就是为了吃饭穿衣，传宗接代？将来自己死了，有人烧一张纸，上一炷香，就足够了，老辈子们不是常这样说吗？山里人生活法则就这样简单！

夏至后的一个赶场天，四全去乌江边的黑獭场买了一只竹编摇篮，乐哈哈背起回家。寨人都夸四全懂事，是会过日子的后生，想事周到。蛮三也和娘乐得眉开眼笑，蛮三怪嗔地说："想不到你……"

这天夜里，双坑这家人都做了同一个美梦：崽儿生下来了，大方脸，两耳垂肩，如同老辈子摆《三国演义》里的刘玄德一般。第二天，两口子和老人在一起谈了这个梦，大家脸上都开起希望的花朵。

老人想抱男孙，媳妇想生伢崽，四全就更不用说了。一家三口的想法都凝聚成生活中的一个期待……山里人是很看重这事的，一旦生了娃，人们就会问："生的是啥？"若是带把的，家人就会得意地说："光脚板，望牛的！"若是一个女孩，家人就会蔫头蔫脑，难以启齿，好半天才说："是一个做鞋子的！"

蛮三要生崽了。双坑大多数人家都来道了喜。看见要生了，大家就走了，看别人生崽在这里很避讳，只有家人才能一块打望。

四全和娘都在忙碌着，急得团团转。他们既兴奋又着急。四全抱着蛮三坐在床边，老人不安地站在一旁不断祷告："阿弥陀佛……大慈大悲的观音保佑！"

儿奔生来母奔死！

蛮三一阵比一阵剧疼，脸颊上的汗珠像油豆子般滚落，一声接一声地呻吟。四全紧绷着脸，他不敢看老婆的脸，只是用手不停地在蛮三的额头上抹着汗珠，仿佛在履行一桩庄严而神圣的使命，又似乎在等待着命运的判决。

母子俩紧张地巴望崽早点生下来，屋子里的空气仿佛凝固着，呈现出一幅凄婉的生活图景。

这景况持续了大约两个时辰，娃儿终于呱呱坠地了。

蛮三有气无力地躺在床上，老人连忙抱起娃儿仔细地瞧一下："前世造的孽呵！"说着泪水夺眶而出。愕然的四全和虚弱的蛮三惊呆了，同时问："妈，怎么啦？"

"你自己看一下吧！"老人将孩子交给蛮三。

蛮三用早已发软的手捧过孩子："天哪……"她再也说不下去了，泪水从她的双眼淌出。

隔了一会，四全抱起如狼嚎般的娃儿，打量了一下，心里震哑了："怎么是一个缺缺嘴呵……"娃儿上下嘴唇对称着有一指头宽的口子。一个怪胎！咋会这样呵？天呵，我在哪里得罪你哪！他的心里很是沮丧。

不是一个带把的！还是一个赔钱货！

一家人都大哭起来了，哭声完全淹住了婴儿的怪叫声！

这场面持续好半天，四全娘才回过神来："还不快把娃包好！"这时，四全才意识到崽还是赤身裸体，还没用布包着。于是，他拿了一床早已经准备好的旧被单将孩子包好递给蛮三。蛮三仍在哭着流泪，枕头早已经被泪水打湿了……这时她才有一些清醒。

"四全，我原来给你说，你就是不听，开春你做锄把时就不该放在大门坎上做。你……不听老人言……"老人哭着责备儿子。

经娘一提醒，四全终于想起来了：今年春上他做锄把的时候，确实是几次不小心把刀碰在大门坎上。当时，娘就说了他几句，但是他当了耳边风。想到这事，他就不断地捶打着自己的胸脯自责。当时要是听娘的话，也不会出现这种怪事来。他好后悔，不停地扇了自己一阵耳光。但是晚了，一切都晚了，不管如何地自责，都无济于事。

蛮三仍然在哭泣。自从她见了娃的缺嘴，她的心也就发怵了，此时，她的心里比生娃崽时还痛苦好多倍。她不能怪自己婆妈，也不能怪男人，就怪自己当时没有给四全提个醒。出嫁不久回娘家时，娘就再三提醒她："你在怀娃时节，要四全注意，不要在家里的东西上乱整乱碰，免得以后生娃有影响。"可是，她一直没对四全说过这些话。一想到这些，蛮三泪水直淌，身子几乎失去主心骨。

老人被这突如其来的打击弄得神志失常。先前那些欢喜不知游到什么地方去了。她真想痛哭一场，让泪水冲走心里的痛楚。想到自己守了几十年的寡得到这种下场时，她真不想活了……我究竟得罪了哪路神仙？这可是几十年来双坑这个地方出的怪！几十年的苦苦坚守已经甩进乌江了！我今后死了怎么对得起祖宗？她的心里掠过一道阴影，把娃丢在坑里再生一个……但是她马上就否决了这个残忍的想法，这毕竟是一条生命呀！她揩了一把眼睛水，对儿子和媳妇说："都不用焦心了，一切都是命中注定，你们都还年轻，今后还可以再生……就是被罚得倾家荡产，我们也要有一个值价人。四全，快去给蛮三弄点吃的！"

蛮三仍然在抽泣。她的心碎了，碎成数不清的瓣儿。

四全听到娘这么一说，才想起蛮三有两天没进水米了，赶忙去厨房打几个鸡蛋，给她煮碗汤喝。

"别伤心了，蛮三，蛮……娘不怪你……"老人给媳妇的脸上抹了泪水。

蛮三更加伤心了，泪水怎么也控制不住，老人的手还没放下，眼泪又滚出来了。

传说双坑里有怪物，大坑里有大妖精，小坑里有小妖精。每天早晨的雾就是妖精吐的气。雾出时，人只要到坑边去，就会被妖气裹住，妖精趁机出来，将人拖下坑去，男人当肉吃，女人当老婆……这个神秘的传说，给双坑寨里的人们的心里添上了一道恐怖的阴影。至今，还没人敢在早晨腾雾时到双坑边。

四全家自从添了一个缺嘴女娃，家里原来快乐的气氛就被突如其来的不幸赶得消失殆尽。原先准备的月米酒在痛苦中被取消了，四全原来那硬邦邦的身体已经没有精气神，周身发软，像害了一场大病，干活也没原来有劲了。命孬，干什么事情都没有心肠。他的头发开始发白。老人呢？比儿子和媳妇更是焦心，头发突然像染上了一层霜，时常一个人躲在角落里暗自落泪。她在挖空心思为自己的家里找补救的方法。有时甚至整夜都睡不着觉，翻来覆去地想……有几回曾经在梦中向自己死去二十多年的丈夫哭诉一场，梦醒之后，也是满目泪水，那种完成儿子终身大事之后的轻松与快感已经不复存在了……她自己常常是在泪水浸泡中度着难熬的日子，成天愁眉苦脸，记性也不如从前了，有几回搭面，竟然把鸡蛋丢在锅里了，一次次地重复：“我是咋啦？我是咋啦？我的记性……”

蛮三也在苦水中开始当母亲的日子，昔日脸上的红晕，好像被魔吞噬一般，青皮寡脸的，像刚从土地里挖出来似的，娃儿出生的第七天，娘家要来送月米饭，打山糟……却被她哭着拒绝了，她生了一个缺嘴巴的娃，还有什么脸面见娘家的人呵！娘来看她，娘俩抱头痛哭一场就回乌江边的泡桐坳去了，她回去也没脸面对自己家族的询问。女儿的命苦呵！女儿的命苦呵！

孩子满月了，蛮三感到无地自容，像自己干了什么见不得人的丑事一般，常常是闭门不出，出门一遇到寨里的人，老是埋着头。上山干活时，悄然地出门，生怕遇到外人。当娃儿发出五音不全的啼叫时，她的眼泪像断了线的珠子，止不住地往外流着，鼻子里一阵一阵的酸楚，慢吞吞地将乳头放进缺嘴里，然后失神地想着一些自己也说不清楚的事情……

每天一回到屋里，几娘母的脸上布满了乌云。悄无声息地做饭吃饭，晚上，点上淡淡的煤油灯，小坐一会，就早早地睡去。其实他们都睡不着，他们三个大人的心里装着同样的心事。

四全常常责怪自己，为什么当初不听娘的话。

老人也无时不在责怪自己没有尽到当娘的责任。

蛮三也在深深地责怪自己。

蛮三常常是在提心吊胆地熬着生命中的日子。

有一夜，蛮三起来解手，好圆好亮的明月照耀双坑。寨里一点雾也没有，她望着远处依稀可辨的山梁，心里产生了古怪的念头……她想去寨子下面的坑里看看。她从屋里拖了一条板凳在阶沿边坐着，如丝的夜风似乎给她的心灵带来好多的安慰。以前从来没享受过这样的夜晚，她想让自己破碎的心得到修复。但是家里的不幸，让她无法摆脱一种阴影的纠缠，想起自己的命运不禁潸然泪下。山里的女人命如草一般贱，生下来就是苦命，小时看牛，打柴，大了些就许配人家，之后就是生娃养崽……最后悄然无声地离开人世。人比草又能好到哪里去呢？

四全见蛮三出去了好久没回屋，就出门来看妻子，见她在看着远处，他不知道说些什么，悲凉已经融化着他的全身……好半天才拍了一下蛮三的肩膀说："快着凉了，回屋里去吧！"

蛮三揩揩眼角，跟着四全进了里屋。

就这样，一家人度过难熬的两年时光。

一天，村主任从乌江边的泡桐坳来到他们家里，问问娃儿情况。他们就将豁嘴女孩叫到村主任跟前，一家哭成了一片。四全妈哭着请村主任帮忙。村主任对四全妈说："你们家还有救，头胎残疾，还可以申请生第二胎。再说，那嘴上的缺口还可以去医院补上！不过要花钱！"

一家人就像在绝望中抓到了一根救命稻草。四全妈赶忙从家里拿了一千块钱交给村主任。

村主任就从衣袋里掏出一张生育证，交给四全妈：“老嫂子，你千万不要对别人说，我知道你几十年守寡不容易。把第二个孩子生了再去给娃补嘴巴！”

一家人对村主任千谢万谢。

尽管看到一丝希望，但是一家人心里多少还有一些乌云。双坑就数他们家的人口单。其他人家都是三儿两女的，万一生下来又是一个绣花的该咋办？双坑自然条件差，最近几十年有一些人打单身汉，不少男人去乌江边的河坝当上门女婿。因为那几年过难关，四弟兄就只剩四全一人了。这还是老天有眼！没叫这家人断根！四全想：娘这一辈子还有我，我要是没一个继香火的，我家彻底完了！活着还有啥意思？

蛮三失神的眼里突然一热，终于又有了一线希望。她说不出是悲还是喜：老天，保佑我们吧，我一定要给四全延续香火，完成一个山里女人传宗接代的神圣使命！

老人的心头又燃起一抹念想。但她仍在责怪自己没守出儿孙满堂，这叫守什么节呢？死后如何去向自家男人办交割呵！她常常梦见自己死去的男人，在梦里埋怨自己男人如何放得下她，逢年过节，没少给他烧几炷香，却又不保佑自家有一个好儿孙……她的男人是农业学大寨修大寨田时被炸死的。当时，她就跪在死去的男人跟前发誓：“娃他爹，放心上路吧，我一定把孩子守出林，把你的香火接上……”从此，她就再也没嫁人。

可是，她的三个孩子相继夭折。只剩下最小的儿子四全。四全是她唯一的希望。而现在，她的愿望又要落空了：她常常做梦，梦见自己掉在双坑里了……虽然是梦，但是她明白，这也不是什么好兆头。

村主任走了，一家人又返回自己的生活角色。

但是他们毕竟有了希望。

为了生一个值价人，一家人都在找着补救措施。

有一天，趁着蛮三上山打猪草去了，老人对儿子说：“全儿，娘给你讲一件要紧事。”

“啥要紧事？”四全心里忐忑着，既紧张又有些喜出望外。

“你得昧一点良心，为了传宗接代！”老人表情凝重。

“只要能够生崽，只要不杀人……啥子事我都敢做！”

“那你就去和别的女人睡一回，千万不能对蛮三说……”

四全听了娘的话，心里一震，呆若木鸡，不知如何回答娘。去睡别的女人，就对不起蛮三，要是蛮三知道了，不气死才怪！四全哽咽起来，脑子一片混沌。

“你不这样做，你今后就莫后悔……”老人也有些无可奈何，眼圈红了，泪珠马上滚到腮边。

四全说不出什么了，泪珠在眼窝滚动着，像在人生中下一场大暴雨。

老人在一旁抽泣着，泪水像一条无名的小溪，无声地流着。以前她是很少流泪的，就是拖养儿子的时候，再苦再累也没掉过一滴泪。而现在，人老了，一想到家里的不幸，常是老泪纵横。

见到老人哭得那么伤心，四全的心绞疼，娘养大自己不容易，可是现在到了这步田地……谁又不是想自己家里好呢？娘还不是为了我们能够传宗接代。为了自己有一个后代，豁出去了……他麻木的心变得颤抖，伸手去给娘抹去泪水："娘，我听您的，我去试试！"

从这天夜里开始，四全失眠了。

山里人的日子像山岚一样生生灭灭。

没过多久，蛮三又怀上了，缺嘴娃也断了奶，跟着婆婆睡。

四全娘俩有些说不出的高兴，十有八九是一个值价人，四全还在乌江的黑獭场找了一个算命先生算了几卦，算命先生说他要生一个大贵之子。他听了之后，心里激动好一阵子，不由将准备称盐打油的十块钱交给那算命先生："承得你老人家的福口！"于是，他就高高兴兴地回了家。

虽然怀起了娃崽，可是，蛮三仍然心事重重：她怕自己不能够给四全家续上香火。世事难料，不少事情就是不以人的想法为转移，她真有些怕生娃崽了。

九个月的时光就在凝重的空气里流过。

蛮三又要生崽了，她仰在床上，腹部剧烈地发疼。疼倒没有什么可怕的，娘奔死来儿奔生！生崽是每一个女人的鬼门关，是死与生的考验。而此刻的蛮三真怕娃崽落地，若是一个带把的，就是她人生的转机；反之就是她人生苦难的延续，生命将对她来说没什么意义：她将使双坑在几十年后，绝一户人家。她心头一次又一次默念：生一个儿！生一个儿！生一个儿……

婆婆和男人都急切等待着一个传宗接代的崽的诞生。

四全把蛮三抱在怀里，心不由自主地跳着，虽然算过命，但是他还是怕事与愿违的情景。

他们都在等待家庭命运的判决！

“疼吗？”婆婆不停地问着媳妇。

蛮三没回答，只是一个劲地摇头。

四全沉默地用左手托起妻子的头。用右手轻轻地拂着蛮三身上的猛汗。屋里空气似乎凝固，每个人的心都很紧张很担心。但是，他们都有同一个愿望、有同一个目标……

老人巴望崽早点生下来，以了结她多年的愿望。

男人想崽早些生下来，是一个大贵之子！

蛮三经过三个时辰的疼痛与挣扎，随羊水潮涌与汗水浸泡，娃终于呱呱坠地。

老人用一个古老的木盆托起，仔细地瞧了一阵：“天哪……”然后慢慢地将木盆放在床边。一时，她真不知该咋办。

娃激烈地叫唤，如抗议般地呐喊。

四全呆了，霜打茄子般地耷拉着头，脑子“嗡”的一声，失去了知觉。

蛮三听到婆婆的叫声，就知是全家都不愿意看到的结果。冒起的冷汗和分娩时的热汗，一同把床单完全泡湿了。

“哇哇……哇哇……”娃儿在木盆里失声地号叫着，这惊人的叫唤声，划破着屋里死一般的寂静。

一家人都忘记了抱起木盆里的娃，似乎都没了主意。老人说不出话了，四全也失去生活的信心……蛮三几次竭力想爬起来，但是她太虚弱了，她爬了几下，终究也没爬起来，她迷迷糊糊地感到自己已经完全掉进双坑。

娃的叫声越来越弱了……

第二天，蛮三和新生的娃儿消失了，只在双坑边看到了一件蛮三的衣服。

四全和娘跪在坑边号啕大哭……

（原载于《大地文学》2012年卷12，有改动）

最后一个渡船老板

乌江河在黑沉沉的夜色中喘着粗气。

“嗨哟嗨哟”的船号子不断地向河岸扩散着，既显得几分高亢有力，又似几声叹息。

划船的桨声渐渐向东岸靠近……一条黑乌乌的敞口木船上，那个一手拿艄一手划桨的老人在尽力地划着船。热汗将他的衣服浸得湿漉漉的，他可顾不了这些劳什子汗水，只是拼命地朝河东摇船……

一声清脆的碰响，船已靠岸。船老板熟练地从船头提起一串铁链子向河的东岸抛去，然后他一个纵步就跳上了河岸，顺手就抹了一把头上的热汗，把铁链套在河东岸的石桩上。船老板瞄了一眼河西，就急匆匆地朝自己的住处走去……

他的家就住在乌江东岸的黑獭堡码头的不远处，靠路边的篾席窝棚里。一大把年纪了，还没有一个像样的家，一辈子吃在船头，住在船尾，拉撒在渡口。前年，他才在河边的街上搭了一个窝棚。

街上的路灯早灭了。

没过多会儿，他就摸到自己的窝棚前，解下腰上那独把钥匙，开门，一拉电灯，没亮，“屁……妈的！”他骂了一声，他才想起镇上的规定，枯水期晚上10点钟就停电。他从裤包里摸出一包火柴划起来，在屋里转了一圈，然后点上用旧墨水瓶做的煤油灯，顿时，屋里弥漫着昏黄的灯光，主人那几件家什尽收眼底：一张桌面已经开裂的四方桌，两条板凳搭就的床铺上，旧篾席在发着黑黝黝的光……

他摸了摸对襟子衣袋，那20块钱还在。他迟疑一下，抠出来丢在破方桌上。他那略带麻子的脸上的厚嘴唇露出了莫名其妙的苦笑。为今夜敲了别人的竹杠而惆怅与难过。一辈子的好名声这么一回就抹黑了，今后还有啥脸面在乌江上混……

这可是他一辈子做的唯一的一回亏心事！

最近几年，他这个在乌江上推了几十年渡船的老板遭人冷落了。而今的人们把性命看得太重了，过河多坐汽轮。为此，他常常闷闷不乐。想从前，乌江两岸三乡十八寨，谁不晓得黑獭堡渡口的麻老板？一提到他，人们都会情不自禁地竖起大拇指，都会道出几分传奇的故事。几十年来，从这个渡口渡过的人不计其数，达官贵人，平民百姓，凡从这儿过河的人谁不对他有几分敬意！谁不叫他一声麻哥或者麻老板？一想起这些，他就开始有些莫名的失落，甚至难过，常常在梦中依依不舍地退出了乌江河。

而今呢？而今呢？

好在天无绝人之路！乌江河上的汽轮夜里不摆渡，给了他一点找野食的机会。谁没个不测之忧？谁还没有一点急事……夜里他既为别人渡了河又给自己挣了几个糊口的钱……那可是拿自己性命换的哇！犹如在刀锋上舔血……

此时，船老板十分疲惫，他把身上被汗浸湿的衣服剐下，狠狠地拧了几把，随手搭在屋角那根沧桑的麻绳上……嘀咕了几句，然后他从床底下提出酒瓶，猛猛地吸了几口，喉管被酒呛着。隐隐作痛，咳了几声，直到喉管有些发麻了，才将酒瓶搁在破方桌上，钻进黑而发霉的被窝，头一扬，就吹熄了灯……

这夜，渡船老板彻底地失眠了，自责与痛苦，一起涌向心头。

平常他解闷的有效办法就是喝上几口“苞谷烧”，也就用苞谷酿的土酒，乌江艄公叫这酒作“猫尿”，他喝“猫尿”在黑獭堡很有名的，他的诨名“麻老酒”就是由此而来。少时出痘，脸上落下了几颗黑麻子，大了又好酒贪杯，麻脸被酒精熏成了典型的猪肝色，他的大名马福久就被诨名“麻老酒”永远地取代了。乌江一河两岸的大人小孩都叫他“麻老酒”。好多年前他是不大喝烂酒的，每天只是喝几口解一下困和乏。但他喜欢，活到七十多岁的人了，哪回的忧愁和烦恼不是“猫尿”给驱散的！何况乌江河上的艄公谁他妈的不贪几杯？不贪杯的男人还算得上乌江好汉？在乌江上还算啥角色？

此时，麻老酒真的醉了，但他的心里明白，是为今夜敲人竹杠而喝的闷酒。敲竹杠是耿直的乌江汉子不齿的丑事。一辈子的好名声今夜彻底丢尽了……这张老脸还往哪儿搁？我他妈的真不是人！当了一回棒老二！一想到这些，他的心在无声地流血！

我他妈的真不是人！麻老酒心头不断地骂自己。

晚饭之后，乌江喧闹的汽笛在夕阳帷幕里淡然消失了，宁静得像一幅悠远古老的油画。他和往常一样，默默地在河边的码头上来回走着，等着过河的客人。

夜幕缓慢降临乌江河岸。暮春时节，凉风习习，一河两岸都闪起了明晃晃的灯光。强烈节奏的曲子在夜风中悠然回荡。一听到被年轻人称为“流行”的曲子，他就感到十分沮丧。乌江河上延续上千年的船号子仿佛在一夜之间被人亵渎了。他的心头一阵一阵悸疼，双手捂住耳朵，耳不听心不烦：狗日的，世道变了！狗日的……

初春的夜风更凉了，凉得叫人有些心寒。

他连续卷了三支毛草烟，仍然还没有人来找他，他的心头难免有些失望。

“狗日过河的人都绝种了！”他心头好多次这样骂道。虽然他知道骂也无济于事，但是心里总疏通一点。于是，他懒懒地走上渡船，靠在船边闭着眼睛……恍惚中，他迷做起十分离奇而又遥远的美梦：梦见自己变成了一条雄健的蛟龙，正穿梭在乌江汹涌的波涛里……时间仿佛又回到几十年前，那个曾经向他讨要红苕的四川女子微笑着向他走来……

一束手电光像一把从远方砍向他的剑突然向他射来，随之跳上来一个虎虎生风的年轻人，歪屁股船猛然颤了一下。

船老板陡然一惊，从美梦中醒来，睁开惺忪的双眼。

“麻大爷，过河。”

好久没听到这么亲切的称呼了，他的眼角突然一热，似乎有些感动。

“嗯！”船老板懒懒地应了一声。心想崽儿你可碰在老子的气头上了，老子今晚要狠狠宰你一刀。

“你要过河？”

“对头，这晚上，你还推渡吗？”年轻人递来一支香烟，马上用打火机给点上。“夜深了，只有麻烦您老……

多少价钱你尽管开口。”

“这场合，拿性命开交，少说也是个吉利数，8块！”话刚说出口，麻老酒就有些莫名的后悔，我啥时候缺过德敲过别人的竹杠？这不是明摆着抢人吗？这和棒老二有啥区别？

“给20块！”年轻人甩过一张票子。“你恁大的年纪推渡船也不容易！”

这崽儿不是孬种，不重财，船老板心里说。电筒光下他盯了一眼那票子，心头一沉，仿佛有什么在敲击他的心灵：“甭急，过河再说——”

哗啦一声，锁船的铁链抛上歪屁股船头。

“崽儿，关掉电筒！”发觉电筒还亮着，船老板大吼了一声。然后将竹撑子往河岸上一磕，船便离河岸了……他挥动着双臂，一手拿桨一手握艄。

划打划打……船桨拍浪的响声，很有节奏地传开，既像作战时的擂鼓，又似一记记响亮的耳光，打在他那张满是皱纹的麻脸上。

船更快了，站在船头的那个年轻人，打心底里佩服老人的推船技巧，这夜里如骑手在草原上驰骋……

沉默。彼此沉默。夜里推渡仿佛有一种庄严的气氛。老人的手有些发抖了，他明白船已经到了河心，河心的水急一些，每回船至河心时，他就格外冷静与小心。一辈子的经验就是在大风大浪里慌不得，江心的礁石闯坏过不少的船只，使不少水鹞子淹死，而他几十年从来没遇到啥危险。过了江心，又稳稳地斜行……西岸的石阶若隐若现了……他终于松了一口气，可心里犹如压着一扇沉甸甸的磨盘。他反复地扪心自问，敲过河人的船钱是他麻老酒一辈子也看不起的“下三烂”！现在有的人为了钱，贪污、受贿、诈骗、卖假货、卖假药……我和他们有什么区别，只不过是名目不同罢了，他的心里反复责问自己，良心的砝码在现实的天平上渐渐悄然失重。

水浅起来了，竹撑子也伸到了河底，船老板意识到快靠西岸了：“崽儿，准备下船……”

船头轻轻地靠了岸。

“麻大爷，船钱！”年轻人打开手电，递来一张票子。

“你的船钱不能收……”船老板冲年轻人吼道。这是他发自内心真诚的表白，没半点虚假的成分。

那年轻人将一张票子揣进老人的衣袋：“不用找了，大爷，20块！多亏了您，大爷，不然我要误大事，可能他们还在等我……”

“亏我……给钱，还亏我？”船老板问，“有么子要紧事？”

“不瞒您说，大爷，今天是我妹仔的生日，我特地从广东赶回来……车来晏了，过不了河，要不是人家，恐怕……”小伙子最后一句话撂下后半句。

船老板“噢”了一声。心想这崽儿真是有情有义，为个女人特地从广东赶回来，这到底要花多少钱啊，而我呢？老人的心头不停地骂自己，我麻老酒真他妈的不通人性。别人是好事，而我……

年轻人下船小跑起来，手电筒在河岸划出一道弧线的光亮。

“妹妹你坐船头，哥哥在岸上走……”歌声开始飘荡在河岸的夜空。突然，他觉得这歌声今夜听起来特别中听，别有一番感人的情趣。他从来没有过这种感觉。

他无精打采地摇着船返回东渡，仿佛有什么在掏着他的心。

船老板滋生前所未有的内疚感。过河该收5块而收别人20块，还算得上什么乌江汉子？要是让别的同行知道，不笑掉牙齿才怪？亏心事也是你麻老酒也能干得的啊！

今夜，做了亏心事的麻老酒，似乎感到自己生命失去了主心骨，几十年来在乌江河树立的形象无形地消失了，丢失了他人生信条中最珍贵的价值……在“苞谷烧”的烈性中也无法摆脱……“我不是东西，我不是东西！”只有一声长一声短地叹息。

他一辈子够窝囊的，5岁时就没有了爹，据说是1934年贺龙在川黔边闹红时，他爹跟贺龙的队伍当兵吃粮去了，那时，他爹是贵州沿河乌江码头渡船艄公，在今天的红军渡推渡船。红军路过时，丢下婆娘、儿子和歪屁股船，一拍屁股就走了，从此就再也没有回来。有人说，他爹改了名在北京城里当了大官。

他老子走的那年，他娘变得疯癫，跑到后山和一个汉子挪了窝，留下他一个人在河边过流浪日子。吃百家饭穿千家衣，苍天有眼，竟让他这个苦难的孩子无灾无难地活了下来。在漂泊的日子里学会了弄船，而且还成了乌江上弄船的好手。他 19 岁那年，世道变了，他这位要饭的叫花子成了社会的主人。那阵，黑獭堡还是个乡场，往来的交通工具是木船，不像现在这样通汽车、有快艇……那时，不少家庭都有歪屁股木船，可就是没人愿意在乌江渡口推渡船。当年干这活没啥搞头，他凭借年轻，就向干部讨要了这件差事，当起了黑獭堡的渡船老板。渡船收的钱交生产队，而乌江一河两岸的人过河不兴开船钱，只是每隔两年交点修船费，他的口粮由河边的几个生产队供，河边的人叫“打冬粮”。这对他来说，也许是再好不过的美差事，他只要求填饱肚子就行。后来他也有过辉煌的时期，那些年，市场关闭，运输船没有多少活可揽，收成一年比一年差，而他却是饱载而归，安心地为人们推渡船，就是有人夜里喊他推渡他也干……随喊随到，从来没有出过事故。于是，乌江河边流传起“麻老酒推渡硬是没得说”的言语。

光阴如乌江河流水般地冲走了。他被乌江冲走而立之年，不惑之年，天命之年，也冲走了花甲之年和古稀之年……进入人生晚景，直到感觉土已经埋到自己的脖子时，他才真正晓得人生的孤独与苦楚，看见与他同时代的人儿孙满堂时，非常眼气，他的鼻子就会发酸，心中升起难言的凄凉……

这几年，乌江河上世道彻底变了，就像夏天的天气说变就变。那些外出打工的年轻人回来买起了汽船，河边传统的歪屁股船已经越来越少了。黑獭堡河边修起一个客运、货运码头，柏油路已经从遥远的县城直通进来……他推了几十年的渡口居然兴起机器船……他这个在乌江河上摸爬滚打几十年的推渡人，已经在无形中失去了存在的价值。他那曾招人羡慕的饭碗被彻底砸了！他曾暗暗想过报复，晚上悄悄把那条摆渡的机器船砸个稀巴烂……但马上又否决了这个十分愚蠢的念头，一辈子耿直的乌江汉子绝不会干出让人耻笑的丑事……不知从啥时起，他就产生了一种力不从心的感觉，常常喝起闷酒，迷迷糊糊过日子。

下半夜，麻老酒终于蒙蒙眬眬进入了梦乡……他再一次梦见自己变成了一条硕大的蛟龙，和很多蛟龙在乌江河里打架……

第二天早晨，太阳起来好高了，乌江河又开始往日的喧闹，黑獭堡最后一个渡船老板麻老酒才懒懒地起床，从方桌上抓起那20块钱，撕成碎片。他暗暗发誓，从今天起，他从乌江渡口退出，而且是永远……

（原载于《大地文学》2018年卷44）

第二辑　往事回味

童年不知愁滋味

一

幼时，我真是一个吃货。爹小时候跟骟猪匠师傅学过阉猪，平常也给农民家阉割小猪，常常拿回两个肉蛋蛋。我好奇地问："爹，拿的啥？"爹说："是猪卵子（公猪的睾丸）！"爹笑着在猪卵子上切开一个长口，蘸上食盐，用菜叶子包着放在火堆上烧一会，掏出来拍掉灰给我吃。这是我小时梦寐以求的一种美味，不亚于当今城里小孩朝思暮想的肯德基。凡是爹外出回家，我就吵着叫爹要吃猪卵子。他就莫名其妙地笑我："听话！明天爹就去骟猪，给你弄两个猪卵子……"听到爹这句话，我就会停止哭闹。有几回，我受委屈哭得收不了场时，爹就哄我："不哭了，爹明天拿猪卵子给你吃！你再哭，爹就不给你拿了！"听爹这么一说，我再伤心也不会哭了。

如果说猪卵子是当年乡下小孩心中诱人的食物，那么牛卵子更是他们难得的美味佳肴。我三岁那年，婆给生产队喂一头公牛，生产队队长领来一个骟牛匠，把牛捆在我家门外的橙子树上，用弯刀割出两个牛卵子，爹切成片炒给我吃，我吃得意犹未尽。我多次央求爹：“我们以后多望几头公牛，多吃一些牛卵子！”爹看着我笑笑说：“狗日的，你想得很美！哪里天天有这等好事！”第二年，婆又给生产队养了一头小公牛，社员们叫它“烧牯崽”，我每天都渴望烧牯崽快点长大，我好吃牛卵子，为此，我常帮婆到山坡上打草，婆还夸我说：“我家剑波变勤快啦！”她不知道我心头的小算盘。大约半年之后，生产队队长领着骟牛匠到我们家，我心想，又有牛卵子吃啦。可是这次，我没有上次幸运，骟牛匠、生产队队长和几个社员一起将烧牯崽捆在我家院子的那棵橙子树上，骟牛匠用锤子锤击牛卵子十几下，砸得牛哞哞地叫……我看到牛的那个部位在流血，一滴一滴地流在地上，骟牛匠说了几句“又肥又肯长”之类的话，敷一包面面药在流血的牛卵子上，嘱咐婆注意牛的伤处，不要让水打湿。然后就解开牛，走啦。此时，我想，为什么他们今天不取出牛卵子？我有些失望，我曾经幻想了很久的美味顿时化为乌有。婆就把牛牵到牛圈，我看着被牵走的公牛，无语，我用手指蘸着地上还有余温的牛血，泪水夺眶而出。长大后，我才知道，骟牛分为开骟与锤骟两种，开骟就是从牛的生殖器中取出睾丸，而锤骟就是将睾丸用锤子打碎……

山里孩子很少吃到山外的水果。我们吃得最多的是茶泡和牛奶子。茶泡是油茶树上结的果实，每年春夏之交，寨子的土边田坎上的茶树长一些红白相间的果实——茶泡，酸甜而脆。除大人打茶泡给我们吃，我还和几个小伙伴拿着竹竿站在茶树下拍打，从地上捡起打落下的茶泡，用手抹一下就吃。

牛奶子也是武陵山区一种夏季的野生水果，农历四月间成熟，牛奶子像牛的乳头，有淡黄、青黄、红黄几种颜色，味儿甜酸甜酸。吃时很合口，一不注意就吃得停不下嘴，几天吃不下别的食物。小时，爹和娘常上山给我们打（摘）牛奶子吃。牛奶子成熟的季节，我就邀约小伙伴们上坡打牛奶子，用桐子叶子包着回家，吃得牙齿都酸败了……为此，还常挨爹几声大声呵斥：“狗日的，吃东西要知饱足啊！”

二

“大人喜赶场，细娃想过年”是我家乡的一句谚语。究竟表达什么意思有多种诠释。大人赶场是劳动之余的放松，小孩过年是有好吃的和玩耍。

爹去赶场，我和姐姐一般都有粑粑吃。有时爹赶场也是空手回家，没给我们买粑粑，我就吵着爹要，爹就对我们说："乌江昨天发大水了，从沿河下来卖粑粑的人全淹死了！"我大失所望，为什么乌江会发大水呢？我反复自言自语。又有几次爹去赶场，没给我们买粑粑。爹又说："卖粑粑的人都死了！"我又很失望，卖粑粑的人都死了，意味今后就不可能再吃粑粑。我对三大爷家的咪毛说："我爹说黑獭堡卖粑粑的人淹死了，莫得卖的了！"咪毛和我一样大，他说昨天赶场他爹才给他买了泡粑，咋卖粑粑的人都死了呢？我不相信，咪毛说："那是你爹哄你！"我才不相信爹会哄我。晚上我问爹："爹，咪毛说三大爷昨天给他买了泡粑，他说卖粑粑的人没死啊！"爹听我说这话，看了一眼娘，他们彼此笑笑。爹一本正经地说："爹还会哄你？二场我去看那些卖粑粑的人活了没。听话，如果他们活了，爹一定给你买！放心！"后来我才知道，"卖粑粑的人死了"这句话是特殊时代不少父母亲哄小孩惯用的托词。

小时候，我和乡下所有儿童一样，盼望过年。"红萝卜，咪咪甜，看到看到要过年，又放火炮（鞭炮）又煮肉，又吃葵花又好耍……"这是我童年喜欢唱的一首儿歌，是大人教小孩唱的。记得有一年过年，爹给我买一个红白相间的花皮球，像过年的包子大小，我爱不释手，连晚上睡觉都紧紧地抱在怀里。一天，大人们上坡劳动去了，我好奇地用菜刀切开球，看看里面究竟是什么，能打在地上一抛一抛的。一刀切开见皮球瘪了，我就哭了，哭得很伤心。婆和爹娘回家，见我的花皮球破了，我在哭，他们就笑我：“傻小子，只有你才干出这傻事！”二娘用她挖中药材卖的钱又给我买了一个和原先一模一样的花皮球。她再三嘱咐我不要再切开，球里装的气，气跑掉就不再抛了。我长大之后，才明白自己小时做过多么令人忍俊不禁的傻事。

爹每次在外开会回家，总会用菜叶子包着一两片肉，放在火上烤热给我吃。因为当时只有会议伙食才会有肉吃。见我吃得津津有味，爹的脸上露出笑容。有几次，我问爹：“爹，你为啥不吃肉啊？”爹说：“我没有长饿舌头啊！”当时我不知道什么是饿舌头，只知道想好吃的，认为爹给自己带好吃的是天经地义，不知道这是爹口不吃舌不吞留给他儿子的美味吃食。

三

每天放活路一收工，娘带着我到坡上的地里掬（捡）苞谷黄豆。从艰苦年代过来的娘，把粮食看得比什么都重要。她对我说：“一颗汗水不得一颗粮食！粮食是宝中之宝的武器！”没有文化的娘把毛主席语录演绎在她平常的生活话语之中。

有时，娘还会在坡上烧起火，放几抓黄豆荚在火上，噼噼啪啪一阵炸响之后，从火堆里捡烧熟的黄豆给我吃。很香很脆，有一种乡村纯粹的香味。

我两三岁的时候顶着一个锅铲头，像在头上撒了一把萝卜丝，成天飞上飞下。看到红卫兵敲锣打鼓，我在后面跟着兴奋不已，吵着要跟着他们去远方。当时的远方在哪里，我不知道。

一天晚上，堂娘（堂姑）翠娥带着另一拨人来到我家，他们属于沿河司令部。司令部里的领头人叫张伯伯，张伯伯给我们的生活带来了不少惊喜，他做得一手好菜：红烧肉、土豆丝、菜豆腐。我特别喜欢他做的菜豆腐，清香可口，常吃得我肚子发胀。

张伯伯每天给我一毛钱，让我去大队的代销店买水果糖。我只要拿到了一毛钱，就吵着要二娘同去给我买糖。张伯伯开我的玩笑：“猴子胯下离不得丝栗子！”直到很多年后长大懂事，我才知道这个十分形象而具有地域性的话语含义——有一个吃一个，不懂得积蓄的意思！

张伯伯很喜欢我，常逗我玩，带着我上山采蘑菇，教我认识了松菌、青杠菌、荞粑菌、黄丝菌等野生菌种。到现在，我仍然认得这些野生菌。多少次在梦中，常常还闪现我童年与他在一起的快乐情景。

张伯伯喜欢吃（抽）毛草烟，他手里常拿着一支两三尺长的大烟杆，有时故意向我吐烟雾逗我，呛得我无法忍受。他给我讲“汽划子”（小轮船）与乌江，让幼年的我产生不少好奇心。

因为张伯伯，我才真正认识传说中的沿河县城。

他家住在沿河县城郊张家坝，离县城十分钟左右的时间。我第一次到沿河，是爹带我去张伯伯家玩。我第一次坐汽划子，从黑獭到沿河船票只要一毛五分钱。从那时起，我就有一个梦想，长大之后一定要开汽划子，当戴着盘盘帽和穿着白色衣服的水手。那就是我童年产生的第一个梦想。

张伯伯下乡开会，把我带在吉普车上，那是我人生第一次坐汽车。有人问他我是谁，他说是他的亲侄儿。从沿河回家，我曾向几个堂弟炫耀，我坐了张伯伯的小包车（吉普车），让他们羡慕得干瞪眼。

张伯伯逗我：“剑波，剑波，张伯伯将来一定要给你找一个好媳妇！”我不知媳妇的内涵，我说：“我要表姐！”

爹给我取名剑波，政治语境浓郁，源于样板戏《智取威虎山》中的英雄少剑波。也许他希望我像少剑波那样有勇有谋，成为国家的有用之才。那个时代的不少父母，都给自己的子女起名“红卫”“文革”“卫国”“建设”等具有时代烙印的名字。我的名字也是时代的产物。爹也是与时俱进的。

“要得，剑波要哪个，张伯伯就去给你找，一定要满足我们的革命英雄剑波，就是将来你张伯伯老了，杵着大烟杆也要吃你的喜酒，看你结花姑娘！”但张伯伯终究还是没吃到我的喜酒，1976年夏天他去天津小津庄参观学习，归途中遭遇唐山大地震，魂落异乡。

二娘常和娘捡拾生产队遗留在地里的黄豆，每一次见她们提着黄豆回家，我都说：“你们偷生产队的粮食！”

“狗日的，我们做菜豆腐，看你吃不吃，看你还说偷不偷。”二娘常骂我。

此时，我顽皮地笑着跑开了。说归说，吃归吃。到晚上，吃菜豆腐时，我一碗又一碗接着吃。生活在物资匮乏年代的乡下孩子，吃菜豆腐实在是一种享受，只有一个劲地吃。吃得肚子胀痛了，还依依不舍端着碗，恨不得把锅里的豆腐吃干净。

“狗日剑波，你不是说我们偷的吗？狗日的你还敢吃！”二娘看着我的吃相，假装要抢我的碗，这时，我总是一言不发，只管埋头狼吞虎咽。

四

在我模糊的记忆中，小时候，我被爹狠狠打过一回。

“叫你吃，叫你吃！”起因是我喝了几口二弟临死前喝剩下的红糖水。我二弟四清病危，想吃糖水，爹到公社开了一个证明，去公社供销社买了半斤红糖，满足二弟的愿望。二弟是 1966 年春出生的，小我一岁，他在人世间只活了一岁半。他患了在当今不是什么大病的病。

爹怕我的魂魄被二弟的小鬼勾走，请了一个“土老师”（端公）给我“杀铧”喊魂。我知道一定是因为我不知事喝了一口不该喝的糖水，给一家人造成可怕的阴影，爹娘特别担心我……家乡人说：人小鬼大，未成年的小孩死了，鬼特别厉害，要找人取替胎！

很多年我不喝糖水与此事有关。

到了读书年龄，爹没送姐姐读书。姐姐帮婆在家给生产队放牛，给家里打一些猪草。集体生产的年月，家里喂一头猪，年底杀了，一半上交公社食品站，一半留给家里吃。那时，我想不开也想不清楚，为什么我们喂猪，要交给公社食品站。

五

1971年春，我上小学。从我家到麻布坨，得走10里左右的山间小路。上一年级时，我就和其他高年级娃子们一道上学。二娘还说我读一年级时，把裤子都弄掉了，对这件事，我的记忆有些模糊。只记得一年级的上学期，我的书被学校旁边寨子左家的一个娃子拿走了，爹半夜三更去帮我拿了回家。

学生在上学路上，渴了往往在路边的水井埋头喝几口。进入二年级，我常是跑跑停停，有时忘了拿雨伞，碰到雨天，常常被淋成落汤鸡。

1972年夏天，我患上一场大病。我到麻布坨楠木小学上学的路上，在吊颈岩路边的水井里喝水，患了“水急病”（结核病）。记得我渴了，埋下头在路边的小水塘猛喝了几口水，当时还觉得十分解渴。当天晚上就高烧不退，咳嗽不停。娘起初还以为我患了感冒，请几个草医生开几个民间土方，没丝毫效果，相反越来越严重，奄奄一息。娘就带信给在公社萤石（多晶硅）厂上班的爹说我生了急毛病。爹得知后立即从公社萤石厂回家，看到我的状态，冲娘发一通火：“崽子这么病重才给我说，再不到医院就要拖死啦！”

爹第二天打早背着我去黑獭堡公社医院看病。黑獭堡是一个很热闹的乡场，位于乌江东岸边上，一脚踏两省。同一条街上，一边贵州，另一边四川（现在是重庆），一家人兄弟之间属于不同省份。黑獭堡是乌江两岸物资集散地，赶场天人潮涌动，非常热闹。在黑獭堡公社医院没看出什么名堂，爹又只好背着我回家。

儿子生病，着急的永远是自己的爹娘。爹着急得整晚上都睡不着觉，盼着天亮把我送到医院治疗。

爹和娘商量后，决定把家里唯一的母猪卖了，送我到酉阳县城看病。表娘（表姑）秋香娘（冉从学）在酉阳县人民医院当护士。她读书的时候，当大队支部书记的爹曾资助过她10元钱。她工作后一直与爹有联系。爹每次到县里开会，都要到她家里走动。

娘陪爹背着我去丁市坐客车。

当爹与我上车之后，娘才泪流满面地离开丁市。

这是我第一次到酉阳县城。

我第一次坐班车，尽管我咳得厉害，但我还是对坐车充满好奇，在车上东张西望，向爹问这问那。同车人都说，细娃不装病！

爹带着我到表娘所在的科室，对表娘说了我的病情。表娘说："可能得了肺结核，抓紧治啊，这病拖不得！"

表娘亲自陪我去照了光（指胸透）。一问住院费需要

200元钱，爹身上只有180元，急得他六神无主："这可怎么办？怎么办？"

"二哥，剑波的病住不住院也没大关系，开药去家里治疗也没问题，关键是需要时间。"表娘宽慰着爹。

表娘在医院帮忙买了几盒链霉素针剂和异烟肼等药物："二哥，一定不要停药，一旦停药就会前功尽弃。如果有什么困难或要买药，就给我打电话，我一定帮你解决！别怕！"

听到表娘的话，爹的心才稍安，说："麻烦你啦，表妹，以后要经常麻烦你！你是我儿子的救神啊！"

在县城，我第一次吃到大肉面。所谓的大肉面也就是面条上面漂着几片肥肉，红红的辣椒汤弥漫着诱人的香味，反复萦绕在我的味觉里。

从县医院检查一回家，我就开始进入漫长的治疗。吃药倒不要紧，主要是打针，从来没打过针的我，刚被捞起屁股，吓得一阵阵惊恐，死活都不肯打针。爹在我屁股上狠狠拍了一巴掌："狗日的，不要怕，打针就像被虫咬一下，打一针，老子就给你五分钱！"

见爹的架势，我就不敢吱声，打针便没想象那么可怕，只是瞬间像小虫咬了一下。

当年我家给生产队养了一头牛，牛被人牵去集体耕田犁地，牵牛的社员总是将牛在山上喂饱给我们牵回家。

我家一般管牵牛人的饭吃，不少的乡亲为吃一顿饭，总是找借口给我们家放牛牵回家。

生产队的冉隆杰帮我们牵牛回家，爹娘请他吃饭。他说：“三爷三娘，我倒没有什么，就是我的儿子饿得不可开交，要我吃，我就把饭带走！拿去给儿子吃！”我爹一听说，拿一个口袋舀了几碗米给他回去煮给他儿子吃。

打针吃药的日子，爹娘为我开小灶，所谓小灶就是用茶罐给我煨米饭和炖蛋。炖蛋用点猪油与鸡蛋调匀放锅里蒸熟。姐姐和弟弟们很郁闷，见我吃好的，常常不满：“还是生病好，顿顿吃鸡蛋！”

秋香娘给爹说过几次：“结核病除吃药打针治疗之外，营养还要跟上！”当年农村，没有特别营养的食品，最好的营养便是每天吃一个鸡蛋。

爹还听别人说，水急病人要常到树下呼吸新鲜空气才有益于治疗。每天天粉粉亮，爹就叫我起床到院子里的橙子树下做深呼吸。有时我实在不想起床，爹就帮我抱起衣服，带我到橙子树下做深呼吸。

“经常呼吸新鲜空气，你的病才好得快！”

“知道啦！”早些康复，与同伴们上山砍柴、放牛，去黑獭堡赶场，还可以去沿河张伯伯家玩。一个生病的孩子总有自己的梦想。

六

吃肉是只有过年或过端午时才有的口福。刀板肉即腊肉煮熟放在刀板上切成小块，手拿着吃。过年或端午，我和姐弟们守在灶后刀板前，盯着娘切着刚从锅里捞出散发出香味的腊肉。每每这时，娘会给我们每人一小块，吃得我们发馋，看着不想离开。爹见我们几个孩子如猫盯着肉的神情，便对娘说："啥时候也是吃，平常吃与过年有啥两样？娃崽们想吃就让他们吃够吧！免得他们盯着！树子砍了免得老瓦（乌鸦）叫！"听到爹发话，娘恨了我们几眼，给我们每人又拿了几块："慢慢吃，酒吃香甜肉吃味！吃快了就吃不出肉味哦！"我便拿着几块发着微热的腊肉，慢条斯理地咀嚼着。

经过一年半打针吃药，爹带我到贵州沿河县人民医院复查，复查结果是病灶完全钙化，水急病彻底治愈。

1973年春天，公社发展"五小企业"。爹被抽到去公社"五小企业"萤石矿厂当支部书记。

我爹到何家沟厂里食堂吃过几回饭，都是民工打牙祭的日子。白菜里煮着白色肉片，飘着诱人的香味。我多次央求爹带我去萤石厂玩，目的就是吃厂里的伙食。我们常常算着爹回家的日子，他回家，会用一个洋瓷缸给我们带回几片肥肉，吃得我们满嘴流油。

当年乡下不通公路，运输条件恶劣，萤石矿只有人工背挑。娘带着我与生产队社员一道去背过萤石。

我去赶场，娘说："赶场可以，但是少午（午饭）钱自己挣！"她就拉着我和社员一道去何家沟背萤石。我提一个小篮子，装几块萤石。萤石很重，在厂里不过秤，到码头再过秤。过秤得十斤零二两，我还被娘破例表扬一回。

（原载于《南方散文》2021年夏季号）

满　票

在自己的人生历程中，我和很多人一样，都做过不少的蠢事，特别是三十多年前的一件往事，现在回想起来，仍是非常的内疚和悔恨，我已经找不到什么来弥补这件事。

具体的时间是1976年6月，我们小学五年级毕业的那阵。那时是学制要缩短的走“五七”指示道路的年代，升初中不兴考试，而是由学校领导和贫下中农代表共同推荐，推荐的前提是看家庭出身，或者讲关系。我是一个正宗的贫下中农子弟，伯父是这个小学的校长，父亲是我们当地贫下中农管理学校的代表，升读初中应该是没有什么问题的。推荐读初中的第一个程序是由班上的同学提名投票，如果没有过半，就没有参加推荐政审的资格。我当时和班上的绝大多数同学的关系都不错。不少的同学还千方百计地巴结我，因为我爹是贫下中农代表。只是有一个女同学和我的关系不好，和我吵过架。

小学时代，我不仅是班长，而且是学校的红小兵大队队长，表现欲望比较强。我安排她在学校的操场打扫卫生，她不干，我就拉她去见老师，她挨了老师的批评，在放学的路上和我吵了架，还差一点动了手。她的名字叫刘桂英，我有些担心她不投我的票。少时的虚荣心作怪，我希望自己得满票。于是，在毕业投票前的一天下午，我就主动去她的座位，对她说以前的事情不要放在心上，同学一场，我说自己无论如何都要投她的票，还问她：你名字中间的那个“桂”怎么写？她就把那个“桂”字写给我看。我还假装在自己的本子上写了几遍：我记住了，我一定投你的，我是怕我把你的名字写错。她也向我保证：“不投你是小狗，我一定投你一票。”看她的状态是一定被我蒙住了，我的心里还暗暗地笑了笑。当时她不知道我找她的目的究竟是什么，目的只有我一个人清楚。

第二天，学校举行了毕业前的全班学生提名投票。结果，我得了满票，我的虚荣心得到了暂时的满足，达到了我的愿望，而且是班上唯一的满票。我没有投刘桂英的票，而她差了一票失去参加升读初中政审的资格。其实她的成绩比我要好得多！如果她读了初中，第二年就恢复考试，说不定还有一个好前途。后来我常常这样想。

后来，我上了初中，而她回家参加了生产队的集体劳动，她一直不知道我没有投她的票。有时路过，在一些地方碰到，她都主动招呼我，叫得我很不好意思。

我初中毕业的那年，她跟一个比她大十多岁的湖南汉子结了婚，远嫁湖南。从那时起，我的心头就感到非常的后悔，为什么当时不投她一票呢？如果她上了初中，不至于老早就结婚，背井离乡的。到现在，我还时常为这件事情感到内疚而责怪自己。怪谁呢？只怪当年自己年幼不懂事呵！

（原载于《南方周末》2007年9月6日）

难忘的中考

1978 年夏天，我初中毕业参加中考。当年，我还是一个懵懂的少年，但就是这一年，在我的人生中留下了不可磨灭的记忆……

1976 年秋天，我 11 岁，小学毕业，被推荐到万木公社麻布坨楠木小学附中读初中。初二的时候，我伯父从外地调来这个学校当校长。他在全校学生大会上说从今年起，初中毕业上高中要考试了。以前的初中毕业升高中主要是推荐——根据家庭出身或社会关系推荐。一天下午，伯父把我叫到他的办公室：“从今年起读高中要考试，明年你初中毕业，你一定要努力……争取考上高中，只要你能考上丁市高中（现西阳三中），我就给你买一件‘的确良’。”我初一的成绩在班上处于中下水平，考中专基本没有什么希望，所以伯父就给我提了不高的要求。丁市高中是我们区上的一所高中，也就是考高中的最低要求。当时，我还不知道考虑什么前途，只有“的确良”

才是十分诱人的动力。那些年，只有家庭条件好的人才能穿上“的确良”，就连姑娘出嫁向男方索要的嫁衣也是“的确良”。自从听到伯父的话，我才开始转变学习态度，读书认真起来，还有一学年时间，只要努力还来得及。我就在家用废弃的墨水瓶做了一盏煤油灯，开始挑灯夜战，在家里人睡觉之后，悄悄起来看书、做作业。为了不让父母知道，看完书或者做完作业，就悄悄把煤油灯放在我的床下。后来母亲发现煤油少了，追问起来，我才战战兢兢地告诉母亲。母亲说，书可以看，但灯光要弄小一点。我只好拿出煤油灯来，母亲把灯芯弄到最小。那个时候，母亲根本不知灯光小了会影响眼睛，只知道节约煤油。那年月，煤油靠供应，一个家庭一月半斤煤油，我明白母亲的一片苦心。现在讲给儿子听时，他还以为我在虚构故事：“爸爸，你是一个作家，是不是又在搞创作？”其实，我说的话没半点虚构。后来我大姐教育外甥时就以我为例子：“你大舅的眼睛近视就是当年煤油灯光暗了造成的，那时你外婆还说你大舅浪费煤油了！”

伯父的许诺给了我学习前所未有的动力。伯父当时在我们大家庭里有一种至高无上的权威，家里只他一个人在外面工作。我完全相信他说的话会兑现，没半点怀疑。从此，老师就说我完全像变了一个人似的，上课不再走神了，尽管那个时期，我常常饱受饥饿之煎熬，但我完全将注意力放在学习上。以前我听课常常“坐火车”，一知半解，或者不知所云；而现在，所有课程我都能听懂了，在老师上课之前，我就预习新课，上课一点也不感到吃力。在初二上学期期末全区统考中，我成为全公社第一名，全区第二名。两三个月的努力我便取得这样大的进步，在我们当地传为美谈，成为人们教育子女的活教材。人只要肯努力，就会有收获。

不久，伯父借调到县文教局帮助整改工作，伯父临走时给我说：“你不能骄傲，争取考上中专，我说话要兑现，如果你考上了中专，除了我以前说的‘的确良’外，我还要给你买一块上海牌手表。”上海牌手表在那年头可是一件非常贵重的饰品，只有公社书记或者粮站、食品站的那些干部才可能戴上，一块上海牌手表120元，相当于当时一个干部4个月的工资。伯父这话更是激发起我少年时代的斗志，我的学习劲头更足了。听到只要我考上中专就可以得上海牌手表，考上中专还有一个工作，我还有什么理由不努力呵？在临初中毕业的冲刺阶段，我没日没夜苦战……后来听父亲说，他每天晚上下半夜去看我的时候，听见我在梦中就在背数学公式或课文，他曾经对母亲说了好几次，怕我精神出问题。在初中最后半个月，父亲每天监督我睡了之后他才去睡觉，他是怕我的身体彻底垮了。小时候，我生过病，身体不是很好。父亲怕我过度疲劳导致以前的病复发。

我的初中时代，是学制要缩短的年月，初中是两年制。学校走“五七”道路，初一一学年学生都是在学校后面的山坡上挖地种玉米，搞勤工俭学，从初二那年开始，学校才开始抓学生的学习。

7月初，去区里中考。学校到区上中学30多里路，那时不通公路，没有班车，只有开动“十一路”（指走路），由班主任带队，走了差不多5个小时，同学一个两个歪歪倒倒地到达区上。我还好，伯父家的堂姐在区上中学读高中，也是今年毕业。我考试来回4天的生活费3块钱，父亲早给了大姐。父亲担心我年纪小，怕我不小心弄掉，我去了区上，大姐会来找我的。我们万木公社几个初中教学点的毕业生被安排在区卫生院楼上的走道里，睡在几块稻草席铺上。大家吃了晚饭，就去参加考生动员会。全区1200多考生集中丁市中学操场，场面热烈，先是区委书记讲话，然后是县文教局下派的主考官训话。操场周围，一些荷枪实弹的民兵站起了岗，这是1977年恢复高考后的第一场正规考试，高考和中考同时进行，区上考场既有中考又有高考。“接受党和人民的挑选！”“一颗红心，两手准备”等大幅标语挂在学校操场。我还看到一个挎着手枪的中年人在考生前后走动，我盯着他看了好几次。后来我才知道，是区里的公安罗特派员。我也是第一次近距离地看见真正的手枪。以前是在电影里看到过，这时我才知道区上和我们农村不一样：除了看到手枪还可以看到电灯，学校里用柴油机发电，晚上将学校教室照得亮亮堂堂。

中考记分科三科：政治、语文、数学。各科分值100分。物理化学合为一科100分，叫理化，属于附加成绩。一天考两科，考两天。数学试卷第一道题是“2÷3”，监考我们考室的是一位中师毕业的工农兵学员，一打开试卷，他就蒙了，对我们说：“同学们，第一道题可能出错了，大家先不要做，等我去问问再做。”后来我们才听说他去问了学校教导主任，成为那个时代的笑话。

考试题对我来说很简单，每一科考试我都是提前交卷。特别是语文，作文是《给归国难侨的一封信》，占70分，平常语文老师给我们读过有人写给归国难侨的慰问信，我写起来很顺手，估计至少应该在60分以上。数学也比较简单，基本上都是我曾经做过的题型。政治在那个时候基本上都是时事题，“抓纲治国”“一年初见成效，三年大见成效”之类的题占大多数，估计应该在80分以上。考试一结束，我悄悄估算起自己的分数。

班上有一个秦姓同学，不知什么原因把他的名字弄没了，发准考证的时候没有他的，他在学校操场号啕大哭，后来经过老师与招办协商，请示了上级有关部门，他补了因病去世考生的缺而参加考试。其实，他在我们班上的成绩比较靠前，只比我差一点点，但由于这个原因，影响了他的考试情绪，成绩不理想，连县重点高中也没考上。

考试回家，我还要参加生产队的集体劳动。我是8岁就参加生产队劳动的，最开始每天我只有1.5个工分。当时男劳动力一天是10个工分，女劳动力一天是8个工分，而初中毕业时，我已经能挣4个工分，也就是说我已能顶半个女劳动力。

我边参加劳动边等待考学的消息。那段时间，我也曾做一些古怪的梦，有时梦见自己考上了中专，有时又梦见自己名落孙山，自己在梦里放声大哭。我把自己的梦对祖母说，祖母安慰我说，梦是与现实相反的，你肯定有望头。好不容易熬过了差不多一个月，区里来通知了，叫我8月12日去区教办集合，然后去县上参加体检。我心头一块悬着的石头终于落了地。父亲把我送到区里，一道到文办室打听，才知道我们区里考上了4个初中应届生，我的成绩是第一名，三科总分是264分，理化附加分56分。还有几个往届的高中毕业生，其中几个享受照顾的民办教师，班上一个姓黄的同学也考上了，公社另外还有两个往届高中毕业生考上，由区文教办主任带我们去县里体检。

这是我第一次进县城，也是我第一次坐班车。我带着父亲给我的10块钱和美好的愿望到县城，这应该是我人生中的第一次转折，也许我的命运也就这样改变了，伯父还会给我买“的确良”衣服，还有上海牌手表，我想入非非。在县城里，我第一次吃到馒头，还看到了偶尔在县城大街跑的面包车。

体检基本没问题，只是发育不良，身高1米4，体重才28公斤。体检回家时，我去百货公司买了一条绣花的“的确良”手帕，给我那从没上过学的姐姐。

回到家里，我还将自己没花完的1块钱退给父亲。那时从区里去县城的车费才1块2，吃一碗面才2毛，在旅馆住宿一晚才2毛，体检费才1块2，现在说起来还有些叫人不敢相信。

我填报的志愿是水电校和河运学校。因为我知道去水电校可以学习一些水电知识，去河运学校在将来可以去驾驶轮船。小时候，我和父亲去贵州沿河治病，我坐过小轮船，当时还叫“汽划子”。“汽划子”上的水手穿着白衣服，戴的是大檐帽，非常神气。我羡慕得要死，心想，以后能够工作就应该找这样的工作。好几个晚上，我都梦见自己在开轮船，从梦中笑醒几回。

一个多月过去了，公社其他几个参加体检的考生陆续收到入学通知。班上的黄姓同学也收到邻县一个中等师范学校的通知，而我还没一点消息，伯父在文教局也没去过问我的事。9月中旬了，家里人才开始着急，父亲去公社打电话叫伯父查一下，查的结果是：我的档案还在文教局招生办的办公桌抽屉里，后面附有当时我们公社盖了公章的一封检举信，说我父亲在1959年反对大食堂，是一个“瞒产分子”。原来我父亲在那时是公社的党委副书记，反对党委书记虚报产量坑害百姓，与当时的党委书记大动干戈，毅然辞职回家。党委书记就在背后做了手脚，给了他一个处分，到后来组织给他落实政策时父亲才知道。我考上中专那一年，原来的那个党委书记在区里当区委副书记兼区革委主任，听说我考上了中专，暗地要了一横刀，斩断了我人生第一个美好前程。

中专落选之后，我伤伤心心地哭了一整天。

后来，父亲到文教局几次三番申诉，文教局才发给我一个上重点中学——酉阳一中（现二中）的通知。

这年国庆节之后的第12天，在父亲的带领下，我背着一床薄薄的被子与一口木箱子赶班车到酉阳县城，开始了我的高中生活。伯父的诺言没有兑现，我的“的确良”衣服和上海牌手表美梦破灭了，后来伯父也没提起此事，我也不好意思说起这事，只是后来教育我儿子的时候轻描淡写地说过这事。

就在这年冬天，我和其他人一样听到了春天的声音。

（原载于《当代教育》2020年夏季号）

爹的“革命”岁月

1949年10月1日，新中国成立，宣告一个国家旧历史的结束与新历史的开始。家乡传言共产党已经取得天下……酉阳保安大队中队长唐建勋率部下李子溪于铜鼓潭反水，抓了伪县长。乡下开始人心惶惶。事实上，酉阳于1949年11月11日宣布解放，当时通信不畅，传到乡下时，人们还是将信将疑！

1949年11月12日，躲壮丁的爹偶然走出崖洞下山，改变了他的一生。爹气喘吁吁地跑到我家屋后的牛滚凼，见站着一排穿黄衣服的人。其中几个人向爹招手。爹战战兢兢走过去，为首的一个长官见我爹，用半生不熟的普通话问：“小鬼，你是本地人吗？”

爹听着似懂非懂的普通话，不停地点着头。爹有些紧张，准备拔腿逃跑。

当官的仿佛看出爹的心思：“不要怕，小鬼，我们是中国人民解放军，是咱们老百姓自己的队伍，为你们分土地当家做主而来的！”

爹惊慌失措地看着这支穿着黄军装的队伍，心头惶恐不安……难道我要背时了？先人啊，你一定要保佑我不被抓壮丁啊！爹的心头不停祈祷。

“小鬼，到火光咋走？”当官的客气地问爹。

“这里到火光不远，从石桥路铺过麻布坨，往山坡上再走五六里路就是火光村。”爹十分熟悉火光寨子。保长左天玉就住在火光寨上。那年月，保长就是一个地方没有人惹得起的地头蛇。保长到了，不是抓丁就是派款！

“你能不能给我们带一下路？我们给你一块大洋。”当官的征询爹。

“要得！你们说话一定要算数啊！”爹小声回应道。

他不敢相信，天上真掉馅饼？

“小鬼，先给你一块大洋，你再带路！”解放军当官的从身上掏一块大洋递给爹。爹拿着大洋掂了掂，吹了一下，放进裤包，屁颠屁颠带着队伍上路了。

爹忐忑不安地将解放军带到火光。解放军一到火光就打听左保长住处，随即包围保长家院子，喊了几声左保长。左天玉一出门，两个军人上前将他按倒在地，用绳子将他捆住。爹一见解放军捆了左保长，复仇之火瞬间被点燃，上前狠狠扇了保长两耳光：“狗日的左天玉，我日你先人板板！狗日的，你也有今天？你还记得我和我的娘——向家岭那个被吊在梨子树上的寡母子吗？老子今天要弄死你！”

“小鬼，解放军抓他是去区上审判，你不能动手打他，人民政府会给你和乡亲们报仇！”一个解放军拉住爹说。

听到响动，火光寨子激起阵阵涟漪。一些寨民走出家门，围上来看热闹，见到解放军抓了左天玉，奔走相告。

爹狠狠瞪了保长几眼，极不情愿地停下手。狗日的左天玉，想不到你也有今天？报应啊！还是老子带解放军抓的你！爹目睹解放军抓保长的情形，他紧张的情绪已经开始缓和，心里开始敞亮，产生一种说不出的激动。解放军并不像国民党宣传的那样青面獠牙，是吃人不眨眼的魔鬼……耳听为虚眼见为实啊。此时，爹恍然大悟，原来是狗日的国民党欺骗我们乡下人！

“长官，我参加你们队伍行不？”爹问。

“好啊，小鬼，当解放军为穷人打天下！让普天下穷人当家做主。可是当解放军要准备吃苦啊！”当官的笑着对爹讲，“我们解放军欢迎你！”

“我不怕吃苦。我躲壮丁一年了呢！”

“你还在躲壮丁啊？”

“就是啊，我们穷人怕抓壮丁，莫办法，只有跑进大山里躲着。……寨子很多人就躲到大山里好长时间不敢回家。”爹对解放军实话实说。

解放军当官的对我爹说：“小鬼，你去把那些在山里躲藏的人喊回家。共产党解放他们来了，共产党一不抓丁，二不派款，还要把地主恶霸的土地分给穷人，让穷人翻身做主人！”

爹似懂非懂地听着当官的话连连点头。

“莫得问题，今天我就去喊他们回家！”

爹兴高采烈跟着解放军返回。一路上，爹心头产生了前所未有的兴奋。

解放军抓了左保长，给他报了沉积多年的家仇，甭说爹心头有多高兴。

路过我家附近的路上，爹盛情邀请解放军到家里歇歇脚喝点水再走。

解放军也没推辞。领头的挥一下手说：同志们，休息一会！

离家还有十几步远，爹就大声叫婆：“妈，快烧开水，解放军来了！”婆见爹领着几十个穿黄军装的队伍，心头陡然一惊：真是不知死活，咋把队伍往屋里带啊？当兵的有啥善茬？以前贵州周西成与李晓炎两股军队路过家乡打仗，到处都是死伤，不少当地老百姓也跟着遭殃。欺山欺水莫欺军！

“妈，解放军是为我们这干人打天下的，现在全国都解放了！”爹兴奋给婆婆讲。

“大军长官，快进屋里坐，屋里坐。”婆战战兢兢招呼解放军。

“大嫂，我们队伍上不叫长官，叫同志。”一个解放军给婆解释道。

“同志，好，叫同志，我是大老粗，不晓得新名词，叫错了，请多多包涵！”婆惴惴不安地说。

“这是我们马连长！”一个战士指着领头的军人对婆讲。

此时，爹才知道那解放军领队的官儿叫马连长。爹那次下山改变了他的人生。如果他那次没有下山偶遇马连长所带领的队伍，他也许不会加入共产党，或者说，他不可能那么早就加入共产党。

“马连长，你领着队伍来到我们乡旮旯，辛苦了！”婆说。

“大嫂，我们为穷人打天下，应该的！”马连长向婆行了一个军礼。“我们是共产党领导的队伍，专门为穷人打天下！”

“你们与以前贺龙带领的队伍一样？”许多年前，酉阳也闹过红军，贺龙带领的红三军在南腰界活动，在家乡留下很多传说。婆多少也知道一些有关红军的传说。

“对，我们解放军也就是当年的红军，贺龙如今在我们解放军队伍里当司令呢。”

“啊？真是当年的共产党来了？”婆仍然心有余悸地问。此时，她还是有些不敢相信共产党会长久坐天下，万一国民党杀回来……听说当年接待过红军的南腰界不少老百姓被坐牢杀头，或者逃亡外地。

“大嫂，新政府已经成立了，共产党已经解放全中国，不要怕！”解放军连长打消婆的顾虑。

婆见几年前捆绑敲诈她的保长被捆着，像一条丧家狗在蜷缩着颤抖。婆狠狠地剜他一眼：狗日的左天玉，你也有今天！她开始隐约明白些什么，国民党队伍咋会抓保长？国民党可是官官相卫。婆心头反复琢磨，难道世道真的变了？婆百思不解，还真有为老百姓着想的政府？

“大嫂，你家小鬼很勇敢，今天给我们带了路。”马连长当着婆夸我爹。

“细娃子他还不懂事。”婆讲。

“大嫂，你家小鬼很懂事，今天他帮了我们解放军大忙，带我们抓了反动保长左天玉，抓他去接受人民政府审判。”婆听得懵懵懂懂。什么是人民政府？以前是国民党政府，现在是人民政府？

“感谢军爷！”我那不识字的小脚婆思维敏捷。她以前听说过共产党、贺龙在酉阳南腰界帮穷人。婆又看一眼捆着的左保长，心头有一股怒火升起，真想撕咬他一口，但她有一定的涵养，在大军面前，她不会失态。婆立刻烧火，烧水、煮饭，灶前灶后地忙着。

喝水。

吃饭。

解放军稍作休息后就押着左保长返回丁市。临走时，马连长给婆一块大洋作伙食费。婆说什么也不收，推来推去好几次。马连长讲："大嫂，这是我们解放军的纪律，你不收就是让我违纪，我们解放军有'三大纪律八项注意'。"马连长好说歹说，婆才勉强收下这块带着体温的大洋。

临行，马连长把爹叫到一边说："小鬼，你今天一定要把老乡们叫回家，共产党来了，再也不会抓丁派款了，叫乡亲们不要害怕，全国已经解放了，穷人要当家做主！"

"我一定上山去喊乡亲们回家！我一定！"爹信誓旦旦答道。

"最近几天你一定要到区上找我啊！我给你安排工作！"马连长还对爹说，"共产党希望像你这样勇敢的青年人参加革命工作。"

"要得！"爹答应道，有一种按捺不住的兴奋。他对工作这个新名词似懂非懂。但是他知道，今天下山走运了，也许遇到解放军是他前世修来的福分。解放军抓左天玉保长，也是给自己报了家仇。爹当时就这样想。

解放军刚离开我家，爹就用五音不全的腔调吼着山歌，兴奋地爬进山洞对娘说：“我们以后不会再躲壮丁啦！马上回家！”爹把他今天奇遇解放军的故事讲给娘听。娘开始也认为爹在扯谎，听到爹说得有根有据，她知道，爹不像是在吹壳子。

爹把娘送回家后，提起家里那张破锣，气喘吁吁跑到家乡后山大路，边敲边喊：“乡亲们，快回家吧，天亮了，解放军把左保长抓了……不抓壮丁啦！”

家乡躲壮丁的青壮年男人们听到爹接二连三的喊声，将信将疑。大家见我爹说得有板有眼，不像是吹牛皮，在山上躲壮丁的青壮年们陆续回家，当晚相安无事，大家心头悬着的石头落地，才相信爹没有哄他们。

大家围坐在我家火铺（土家族一种烤火做饭的木器具）上，嚷着要爹讲他与解放军相遇的龙门阵……

爹冒起皮皮：“解放军与狗日的国民党真是不同，解放军是我们穷人的队伍，带领我们当家做主来了。今天抓了左保长，听说要抓他去丁市敲沙罐（杀头）……”

“你真看见解放军抓了左保长？”冉瑞模大爷打量着爹质疑，“你瞎吹牛？打屁吹火燃啊？”

“我吹么子牛，我吹你们不得空！今天还是我带解放军去抓左天玉的呢！”爹白一眼瑞模大爷，“不相信，你去区里问问马连长。”爹不知道连长是多大的官，所以他拿马连长牌子压阵。

“你吹牛不要堵气盘，吹到半天云里去了！”冉瑞模大爷仍将信将疑。

“我三毛还会吹牛铛铛啊？”爹发着誓讲，“我吹了牛，就是牛变的！我朝天说话！”

此时，大家才明白爹并非信口开河。

大家都向爹投来羡慕的目光。“咋这好事就让你遇到了，我们却遇不到呢？”

“三毛，你狗日的来狗屎运了！”瑞模大爷高深莫测地笑着对爹讲，“人人有步时，不知早和迟！看来你狗日的真交狗屎运了。”

“来啥子狗屎运啊？”爹不解地问。

“你给解放军带路，解放军给了你好处？”

“我给解放军带路，他们还给了我一块大洋，不信，你们看看！”爹拿出大洋当众炫耀，“你们大家看看这是不是真的，解放军马连长亲自给我的！”此时，爹再次强调马连长，显然有他的特殊用意。

今天我咋不下山给解放军带路？乡亲们心头纷纷这样想，还多少有些嫉妒爹。

“还有……马连长喊我这几天去一趟区上！”爹沾沾自喜，眉飞色舞地讲，“我不晓得该去还是不该去。”

“去啊！咋不去呢？说不定解放军要提拔你当保长呢！你真走狗屎运了，你这一辈子可能要当官了，你当了官可别忘了乡亲们啊。”乡亲们七嘴八舌地鼓动爹。

“我咋会当保长呢？”爹自言自语，一种不可言状的感觉飘浮着，他隐隐约约感到改变自己人生的机会将来临。

“解放军喊你到区上去，肯定是要安排你当官啊！”乡亲们七嘴八舌地说得爹有些飘飘然然，难道真的交大运了？爹对这些突然降临的好事有些不敢相信。

“看来我得去区上一趟了。”爹若有所思地笑着说。说不定解放军还真让我当官呢，叫花子朱元璋还当皇帝呢！人哪个说得清楚？爹心想。

当天晚上，爹兴奋得睡不着觉，思前想后，心头开展几番激烈斗争，还是决定去丁市。

见过解放军的第三天，鸡才叫三回，爹就起床，打早步行到丁市。

丁市是一个百余户人家的小镇。以前，爹常和他娘到丁市赶场。几十年之后，到南方去打工的丁市小青年们，对外面姑娘吹牛说自己是重庆丁市人而吹动不少姑娘芳心，外地女孩随着打工娃一到丁市才意识到自己上当受骗。丁市不是大城市，而是一个人口不到1000的小镇，一个偏僻得名不见经传的小镇，连冬天吃水都有些困难。

爹走到丁市场口，见街上到处张灯结彩，铺面挂起以前只有过年才挂的红灯笼。“解放军为天下穷人！”“热烈庆祝丁市区人民政府成立！”之类的标语随处可见。看到这些令人耳目一新的标语，爹感到社会真变天啦，解放军真没有吹牛，新政府真成立了！如果说几天前他心头有些忐忑不安的话，那么，此时爹曾吊着的心就彻底放到自己肚子里了，隐隐约约地预感到自己将有好事降临！

爹在街上问了问，得知解放军在丁市成立人民政府，区公所就设在旧区公所内。爹走到区公所门口，见到荷枪实弹站岗的解放军。爹直往大门里走，被一个站岗的解放军拦住：“小鬼，你干什么？”

“解放军马连长叫我找他。”爹此时没半点夹尾（胆怯）。

“真是马连长找你？”站岗的解放军打量着爹。

“就是，前天我给他们带路去抓左保长，他叫我今天到区上来找他，他说他给我安排工作！”爹给拦着的解放军解释着，他又抬出了马连长作为挡箭牌，他知道，只要说马连长，卫兵就不会阻拦他。

“小鬼，我带你去见马区长。昨天成立人民政府，马连长被选为区长。”一个战士给爹行一个军礼，领着爹到马区长的办公室。

“马区长，这个小鬼说你叫他来的？”

马区长点点头：“小鬼，好样的！看来你还说话算话，我还以为你不来了呢！你是一个有胆量和守信用的青年！”

“马区长叫我来我肯定要来啊！我知道，解放军是我们穷人的队伍！”爹见风使舵，日起了白（说大话）。

“小鬼，有胆量，你好大年纪啦？”

“16岁，翻年17岁！”

“也该是大人啦。”

“我去年就当家（结婚）了啦！”

“跟着共产党干革命，就看你有没有胆量和勇气，干革命有时还会死人啊！”

“当然有，我今天就是来投靠解放军的，解放军为我们报了仇，上刀山下油锅我也不怕！”

“小鬼，坐下谈谈，我们解放军欢迎你！”马区长指了指椅子对爹说。

“马区长，我按你的指示，已经把躲在山里的人都喊回了家！”一坐下，年轻的爹抓住机会邀功。

“小鬼，从现在起，你就是解放军的人啦，你回当地建立农会，你来领导，你有没有这个胆量和决心？”

“有！当然有啊！”爹坚定表态。

马区长对爹讲：“共产党就喜欢你这样敢说敢当的人，小鬼你叫什么名字？那天走得匆忙，还没有来得及问你的名字！”

“我姓向，我叫向某某。”

“好，小向，今天你就带几个解放军回你家乡，发动群众，建立农会。如你能完成任务，你就当农会干部！”

“什么是干部？”爹不解地问。

“就是以前说的官，共产党的干部可不是当老爷，而是为老百姓办事的勤务员。”马区长给爹解释着。爹听得一知半解，但他内心明白了，共产党官员和国民党官员不一样。

“要得，我一定要为新政府尽力干事！”爹毫不犹豫地回答。

人生有很多难以解释的机缘。

青年的爹被马区长看上，显然有着某种历史的机缘。刚解放时农村基层干部十分缺乏。有一些人还在观望，他们不相信共产党能够坐稳天下。像爹这样的青年人具备当干部的优越条件：一是家庭出身好，二是有一颗勇敢的心。马区长经过与爹一席简单的交流，就知道爹是一棵可以培养的好苗子。爹生命中与解放军马区长的一次偶遇，彻底改变了爹的人生。如没遇到马区长，爹不可能17岁就走上革命道路，当上家乡农会主席。

当天下午，爹带着六个解放军赶回向家岭，然后去大塘池我娘的娘家。爹的目的是动员我大舅，也是他的大姨表哥谢光奇，一同发动农民组建农会。我大舅也在躲壮丁。在同辈的亲戚中，我大舅比较老实，还在保国民小学读过几年书，识一点翰墨，写得一手好字。一想到要成立农会，爹首先想到的就是我大舅。因为他们两老表从小就比较对脾气，常一块儿上山逮鸟套野鸡。

大塘池在我老家后面的大山上。经过何家、申家两个寨子，再沿着斜坡小路往上走一段山路，经过一片森林。那个掩映在树林中的寨子就是大塘池。当时是一片连鸡都钻不进的森林，可惜在“大炼钢铁”运动中化为一堆堆木炭。

爹打起灯笼火把，唱着歌谣领着解放军到大塘池。一进寨子，狗吠声四起……多数家庭吹熄了灯，怕出现什么不测。寨里人一般在晚上听到狗叫，立即关门闭户，怕土匪或抓壮丁的乡丁。

“大姨娘，大姨娘，大哥在家没？”爹大声问。

“三毛，出么子事？”我嘎婆（外婆）一听是爹的喊声，马上站在门口打探。

“大姨娘，大好事，共产党……解放军来了！”

“你说么子瞎话啊！不要乱说啊，共产党来了？你狗日的说么子怪话！”嘎婆将信将疑地质问，“共产党来了哪个（怎么）还是好事？”

嘎婆拿着火把大声呵斥着爹：“天落下来了……你还以为是毛盖系系断了（不知天高地厚）……”

“大姨娘，我把共产党解放军带来了，这是解放军的孟排长。共产党来了莫好事，那是国民党造共产党的谣，解放军是我们穷人的队伍，为我们穷人翻身打天下来了！”爹指着他身后的解放军解释，“大姨娘，你看他们这些解放军，他们是红眉毛绿眼睛吗？”

“三毛你个背时鬼，你真不知天高地厚，咋把当兵的往家领啊？”嘎婆根本不听爹解释，大骂爹一通，“平白无故地把当兵往家里领，准没有啥好事！你吃饱没有事干，找死啊！”

“现在已经解放了，共产党来了，不抓丁派款，还要把地主老财的土地分给我们农民！你还不相信啊？”爹耐着性子继续向嘎婆解释。

“大娘，不要误会，我们解放军是人民的队伍，带领老百姓翻身做主来了！”解放军孟排长给我嘎婆解释：“你看我们像是来抓丁的吗？小向同志带我们到你们这里发动群众，建立农会，把地主老财的土地分给你们！”

嘎婆惶惶不安地打量着几个黄布衣服的军人，一点也不像乡公所乡丁那样凶神恶煞。嘎婆迟疑一会，才让爹带解放军进屋，让大家上火铺烤火。

“大姨娘，大哥他到哪去啦？我专门找他一块儿成立农会！以后这地方就是我和大哥说了算！解放军是来给我们穷人撑腰的，那个打过大姨伯的谢进才，他勾结土匪害死了大姨伯，今后我们一定要找他算账！因为有共产党解放军给我们撑腰！”

我嘎公（外祖父）是被土匪“套肥”杀害的。所谓“套肥”就是土匪与当地人勾结敲诈勒索的一种方式。爹说这句话就是要嘎婆相信他。有人来为自己的丈夫报仇是她梦寐以求的事，真如自己女婿说的，岂不是一桩美事？

嘎婆听到爹这番话似懂非懂，迟疑一下，到后屋的红苕洞子（装红苕的土洞）上的木盖子上敲了几下，大舅一脸慌张地从红苕洞里钻出来走到火铺跟前。

“大哥，你这是？”爹一见大舅问，“还钻么子红苕洞子，解放军来了！”

“大哥，这是解放军孟排长，为我们翻身做主来了，以后不再抓壮丁啦。”

大舅的心突突跳着，在桐油灯下吃惊地盯着这几个军人，不知所措。

“大哥，你还不知道啊，全国都解放了，到处都成立了人民政府。我们村也要成立农会，我带着解放军来，就是和你商量这事！你怕不怕？”爹给大舅解释着。

孟排长也向大舅反复宣讲几次，新中国成立了，老百姓已经开始当家做主！马上就要成立乡人民政府和农会，组织人民清匪反霸，青年人要积极参加革命工作，做新中国的主人。

大舅听了爹和孟排长一通解释，顾虑开始逐渐打消，悬着的心终于放在肚子里。

第二天一大早，爹与大舅现身说法，敲锣打鼓带着解放军宣传共产党政策，发动寨子里的穷苦农民开会，宣传共产党的政策与主张。

在爹与大舅的发动下，石桥村成立了关木乡的第一个农会。谁也想不到发动者竟是两个小青年。爹当农会主席，大舅因会写会算，当农会文书。多年后，爹常在家乡人面前得意地吹壳子：“石桥的新天地还是老子开的呢！”说这话的时候，爹洋溢着无限的自豪。

“解放区的天是明朗的天，解放区的人民好喜欢！”爹在寨子里教农民们唱解放军孟排长教他唱的这首时髦歌曲。尽管爹唱得五音不全，但这是从他内心唱出来的，而且还有一种喷发而出的豪迈激情。爹带着几个年轻人，走村串户，发动家乡年轻妇女组织秧歌队，宣传共产党新社会政策。

爹当了农会主席，带领一批农会会员，清查地主土地、财产，把一个穷乡僻壤的寨子的土改运动搞得如火如荼，多次受到县、区政府表扬。

“没有共产党就没有新中国……”爹嘴里成天哼着这首当时十分时髦的歌，屁颠屁颠地在家乡的每一个角落讲解共产党的好政策。尽管爹当时不一定完全理解歌词的含义，但是他对“共产党一心救中国”深信不疑。现实告诉他，一个新的大好时代已经来临了。爹要在这个时代里，充当历史前进的马前卒。

可想而知，爹在新中国成立初期热爱新社会改造旧社会的那种迫切心情，一个从旧社会过来的青年在崭新时代那种无以言表的喜悦心情。

1950 年 3月，家乡成立关木乡人民政府。大舅当了乡长，因为大舅比爹大 4 岁，是成年人，又有一定文化，成为解放以来我家乡的第一任乡长。大舅能当上乡长，与我爹的“鼓动”密切相关。当年如果没有爹的出面动员，大舅可能还是一个地地道道的农民，也许永远都是一个农民。大舅后来在很多场合都说，他之所以能够当上共产党的脱产干部，姑爷功不可没。大舅从小老实本分，做事谨小慎微，工作一辈子没有多大建树，也没有大起大落，解放后当乡长，退休后当副乡长。

爹在关木乡政府当武装队队长，即现在的乡人武部部长。一个未满18岁的人当政府工作人员也就是当下的公务员，按照现在的规定，爹还是未成年人，连当公务员的资格都不够。但在那个特殊年代，像爹这般年纪参加革命的人比比皆是。当年毛泽东题词的刘胡兰才15岁就加入共产党，比爹还小2岁呢！好在当时参加革命没有年龄规定，如果是现在，爹连参加工作的基本条件都达不到。

爹成天背着一支中正式步枪扬眉吐气地在关木乡各村寨间来回巡逻，帮助解放军清匪反霸，保卫乡人民政府。爹当年在当地群众中的曝光率很高，很多农民不知道乡长党委书记，却知道向队长。以至于若干年后，关木乡老人们都知道爹是当年乡政府的向队长，不少人一直喊爹“向队长”，这也是爹一辈子最为自豪的人生岁月。

“解放区的天是明朗的天，解放区的人民好喜欢……”六十几年过去，爹在病危中还哼着这一句当年流行的歌，可以想象爹对共产党那种永远的感恩情结。

爹17岁就成为一个货真价实的国家干部，是历史给予那一代青年人的荣光，是他人生的奇遇，一个时代造就一代人的人生命运。

乡政府一共4人，一个书记，一个乡长，一个武装队队长，还有一个文书兼任工、青、妇等多部门的职务。

关木乡人民政府工作人员我家占一半，大舅当乡长，爹当武装队队长。党委书记叫何中科，是一个老资格的共产党员，是一位十分讲原则且眼睛揉不得半粒沙子的干部，把党性看得比生命都重要。解放前他在酉阳读中学时就加入了地下组织，领导学生运动。何书记平常对同志很热情，但对工作要求很严格。一次乡里开会，爹作会议记录，有几个字不会写，留了几处空白，何书记见后，狠狠批评爹："共产党的干部不加强文化学习，在工作中咋领会党的政策？如何贯彻党的方针与政策？"从此，爹就开始发狠恶补文化，从认字到练习写文章。两年后，爹已经能写作各种公文，成为万木乡政府一支笔，乡里各种公文都由爹起草。

"全都是何书记逼出来的，不然我还是一个只识几个字的半文盲！"后来，爹总是感慨万千地说。

新中国成立初期，政府的主要工作是土改与清匪反霸，乡武装队队长这个职务很关键。加上美国入侵朝鲜，国家正在进行抗美援朝，国民党也在叫嚣反攻大陆，留在大陆的国民党顽固分子及土匪蠢蠢欲动。

乡政府每个工作人员都有配枪。党委书记与乡长是手枪，当武装队队长的爹背的是一支中正式步枪，配发有15发子弹。解放初期，酉阳地区土匪十分猖獗，有2万余人，土匪头目陈铨被国民党任命为"川黔湘鄂反共救国军”总司令。1950年夏天，陈铨扬言占领酉阳县城。酉阳是一个夹在山沟里的小县城，民国时期是行政公署所在地。因剿匪需要，解放初期曾建立酉阳专区。民国时期的酉阳是两陈（陈蒿荪、陈铨）的天下。陈蒿荪与陈铨为争夺国大代表而同室操戈。屁大一个县城，设有专署，还有县政府，当时驻军只有军分区的警卫连。酉阳县城曾一度告急，不少刚参加革命的干部害怕遭到土匪与国民党报复，纷纷退出成立不久的人民政府。而爹没有丝毫胆怯：“该死卵朝天，不死就管万万年！跟着共产党干革命，死了也值得！”爹抱着革命到底的决心，每天坚持到乡政府上班，去每一个村庄巡查抗匪情况，一天走上百里路程。尽管每天很累，累得坐下就打瞌睡，但他听到有什么情况起身也依然生龙活虎。未成年的爹比一般成年人还胆大，关键时刻还稳得住，在强大的土匪进攻面前一点也没退却，让一般人无法理解。马区长几次表扬爹是一个革命意志坚定的好干部……爹还多次受到酉阳地委表扬，在剿匪斗争中，荣立了三等功。

匪首陈铨攻打酉阳前夕，酉阳政府被迫迁移到三一九线上的古镇龙潭。龙潭当时是四川名镇，也是当今重庆十大名镇之一，抗日战争时期，不少企业与各界名人迁徙此地，龙潭一度空前繁荣，成为武陵山区“小香港”。土匪一旦攻占龙潭，酉阳物资补给就会断，酉阳县城就不攻自破。

酉阳将危在旦夕！

谣言四起，人心惶惶。爹在乡政府，睡觉都抱着枪，常常睁着眼到天亮。

爹白天清匪，晚上还要组织民兵保卫乡政府。一些躲在深山老林的土匪，纷纷出笼，叫嚣着要与共产党决一死战。当时一有风吹草动，农民首先想的是自家安危，年少的爹每天都给农民打气做工作，宣传党的剿匪政策，鼓动土匪家属动员其投案自首，争取人民政府的宽大处理。十几岁的孩子给成年人做工作，现在看来，实在不可思议。

爹始终战斗在剿匪斗争第一线，他把生死放在了一边。一次，他和解放军去贵州洪渡剿匪，在一个风雨交加的晚上，他不小心滚下了山坡，挂在了树枝上，被当地放牛的农民救下，敷一点草药，第二天又去追赶剿匪队伍。爹现在想起都有一些后怕，如果他被土匪捉住肯定没命。土匪很残忍，抓到解放军和剿匪干部不是砍头就是“点天灯”。爹常讲：“我的命是捡回来又多要了几十年！”这是爹的肺腑之言，没有半点虚假，真诚中凸显出一种自我安慰与得意。

爹在解放初期工作的出色表现，受到上级领导肯定，几个月就成为区上干部重点培养对象。原因是多方面的：

一是爹在土匪动乱面前毫不退缩；二是爹开始学习文化，一般文件都能领会，字越写越好；三是爹是贫困家庭出身的受苦子女，根红苗正。当年培养干部不讲文凭和资历，只看出身与工作态度，大多数干部都是工农出身，被称作“工农干部”。只要参加革命不怕死，就有一个光明的前途。

爹为区上工作没多久，马区长就和另外一个何姓书记一道，介绍爹入党。

17岁那年，爹光荣地加入共产党，成为家乡第一个共产党员。

17岁加入中国共产党是我爹一辈子的自豪，也是他一辈子值得骄傲的大事件。他一辈子都记得他的入党时间与入党誓词。

爹入党宣誓后就向领导表态：“为党工作，就是叫我冒死上皂角树（一种长满刺的树），我也要拼命爬上去！”

爹心里对共产党产生了一种无限感恩之情。

一个乡村农民革命者的情怀一目了然。

后来各个时期，爹都是共产党的真诚维护者与践行者。

（原载于《南方散文》2023年夏季号）

我那宁愿当农民的父亲

我的父亲是有几次不当农民的机会，但是他出人意料地放弃了。

——题记

孤　儿

父亲不是幸的，他出生在一个兵荒马乱的时代。时间是1933年农历二月十五。

应该说，那个年代，我们家在当地还算得上是一户中等的人家，有几十亩田地。我的祖父在当地也还算是一个角色：曾在当地国民党县政府的保安队里当过中队长。这事是我的祖母——一个小脚老太婆在世的时候给我讲的，大约是20年前的时候。年迈的祖母讲得有几分动情，我现在还隐隐约约记得。但是，后来祖父抽鸦片了，整个家当就像在乌江里打了个漂漂，说没有就没有了。

其实，祖父以前是不抽鸦片的，究其原因是在一次剿匪战斗中，被子弹打穿了大腿，腿部的骨头发炎，也许就是现代医学上称的骨髓炎，我祖母说是长刀骨。说是疼得非常厉害，我的祖父常在地上打滚，他的一个朋友给他弄了一点鸦片，缓解了腿疼……我的祖父就与鸦片相依为命了。这就注定我们的家道永远地垮了，鸦片那个东西是一个无底洞，再多的金钱也会被吞噬。我祖母讲的时候，非常平静，平静得像秋天晚上的月亮。后来我的祖母说，如果我祖父不抽那个，也许我们家庭的历史要改写，不是地主也是富农，解放后我们家就不会有几个共产党员和几个国家干部。我现在想来，我那个不识字的祖母还懂得几分辩证法呢！

父亲的出身就注定了他的苦难。他上面有一个哥哥，下面有两个妹妹。他们每个人年纪之间都只相差一岁左右。父亲既不是长子也不是幺儿，上下都轮不到疼他。可是偏偏在这个时候，祖父病了，去贵州的沿河和思南府都求过医，但是，那个时代的医疗技术终不能挽救我祖父的性命。在我父亲5岁的时候，我那个抽鸦片的祖父丢下了自己的老婆和两双儿女撒手西去了。从此，父亲和他的几个兄妹就成了孤儿。

父亲是我们这个家庭里最不幸的一个男性。我的祖母虽然不识字，但是她还是有一个想法，家里的两个男娃中一定要送一个学习点文化，那自然落在了我那个从来不爱干活的伯父身上（解放后，他当了国家干部）。现在来看，祖母的打算是正确的，但是苦了我父亲，从小就照看两个妹妹。祖父死后，父亲就开始放牛、弄柴，像一个男人那样挑起了家庭的重担。后来，他常常用他自己的亲身经历教育我们。祖母在世时的一些话语也时常流露出对父亲的歉疚。

父亲童年和少年时代有两件事情至今还在触动着我，一件是他曾经吃过别人丢下的红薯皮。一年冬天，父亲在打柴回家的路上，扛着柴的他，饿得两眼冒金星，他走不动了，就在一家人的屋檐下，捡别人家喂狗的红薯皮吃。他现在说起这件事，都会老泪纵横。这是他教育我们后代的一件永恒的“传家宝”。我已经听他说过上百遍了，这个故事里的每一个字我都清楚记下了。有一年，我在县城上高中，父亲去县里开会，他把我叫到招待所去吃饭，席上，我剩了半碗饭，被他当众给了一耳光，然后强迫我吃完。以前我有时觉得他非常的唠叨，在我步入中年之后，我时常会想起父亲说的这件刻骨铭心的往事。另外一件事是值得父亲骄傲的事情，那年他 13 岁，保长带着保丁在我们家里抓丁派款，寡母孤儿的，有什么款？保长的目的就是抓我伯父的壮丁。这保长和我祖父从前有些过节儿，在那个时候自然就打起了我们家的鬼主意。祖母知道保长的意图，早就把在保国民小学上高年级的伯父支走了，保长拿着“上方”的“指示”，要我祖母交人，说是蒋委员长的意思。见我祖母没有什么动静，就把我的祖母绑在了我们家院子里一棵梨树上，此时，父亲挺身而出，叫放下祖母，自己代替祖母受过，让祖母去找他大哥。于是，我父亲的行为感动了当时在场的人，保长也只好放下祖母，把代替祖母的父亲绑在了那棵梨树上，叫我祖母去找我伯父。祖母知道伯父被抓了壮丁等于送命，她去找了我们家一个在别的区当区长的亲戚，那亲戚带着他的手下，挎着几支连枪来到我们家，当众警告那保长：谁敢再欺负这寡母孤儿，老子跟他没完！父亲这次的机智，让我们家在后来抓壮丁的岁月里一直平平安安。

以前的事情父亲好像很少说，也许他已经忘记了，但是他喜欢说起他当年的这两件事情。

当　家

父亲是15岁那年当家的，我们家乡说的“当家”，就是平常说的结婚。我父亲和母亲的结合，应该是历史的产物。我父母是表亲，我的血液里流着近亲的血。在某种程度上使我的智力受一些影响。不然，我的前途也会比现在光明。

时间是1948年的冬天，听我的父母亲说过，那个时候，社会上谣传共产党来了要“共产共妻”，闹得我们家乡很不安宁。学习过历史的我现在是知道的，那纯粹是国民党造谣，对共产党的污蔑。但是，没有文化的祖母以及和她一样没有文化的姐姐被这个现在看来是谣言的话语吓倒，急急忙忙地商量她们的儿女之事，让两个只有15岁的孩子当家。那时，两个家庭都穷，我外婆家为了保我的大舅不被国民党抓壮丁，已经倾家荡产，没有什么嫁妆，祖母家里也是一无所有。

两个不懂事的孩子在大人——两个小脚女人的安排之下，当了家。

父亲对我说过，那时候，他当家的衣服是借的，是一件长衫，裤子没有堵堵的（破破烂烂），没有鞋子，打着赤脚。母亲也是借一个大富人家的衣服穿。这让我的脑海出现一幅图画：一个冬天，两个穿着不伦不类的农村男女少年，在举行他们人生的重大仪式……这是父亲后来给我们讲家庭历史的活生生的典型教材。小时候，每当我们几兄弟惹得父亲生气时，他都会说：“我像你们那大的年纪都当家了，你们还这么不知事呵！”

后来，我曾经听母亲说过，她和父亲15岁就开始单独过日子，那年头，他们常常要到大山躲土匪，快到解放头一年，家乡的土匪多如牛毛，很多的人是被现实逼迫的，无法生存，不当土匪就不能活命。父亲和母亲度过了一段紧张的岁月，有土匪来了，他们就提着自己的几件破衣服和几碗米，东躲西藏的。父亲还常常躲抓壮丁，十天半月住在大山岩洞里，不敢见一点儿阳光。和他一起躲壮丁的几个同乡，还把自己右手的食指砍断了，没有了右手的食指就不能打枪，就不会被抓壮丁了。少时，我看见过寨上的几个老人是没有食指的。后来听父亲说起这段往事，我才知道那是国民党给他们留下的永远痛苦的回忆。

父亲说，不是共产党，他就可能没命了。父亲在少年时代就开始当家，在我们现在看来是一件可笑的事情，但是保留了那个时代的特征。由于出生在那样一个贫困的家庭，父亲过早地背上了家庭的包袱。从他的童年开始，他就是一个饱受苦难的人。

我懂事起，父亲就爱说这句话："老子15岁就当家！"当年我不明白其中的含义，这是他骄傲的资本，还是他人生的不幸，我都不能够深刻理解其中的意义。责骂我们的同时，这句话还透出了他对这个新时代无尽的感激。

他16岁那年，共产党来了，父亲完全与少年时代告别了。他顶住了各种压力，和解放军接触，成为我们当地的第一个共产党员。

一个“小孩子”，当上村里的农会主席，他真正地开始当家了。这在现在的人看来真是不可思议，一个十几岁的少年当上了一个村庄的“领头人”。

现在只要有人提起“当家”两个字，我就会想起我年迈的父亲讲给我们听的往事。

剿　匪

解放后不久，父亲就成为人民政府的一员。1950年夏，父亲当上了乡公所的武装队队长，因为父亲工作积极，深得解放军孟排长的赏识，才半年就入党，这是父亲一辈子值得骄傲和荣耀的一件大事。他没满18岁就入了党，在我们现在看来是不可思议的，起码年纪就不够条件。而我的父亲赶上了那个特殊的大好时候，他和我的大舅舅一同进了乡公所。也许会有人认为，这是因为走了我大舅舅的关系，但其实与我大舅舅一点关系也没有。大舅舅和我父亲都是贫苦农民。我大舅舅被农民选举当上人民政府的乡长，是因为他在解放时工作积极，他一直到退休就只当那一个职务，一辈子没有过任何的升迁，也许是他没有文化和为人非常老实的缘故。而我父亲小小年纪就当上挎枪的武装队队长，也就是现在的乡人武部部长。那个年月，父亲的职务是非常重要和危险的，因为当时土匪非常的猖獗，威胁着新生的人民政权。也就是这个时候，我父亲开始了他人生中最辉煌的岁月。

父亲那时候背的是一支中正式步枪，是从国民党军队缴的那种，身上常常有15发左右的子弹，带着一群农会的会员走在故乡的村庄和山间小路，与土匪周旋。那个时候，乡里只有几个干部，党委书记、乡长、武装队队长和文书，基本上都配有枪。现在回忆起那个年代，父亲的脸上呈现出无比自豪的神情。父亲在他上了年纪的时候，总是和我们讲起他剿匪的事情：他和解放军去追剿我们当地的最大的匪首陈铨，在贵州沿河黄土那个地方，父亲和部队失去了联系，他一个人在山里转着，遇上了土匪，他一边开枪一边向悬崖上跑，从山坡上滚了下去，竟然没有出人命，只是大半天才苏醒过来，被当地的一个农民救了。父亲每每讲到这件事情的时候，就会流露出一种绝处逢生的庆幸。

处　分

经过初级社、高级社的一段时期的磨炼，父亲在政治上基本成熟起来。搞人民公社的时候，父亲已经被任命为我们公社的党委副书记。这个时候，父亲已经通过上识字班和夜校，认识了1000多字，基本能写能读了。他读毛主席的一些著作和上级的文件，思想水平也有提高。可以说他成了一个时代的积极分子，非常拥护人民公社。那个时候的口号是“十年超英二十年赶美，楼上楼下电灯电话”，离共产主义只有一步之遥了。我父亲对当时的社会发展是深信不疑的，从旧社会吃苦过来的父亲对这个社会怀有很深的感情。

“一大二公三平调”，开始吃集体食堂了，大炼钢铁，每一个家庭把自己的铁锅砸了交给了集体，放在高炉里化废铁了。我们的家庭也是一样，当时我的祖母不同意，是我的父亲做了几天几夜的工作，才做通的。祖母和母亲以及两个姐姐都搬出了我们的家，去住队上的公房，吃集体伙食。开始的一年，基本上集体还能支撑，到了1959年就不行了。可是那个时候，还在“放卫星”“亩产上万斤”。当时公社搞了一个10万斤大田，是父亲的定点工程。但是父亲是一个非常细致的人，秋收后将这个田里的稻谷过了秤，他觉得相差十万八千里：亩产上万斤纯粹是吹牛皮。上报产量时他和党委书记发生了争吵，当时党委书记正准备提拔为区委书记，父亲说共产党人讲究的是实事求是，我们不能作假。那个党委书记不允许父亲反对，那可是一个下级要绝对服从上级的年代。但是我父亲不信那个邪，都拍了桌子……党委书记气得掏出了手枪。我父亲也不示弱，去他的办公室拿起了他的步枪……眼看一场人民公社的内讧就要发生，我那当乡长的大舅舅就站在党委书记和副书记的中间，叫他们要开枪就先打死他，因为他比党委书记和副书记都要年长，想问题要冷静一些。一场准枪战在大舅舅阻止下结束了。我父亲和党委书记后来都道了歉，但是这个事没有完，党委书记在暗地里整了我父亲的材料，通过他在组织县委部工作的大哥，给我父亲的档案里弄了一个“瞒产”的处分，盖上了公社党委和县委组织部的大印。

当时父亲并不知道，要不是1978年秋天13岁的我考上中专，也许我父亲一辈子也不知道。恢复考试使我有了以前基本不可能的希望。那个党委书记已经当上了区委书记，而我父亲成为一个地地道道的农民，彼时那个曾经的党委书记还没有忘记对我父亲的打击，又将他与父亲的恩怨转移到我的身上，向招生部门检举了我的家庭背景问题，让我失去了读中专的权利，也让我的人生发生了变化。如果不是那个书记告我，我老早就会有一份工作，日子过得滋润。我就不会因生活所迫去上研究生了。

对于这个处分，父亲耿耿于怀。他后来才知道是那个党委书记动的手脚。“恶人先告状，”父亲说，“我一辈子都会记得这个无耻的小人。”后来落实政策时，父亲和那个书记见了面，但是我父亲一直没有和他握手。

负　伤

父亲回乡了，他并没有放弃为党工作，共产党也没有忘记他。共产党员是块砖，哪里需要哪里搬。拿他的话来说，他自己是一个最普通的茶壶，哪里需要就提到那里去。

1966年，没有多少文化的父亲对“文化大革命”的最初理解，是要他们学习文化，没有多少文化的他非常高兴。但是，想不到他也在1966年底成了我们当地最低级别的“走资派”，被革命群众和红卫兵批判，抓去公社的场上游了几回街，把他“批倒批臭”了好一阵。这是我们知事之后父亲说的。我们知事时，父亲又成了红人，在家乡工地当大队的支部书记，还在一个社办企业当了书记。当他把一个社办企业弄得有声有色的时候，他又被调到了一个水库工地做支部书记。那个年头是学习大寨的年月，父亲常常吃住在工地，十天半月不回一趟家。我母亲是大队妇女主任，也常年带领社员学习大寨精神：战天斗地，毁林造田，把一大片森林变成一丘丘的梯田。而后来的大自然却给了那种精神大讽刺，梯田变成刮山坡。家里留我们几姐弟常年和祖母生活在一起。记得有几个春节，父亲在水库和广大的干部群众过革命化的春节，吃住在水库工地。他成为当代的大禹了。这是我后来和父亲说起那个年代开的玩笑。可是，那个疯狂的年代潜伏着父亲巨大的人生灾难。

时间定格在1975年的一个冬天。父亲在石桥水库工地上指挥压路机，拿着红旗的父亲不小心被压路机压到了右腿。正值中年的父亲失去了和正常人一样的健康身体。他去县医院医治了两个月之后，就被同乡抬回家里，只能借助拐杖和手爬着走路，不少的人都说我父亲彻底完了。但是父亲并没有灰心，他一直在鼓励我们，包括母亲和我们几个子女。那时，我们饱尝人们的冷眼。特别是一些平常和我们家里有点过节儿的人，更是像六月里喝了凉水，好像我们家从此没救了，就连父亲的一些好朋友都不和我们家往来了。

有一件事父亲永远也忘不了。为了治疗他的腿，父亲爬着去乡里供销社找他曾经介绍入党的一个售货员，那个人不仅不给父亲帮忙打酒，而且还当众侮辱了父亲："你的腿医好了，我的手板心就挖四两肉！不要浪费我们供销社的酒。"要知道，那个年代，酒是计划物资，没有票是买不到的，即使我的父亲拿着公社党委开的证明也无济于事。他被臭骂了一通，去找了公社党委书记，才打了半斤酒。我父亲说子子孙孙都要记住这件事。这事情父亲现在都还常常向我们说起："那个人说我永远站不起来了，我就不相信，你们看，我现在还不是好好的。"人是三穷三富不到老。当父亲知道那个人已经下岗的时候，就这样教育我们。父亲说，癞子门前三种客，瘸的跛的都交得，只有患难才见真情。特别当你红火的时候，不要将自己的尾巴翘上了天。人生总是说不清楚，永远不是一个定数。经历了这个人生苦难之后，父亲给他的后代总结了这些人生的箴言。

有时细细想来，人生是一幕戏剧，结局常常是出人意料的。一年后，我父亲的腿完全医好了，和负伤前基本没有什么两样。这是我们全家人和当地所有人都不敢相信的事实，但是父亲的行走证明了他的痊愈。我父亲以前介绍入党的一个老乡在县里的下派工作队工作，在酉水河畔的偏北乡听说当地的民间骨科医生彭明清医术高明，就写信叫我父亲去看看，父亲在大队的安排下被护送去了那里，没过两个月，父亲奇迹般地能行走了，三个月后，父亲就完全恢复了。彭医生成了他的恩人。父亲在彭医生逝世后，每一年还给他烧香化纸，而且非常的虔诚。父亲说一个人不能忘本，忘了本的人不如牲口。

"文革"结束这年，父亲站起来了。这也许是一个人的命运和历史的巧合，在历史的长河中，一个普普通通的人的生命是不会有多少人去关注的。父亲的生命在经历了灾难的洗劫后，获得了另一次的新生。父亲对人生有了自己深刻的认识，而且学到一些治疗骨伤的知识。塞翁失马，焉知非福？父亲的生命里包含着社会的辩证法。

父亲后来的生活变化缘于他那次右腿受伤。

平　反

生活总有顺畅的时候。1979年应该是父亲人生的又一个转折时期。如果父亲把握得好，他的后半生可能是一片阳光。这年的夏天，上面来了人，是县委组织部的。那些人是由我们公社的组织委员一块带来的。父亲以前不知道自己还挨了处分，要不是1978年我考上中专，被人告了，他是不知道自己是被处分回家的，一直被蒙在鼓里，他以前对我们说，自己是为了种南瓜才回家的。那个年头，人心险恶。他的档案里鉴定是搞“瞒产”被处理回家的。

从我考学被当成另类拒之门外起，父亲一直都在为恢复自己的名誉而奔走呼喊。他找了他的老上级，但是也无济于事，档案里白纸黑字地写着，什么人都无能为力啊！他的老上级也只陪着他叹气，说只怪他当时不听话，给别人一个把柄。而父亲坚持说，是自己辞职回家的，那个处分是某某人整他的，他可以找那个人对证。

一年后，父亲期待的日子终于来了。

那天，我们全家都在屋。县组织部的领导拿着父亲的档案和父亲见面。当时有两个选择，如果父亲是被处理回家的，按照上面的政策，就要重新安排工作。如果是自己回家的，就只有平反取消处分，恢复名誉。如果父亲说档案上的是真的，父亲就可以回到工作岗位。但是父亲却坚持说，他的处分是别人栽赃的，回家是自己选择的。照常人的想法，一份工作是非常诱人的，档案里写得明明白白的，只要父亲这样说，他就可以得到一个让人羡慕的工作，父亲却说了真相。他讲起了20年前他和那个党委书记为报产量时的冲突，讲他自己为什么回家。终了，他说，一个共产党员必须实事求是，不能说假话。当时，母亲和我们都很生父亲的气。父亲为什么不说，那个处分是真的，那样我们家的日子就好过了。

“老向，你自己要想好啊，只有这一次机会。”组织部的同志严肃地对父亲说。

“老向，尊重档案吧，你还有一次出来工作的机会。”公社的组织委员也在敲边鼓。

我母亲也不时在用一种异样的眼光盯着父亲。

我还不太成熟的心里有一种盼望，父亲如果有了一个工作，我们兄弟中有一个人可以去顶替。我是多么希望父亲有一份工作，我就成了干部的子女。

这是父亲人生中的又一次重大的抉择。我们家乡又谣传我父亲又要去公社当书记了。

“我这个人从来不说假话，我不是被处分回家的！”父亲坚定地说，而且又重复了一次。

父亲的话语让在场的几个干部都吃惊了。他们几乎不相信自己的耳朵。后来，我仔细地思考了一下，说真话才合乎父亲的性格。

“如果真是这样的话，那就请你仔细地看看你的档案，这个处分宣布纠正了，我们当着你的面烧掉。”一根火柴擦了起来，一张写有父亲错误的纸片立刻化为灰烬。

父亲是一个堂堂正正的共产党员了！

父亲的脸上挂满了泪水。双手握着县委组织部领导的手：“感谢上级领导，给了我清白！我一定不忘记自己是一个共产党员！”

父亲平反时，他完全可以说一句假话就可以有一份体面的工作，而他树立起了一个普通的共产党员的形象！

当我们责怪他为什么不要工作时，父亲说，一个人应该有自己做人的底线。你们自己有本事自己去考学、自己去考干！父亲的几句话说得我们几弟兄直翻白眼。

当时我一直不理解父亲，他为什么不替自己儿女的前途想想？

后来，随着自己生活阅历的增加，我终于理解了父亲的行为。这是一个普通人的品德，一个值得发扬光大的品德。父亲用自己朴素的行为阐释自己做人的准则。

行 医

从来没有学过医的父亲突然行起医来，开始让人难以置信，也许有人认为他是骗子，包括我们家人都不敢相信。但是他的确是当起民间骨伤科医生来，在重庆和贵州的边区医好了近 300 个病例，还被当地的几家报纸以《可贵的医德》为题进行了报道，他的医术在家乡的那片土地上被传得非常神奇。

父亲行医是从我们家里开始的，起初父亲也没有什么把握。20 世纪 80 年代中期，我家堂嫂上山打桐子时从树上摔下来伤了腰，在家里起不了床，父亲说，让我来治疗试试。于是父亲就上山采来了些草药，制了几服药，给堂嫂的腰敷上，没有几天，堂嫂奇迹般地好了。父亲就意识到当年的彭医生教了他真功夫。家乡的左邻右舍有了骨伤就开始请他。渐渐地，父亲的名声不胫而走。

父亲非常看重他这门救死扶伤的手艺。按照常人的惯例，人过三十不学艺，而父亲却到了50岁才开始行医。他从来都是兢兢业业的。在我们看来有一些不可思议。他治疗骨伤，从来就不谈什么价钱，全凭病人的公心。有几回二弟说他，他还有些不高兴甚至发了火："人不要老钻在钱眼里，还应该有一点良心。如果你是病人，我们将心比心，那你就知道了……"曾经受伤痛的父亲深有感触地说出了他的真心话。有的病人只有几块钱，基本不够药费，父亲也就算了。他说，行医的主要目的是救死扶伤，收钱是次要的；他说他的师父彭医生就是这样教育他的，正是因为他良心好，彭医生才将祖传医术教给他。

有一年夏天，贵州沿河黑水有一个农民在打石头时，被砸断了脚，那家人上门找了我父亲，父亲冒着生命危险去渡乌江。那天乌江正在涨大水，完全有翻船的可能，而父亲把自己的生命抛在脑后，被母亲和我们说了几句。但是父亲还是去干了他自己认为的分内事。回来还开了我们的玩笑：积德延寿呵，上天是知道的。

我们也曾经给父亲算过几回细账，他治愈了近300位骨伤患者，如果每一个人按1000块计算，这20年他就有了近30万的收入，这个数目在家乡可是一个天文数字。然而父亲没有按我们的想法去捞钱，更多的是在尽义务。在物欲横流的时代，在我们看来是他和社会不合拍。

三年前的一个春节，我们一家人好不容易团聚。正月初一一大早，就有人来请他了，是我们乡里某村的一个外出打工的女孩，在深圳的溜冰场不小心扭断小腿，已经被家里人接了回来。父亲二话没有说，就和那女孩的父亲去了。按照我们当地的习惯，新年的第一天是不会去接触病人的，这被认为不吉利。但是父亲顾不了那么多，解除伤痛要紧！

父亲常常对我们说，救死扶伤没有贵贱，也没有敌友。父亲曾经让一个“文化大革命”时期斗争过他的人感动得主动给他下跪。这个人的孩子从自家的梯子上摔了下来，腿骨碎成了好几块，去县医院要花上万元。他怕父亲不给他儿子治疗，找了另外一个人来请，父亲没有说什么，给他儿子治好腿伤，只收了50元。那个人给父亲跪着赔不是，父亲拉他起来说，一个人难免要犯错误，只要知道改了就好了。谁一辈子还没有一点闪失？

我们几弟兄也私下说过谁学父亲民间骨科医术的事情，但是谁也没有真正去学。其实父亲也不放心我们，他怕我们没有医德，敲病人的竹杠，因为二弟是一个典型的生意人，我也是一个“马大哈”，怕败坏了他二十几年来美好的形象。他说，当年他师父彭医生就是看上他正直和有良心才传授给他祖传医术的，他要选择一个善良的人当他的徒弟。但是父亲至今还没找到一个适合的人，年过古稀的他还在为那些不幸的骨伤病人而奔忙。

（原载于《贵州作家》2010年7月总第16辑）

父亲的声音

我没想到父亲会从遥远的故乡给我打来电话。那是去年初冬的下午，我在学校外的一个小餐馆吃晚饭，那里的声音很吵闹，我开始还没听清楚是谁的声音。电话里重复了第二句话，我才听清楚是父亲的声音。父亲的声音明显有些激动。“……我是你爹，你听清楚了吗？我没得什么话说，就是希望你要吃好吃饱，不要怕花钱，我们大家都会支持你的，不要累坏了身体……”听到父亲的这几句话，我不禁感动起来，泪水从眼睛里不自觉地冒了出来，好半天都没有咽下一口饭，一种感恩之情油然而生……这是一个古稀老人对自己儿子的关怀，他没有什么高尚的举动，只是平凡的几句话。天下父母都是一样的心情。儿女永远是他们心头的肉，年龄再大在他们的眼里也永远是长不大的小孩。

应该说，我是一个不称职的儿子，在父母亲古稀之年，我没有在他们的身边，没让他们享受天伦之乐，更没有为他们分担责任。为了弥补过去损失的时间，我在不惑之年，去了一个城市读研究生，当迟到的学生。当我得到上学通知去看望父母亲时，父亲的声音有些颤抖，给我说了很多嘱咐的话，要我好好学习，不用担心家里什么，他完全还有能力支撑。听到老人的话，我的眼睛湿润，一时想不出些什么话来宽慰他老人家，只是一个劲地点头。父亲和母亲商量，硬要给我一床厚的棉被。他们怕我冷，因为我结婚后置的都是薄被，只有四五公斤重。父亲亲自给我送上了车，上车前硬塞给我200元钱。当时，说什么我也不要，但父亲一再强调是他和娘的一点心意，我也就只好含泪收下了……

不知道是什么原因，我的事情被重庆电视台知道了，要给我拍一个节目。电视台的记者去到我老家向家岭，父亲自然很感动，几乎流出泪水。父亲曾经让我在人生路上有些委屈，原因是我当年考上学校，因为他的问题，我被学校拒之门外。他一直是不好受的，曾经很多次让我感受到他难言的内疚。这怪谁呢？我也多次说过这件事："那是时代造就的，我不能怪您。"每每说起此事，父亲的表情复杂而不言语，我知道他心里有无法说出的苦楚……这次，他站在我曾经写下"闻鸡起舞"的门前，向记者讲述了我曾经的故事。那时，我失去了读书的机会，一天在家里闷得难过，就写下这个与祖逖有关的成语鼓励自己。每天我很早起来锻炼身体，然后大声朗读书本，以发泄我心头的苦闷。父亲怕我出问题，每天晚上都要到我的屋里看几次……当年我曾有过愚蠢的想法，准备去跳乌江。父亲的声音里有感动也有自豪。当我从电视节目上听到父亲真诚而无华的话语时，我的心头发酸……我知道，这是发自父亲的肺腑——是他心灵的声音。

“当年，我儿子受了不少的委屈……我们真的为他担心，但是，他挺过来了……”这是我父亲在电视节目中最为感人的话，是他说的真话。他一辈子都说真话，这是他人生恪守的信仰。他就是因为说真话，才失去了工作，后来落实政策他又不要工作，只要求弄清楚自己的问题。当年我们都不解，但现在终于开始感悟了，一个人应该有自己的价值观和人生观。

在单位工作时，我一向是很少给父亲打电话的。我真怕听到他日趋苍老的声音。从他声音里我明显地感到岁月的流逝。我有一种难言的心酸；作为一个儿子，我没有尽到责任，没给他们带来快乐和幸福，相反，还带给他们一些担心，让古稀之年的父母牵挂，特别是父亲，他常常过问我的工作或学习，生怕我有一些闪失，怕我辜负他的希望。以前，我和父亲有针锋相对的地方，我们的观点不同，他要我早些成家，我没有按他的意愿办，他也曾经说不管我了，当我考上一所学校后，他又千方百计给我凑钱，让我顺利地完成了学业。后来我出来工作了，父亲每一次来看我或者我回到老家去，说得最多的就是要我好好工作，踏踏实实做人，认认真真做事。由于父亲潜移默化的影响，我已养成自己的为人准则。

我已经离开家乡有一段时间，时常往家里打电话，问候父母亲。电话是安在二弟家的，有时，父亲没有来接，在家里干一点农活，我只有委托二弟向家里人转达我的问候。我曾和妻子商量，也曾经去和父母说过几回，要他们到我的单位里住，开始他们都答应了，可是我们每一次去接他们的时候，父亲总是说他还能干，以后再说吧，在家里住惯了，出来不方便。

我是家里最大的儿子，从小父亲对我的要求就比较严。我每次放学回家，就去给家里放牛挣工分。一到星期天，父亲就安排我去生产队里参加劳动。那时我非常的不解：别人家像我这样的孩子还在家里耍呢。我曾经向父亲表达过我的不满，但是，父亲假装不知道，照常叫我去生产队劳动。我是从一分半工分开始的，一直干到我初中毕业时的四分。那个时候，一个成年男子的工分是十分。有不少亲戚对父亲说：让孩子去队上劳动，真忍心呵。直到我后来知事了，才知道父亲的真正用意，他是在有意磨炼我的意志。正是因为我从小就吃过不少苦，我在自己苦难的人生道路上永远不停地走着。父亲说，自己的道路靠自己去走！父亲的这句具有人生哲理的箴言，成为我前进的动力。懂事后，我就完全理解了父亲的意图。

我在县城读高中的时候，有次父亲去县里开会，他把该自己吃的那份饭让给我吃，自己却去街上吃两毛钱一碗的小面。那个时候，农村的土地还没有下户，人们的生活还不好过。父亲为了让我吃好一点，就到学校找到我——让我去招待所里吃他们开会的伙食。记得一顿午饭，我吃剩下了半碗饭，父亲当着很多人的面打了我一耳光，说了一句让我永远都记得的话：吃饭要知牛辛苦！然后强迫我将那剩饭吃完才罢。当时，我有一些恨父亲，让我在众人面前丢尽了脸。我长大之后就理解了父亲，他是从旧社会过来的人，他吃过很多的苦，所以珍惜每一粒粮食。

小时候，我生了一场大病——我在上学的路上走得累了，喝了路边水塘里的水，染上了水急病。父亲背着我到处求医。还去县里检查了几回，花掉了家里所有的积蓄。我至今记得是花了300多元钱，那时300多元钱相当一个工作人员一年的工资。对我们的家庭来说，这是一个较大的打击。但是父亲没说一句空话。他常说的一句话就是父母身上好安钱，儿女身上好安钱。后来我的病好了，他忧郁的脸上才挂上了久违的笑容。

我知道，父亲是希望我成为一个有学问的人。他的行为给我的人生之路一种默默的支持。一般家里的事他不让我知道，就是我祖母去世的时候，他也没告诉我，生怕影响我的功课。这是我寒假回家时他亲自对我说的，我从父亲朴质的话里感受到一种难言的父爱。

近几年，我才仔细地打量了几回父亲，他老了，岁月在他脸上布满沧桑的痕迹。头发白了，背也佝偻了，身体明显不如从前。看到父亲的情形，我的心里有一种莫名的悸痛——一种沉重的负债感，我欠父亲的账太多了……恐怕这辈子也还不了了。

那天接到父亲的电话，我突然产生一种渴望，希望常听到父亲的声音。后来，大姐打电话来说，她那天去我们老家，父亲用她的手机打的。当时父亲很激动，说是要和我通一下电话，问问我的生活、学习情况，他怕我的生活受苦。他知道我在家里挑食，特别怕我吃不习惯，读书的日子不好过。听大姐的电话，我的泪水在眼里打转……

听到父亲的声音，我的心头一阵阵悸动。

（原载于《西南大学报》2006 年 11 月 19 日）

春上缙云山

缙云山是道教的圣地之一，号称“小峨眉”。人们常说百闻不如一见，读研究生时的第一个国庆节我曾有和同学们去游缙云山的想法，但那天妻儿从故乡来，我得去车站接他们，就只好放弃一次出游的机会。

第二学期春季开学第四个周末，上完课，我就给一位认识不久、只知其姓不知其名的朋友C发短信，问她去不去登缙云山。我和她认识纯粹是一种偶然。前一年冬天，我的一个在西南大学读成人本科的学生得知我也在这所学校读研究生，执意要请我吃一顿饭。同时，她也请了她的几个同学作陪，其中就有C。饭局上我们很谈得来，她一听我是一个搞文学的作者，彼此有说不尽的话题。她以前也喜欢文学，还发表过什么作品，具体的名字我忘了。那是一个下雨天的傍晚，我们从我那个学生的出租房出来时，发现是同一个方向，而且还住在同一个校区。平常我不太喜欢出去玩，认识的人少。别时，相互交换了电话号码，我说，以后有时间我们一定聚聚。当时我说的是一句客套话，但我这个人又有一点怪，一旦说出的话总想兑现。

没过一分钟，她就给我回了短信：“好！”她对一个才认识不久的异性，似乎没什么怀疑。当时，连我都觉得自己有点唐突。后来她告诉我，她一看就知道我是一个正人君子。她说：“我这个人很相信直觉，自己的直觉从来没出过错。”

游山玩水是不需要很多人一道的。“茶三酒四游玩二”，人多了意见不好统一，有的走东有的走西，像赶山撵仗似的。多次经历告诉我，只两个人去玩最好，或者有共同爱好的人才能找到一种感觉，或者说志趣相同的人才能找到人生的乐趣。

我们是乘缆车上山的。步行爬山的感觉我早就领教过了，乘缆车未必不是一种生命的体验。C 在上车后记了时间，从山底到山顶一共花 25 分钟。我们悬挂空中，在现代的交通工具里缓缓而上。有人把爬山作为一种生命的过程，但坐缆车又未必不是一种生命的提升。我们每一个人，作为生命的个体，应该拥有自己独特的生命感受。

到了山门。

C 说：“我的一些同学去缙云山常常是走小路逃票……我们也逃票吧？”

我说:“不能这样,人人都这样,旅游产业就没希望了。”

“逃票也许是一种乐趣呀。”她开着玩笑。“为了30元钱让人捉住,那是一种什么滋味?”我说。C是一个有思想内涵的女性,对我的见解未置可否,只是淡淡一笑。“我们去买票还可以抽奖。”我说,“说不定还有奖品呢!”在我的怂恿下,我们都去抽了奖,都是欢迎光临!我们彼此对视一笑:看来今天没好运气哦!

我一直这样认为,游山玩水并不在于山水中找乐子,而是在山水中找到一种心灵的感觉。缙云山于我却在于她的幽静。在烦躁不安的时代,有一方净土,让我感到生命的本真。虽是星期天,游客并不多,相反倒还有几分冷清,我们时而拾级而上,时而漫步在水泥道路上……彼此很少说话,仿佛都在寻找自己心灵久远的故乡……深山突然传来一阵幽怨的竹笛声……我感到有些奇怪,谁还有这种闲情逸致?声音有几分凄清与哀怨。在深山里吹笛子也许是在发出一种生命的惋叹,又何尝不是在寻找人生的归宿?我不知是谁吹的,我也不想知道是谁在吹。大千世界,很多事情我们未必都清楚,如果一切都明白了,生命中纯粹的美就消失了。“去看看是谁在吹。”C说。我摆摆手,否决了她的提议:“我们不该去打扰别人难得的雅致……在幽深的山谷中,听到不绝于耳的笛声,实在不忍心打扰。”

“那么,我们去登观景台吧!”C在舍身岩边望着高高的铁塔提议。看来，她也是一个向上的女子，只有向上的人才有登高的想法。“好吧，游缙云山就这个景点有些刺激！有恐高症的人是不能上去的……”赞成中我开了一句玩笑。C突然说了一句莫名其妙的话：“在茫茫的人世，认识是一种缘。”我不知道她是有感而发还是在说我们，是呵，在一个道教圣地和一个只知其姓不知其名的女孩一起游玩，想起来确实有一些不可思议。我突然想起说点什么，可又说不出口。我不知是道家讲的缘还是佛家讲的缘。此时，我的思维如缙云山般空灵，仿佛置身在另外一个世界。隔好半天我才说出一个突如其来的想法：“以后有机会，我到缙云山里租一间屋子写作，这里好清静，适合我这种爱清静的人。”她沉默，我不知她在想些什么。因为对同一个自然，每个人都有自己不同的看法，就像每个人对自然与生命有不同的感悟。

登观景台确实需要有一点勇气。我和C买了票，和几个人一道去登观景台，有两个人走到第二级阶梯，就不敢往上去了。山到绝顶长风浩荡，那个钢架梯子抖得厉害……很快，他们就往回走了。我们和一男一女小心翼翼扶着梯边，继续慢慢地往上……那对男女，我估计是恋人，相互搀扶着往上爬。而我和C却一句话也没说，一个劲往上爬，我们在最前面登上了顶，直到“游人止步”的牌子前才停下。站在观景台上看风景，我产生了一种强大的征服感。我与C对视一笑。而那对情人，走到最后一级梯子时，因为女的说她害怕，男的也就扶着她慢慢下去了。我想起干什么事，开始的人很多，坚持到最后的人毕竟是少数！我还有点感到自豪呢！观景台是缙云山的最高处，有种一览众山小的感觉，让人变了一种心境。站在一座大山的最高处，虽没“把酒临风”，但也有“登高望远”的感慨。如果孔子站在这巅峰上，也会发出一次生命的教诲，不啻于说“逝者如斯夫”。一个人干什么事情只要坚持，就会有结果，但我们生活中半途而废的人太多了。在缙云山的观景台上，我终于明白一点生命的启示。

此次游缙云山我没记景点，也没像别人一样去道观或寺庙，许愿或烧香……在物欲横流的时代，寻找自己心灵的净土与生命的栖息之地，把自己的生命放置在一个安静的山巅，享受生命之中短暂的一刻，也是一种人生的境界。尽管我知道净土根本不存在。在幽静的地方，就该放弃一些平常的烦恼，为自己的生活添一点宁静，哪怕时间很有限，甚至非常短暂。

说真的，我至今还不知道C的名字，就像我不知道缙云山的景点。

（原载于《重庆日报》2008年4月17日）

第三辑　追忆人生

怀念祖母

祖母去世的时候，我在长江边的一所学校上学。知道她老人家归天的消息，还是祖母去世一个月之后的事情。当时家里怕影响我的学习就没有告诉我。后来是堂兄在信里婉转告诉我，要我不必伤心，祖母年近九旬，也是高寿了。得知这个仿如晴天霹雳的消息，我在教室里恸哭起来，涪陵一位熊姓的同学怕我伤心过度，就把我拉到他家里，净了几天心……但那些天的晚上，我多次梦见祖母，她那音容笑貌，她那让人崇敬的人生。

祖母姓黄，没有自己的名字，叫向黄氏，是一个典型的农家女子，不识字，15岁那年就嫁给了祖父。她35岁时，祖父撒手西归，祖母遵从传统没改嫁，拖着父辈兄妹四人生活……抓丁、派款、捐税，压得祖母永远喘不过气来。为了保伯父不被抓丁，她曾被保长打断左手。这事，后来常常被她老人家念及。可以想象，一个贫苦家庭的寡妇，哺育四个年幼的孩子，还要侍奉婆婆，是多么不容易的事情！直到解放，祖母才松了一口气，伯父和父亲都参加了工作，姑姑也成了家，祖母终于守出了林……她就成为当地良家妇女的楷模。

祖母平常乐善好施，自己的日子本来就不宽裕，还常常救济别人。无论是认识或不认识的人，只要到我们家里，祖母宁愿自己不吃不喝，也要待好别人……她成为当地出名的“大善人”，当地人只要一提到她，都会情不自禁地竖起大拇指。

我是家中最大的男孩，我之前有四个姐姐，前三个姐姐在灾荒年没活下来，长我一点的姐姐侥幸从饥饿里捡回一条命。为了家，父亲放弃工作回家里种南瓜。我出生时，姐姐还不会走路。祖母也有重男轻女的传统思想，自20世纪60年代后期我出生，她就把我当成了“宝”，时常将我抱着背着，不让我下地……那时，她老人家还在生产队里放牛挣工分。她是70岁的人了，还常背着我放牛。凡是小辈们孝敬她老人家的礼品，大多拿给我吃了……祖母的疼爱，让我幼小的心里产生难以忘怀的祖孙情结。记得有一回下雨，祖母还在坡上看牛，我冒着大雨给她送伞去，祖母激动得大哭一场，说我最有孝心。

我上学之后，每天回家，首先叫的就是祖母。她老人家一般是为我做好午饭。那时，乡下日子不好过，都是些玉米、红薯、洋芋之类的食物，但是经祖母的手，总是变得有滋有味。偶尔祖母走亲戚去了，我总是盘算着她什么时候能够回来。只有祖母在家，我的日子才好过。因为那个年月，父母总是在外忙着修水库、修大寨田，他们的劳动永远重于自己的子女。因为他们的劳动与生活挂上钩，如果挣不到工分，就分不到口粮，一家老小就得挨饿，所以家里的一切就撂给年迈的祖母，祖母也把家理得井井有条。

长大了一些，我到县城上中学，每学期只有放寒暑假才能回家。祖母已是80岁的人啦，她不再参加田里的劳动，在家里安度晚年，只是偶尔去自家地里种种菜。这时节，农村的土地已经下了户，乡下的日子好过了一些，小辈们手里开始有了余钱，时常买点吃的孝敬祖母。有一回我放暑假回家，她给我几块蛋糕，那是祖母生日时，刚参加工作的表姐送的，她舍不得吃给我留着。我拿到手上时，蛋糕已经完全变了色，长满了霉。虽然不能吃，但是祖母的行为让我热泪盈眶，心想将来一定要挣钱让祖母享享福。

中学的时光一晃而过，我考上了学校，但由于某种原因没被录取，被迫回乡赶牛脚杆，招来了别人的冷嘲热讽。而祖母常常对我说：没有过不去的桥，没有爬不过的坎……听到祖母的鼓励，我有了一种难言的力量，与世俗抗争。因为祖母的话语给我人生前行的力量。

20世纪80年代后期，我如愿以偿地拿到一所大学的录取通知书。临行的头天晚上，祖母给我叠被子，折衣服，还说了一些鼓励的话。末了，她说："幺儿，不知今后我还能不能看到你……"听到祖母这句话，我的鼻子一酸，我一个劲地安慰祖母："婆，您今后还要享我的福呢……"此时，祖母握着我的双手："那就好，那就好，我就等着这一天……"想不到，这就是我与祖母最后的诀别。

寒假回家，听父母说，祖母是无疾而终，临终前还在叫着我的名字，听到这句话，我泪如泉涌，产生说不尽的悲痛。祖母一辈子最疼的孙子就是我，而我只有在每年的大寒节，给祖母的坟上添几把土。后来，当地人跟我说，祖母是当地最高寿的人，平常为人好，受人尊敬，她上山的时候，附近几个村寨的大人小孩都来为她送葬。听到这些话，我心头才有一些宽慰，一个普通劳动妇女如此受到别人的尊重，也算是她老人家最大的福气。

转眼祖母已经去世三十余年。每年清明，我的心里都会燃起一炷心香，让袅袅的青烟寄托我对她无限的怀念。

（原载于《川东南报》1994年4月6日）

父亲与家园

父亲苦心经营的家园毁于最近的一场天灾——我故乡历史上百年罕见的一场冰雹。他和母亲几十年的心血化为乌有，时间是2006年4月的一个夜晚，小碗般大的冰雹将老家的木屋砸得粉碎，父母和其他家人没有了居住的场所。

家中受灾的详细情况是二弟告诉我的。4月12日中午，从来都不会哭泣的二弟在电话里有抽泣声："大哥，我们家乡遭了难，我们家里什么都没有了……"我叫他不要紧张，慢慢说，父母怎么样了。我第一个反应就是问父母安全，他们都是七十多岁的人了，我怕他们经受不住任何打击。"昨天晚上下了冰雹，像小碗那么大，我们家里木房的瓦全碎了，没有一片好的，雨还在下……"说到这里，电话断了。

我就开始往家里打电话，打了近百次，总是无法接通。下午2点左右，大姐打来了电话，向我讲述了家乡的受灾情况，后坪、万木不少地方的房屋被摧毁了，然后她就讲了家里，全家人都没有住处了，现在挤在一间小平房里，好在全家人都没有事……只要人没有事，我的心放下一些了。我又往家里打电话，还是无法接通，我又朝堂侄儿家里打电话，终于打通了，问了情况，我叫他把三公（我父亲）叫来，我要和他通电话。没多一会，侄儿说："三公来了，大叔你跟他说吧。"我从电话里听到，父亲一句话没有说出来，就哭起来了。我一听到父亲的哭声，就有一些控制不住了，鼻子里猛然一阵酸楚。我强忍着，不想让父亲听出我的脆弱。我一个劲地安慰他："没有关系的，我已经打电话给爱人，马上就来接你和母亲到县城，别怕，我在单位还有房子，要不就到我的单位去住……"过了很久，父亲终于平静下来了，他说，老家这儿还有庄稼，等秋后再说，等天晴了，把房修补起来，他要给我们守住这个家。我还能说些什么呢？我流泪挂了电话。

早在几年前，我们就要接父母亲到单位去的，说了很多回，有几次父母终于松动了，但还是没有去，父亲说要守住我的家园。按照老家的规矩，成了家之后就要分家，父母亲给我们三兄弟一人三间木屋，很传统的那种，父母就是住在分给我的那幢三间木房里……这些房子是父母亲一辈子奋斗的结果，也是他们的骄傲，是他们留给儿子的宝贵财产。故土是他们生活了几十年的地方，他们对这里充满了感情，我总不能强行违背他们的愿望。故土难离是他们这一代人永远的生命情结，我就只好让他们守住故土和家园。我和妻子商量，在我读书毕业之后再去将父母接到我家里，现在去接他们，他们是不同意的，他们知道我读书很花钱，尽管我还是拿着工资读书，但是父亲还是这样，很理解我和我的家庭，他不想让我过得比别人差。

我真的不知道，这次的自然打击，这次罕见的天灾，会给父亲的心灵造成多大的伤害，对他的生命是多大的创伤。我也无法给他带来更多的安慰。但我从父亲在电话中的话语里，知道他不会服输，他会用他坚强的精神把被砸碎的家园修补起来。因为这是生命中追求的价值。他希望在每年年关，我们都回到自己的家园，在自己的家园里祭奠自己的祖先，过故乡传统的春节。

晚上，我在校园的小道上，接到了二弟打来的电话，说我们当地政府已经在调查灾情，政府会支持家乡父老重建家园，叫我放心，好好学习，天已经晴了，父亲已经在联系修补房子的材料……他说父母亲要我不必担心，家一定会建立起来的。

这天夜里，我做了一个梦，梦见父亲在家园里佝偻着身体，在不停地劳作，在创作自己的作品。

（原载于《江门文艺》2007年11月上）

痛失良师

2018年1月12日上午8点，刚吃完早饭，一个重庆的陌生电话号码打到我的手机上，我接了电话："我是你的师母，你的老师走了……"我很吃惊，前天我还在与他通电话，他对我说，最近身体还可以，要我不担心。老师，怎么说走就走了？！真是苍天无眼！

当天下午市里某部门有一个会议通知我参加，我只好电话请假。我赶忙去火车站，坐上了9点38分的火车，往秀山去。在火车上，我联系秀山县委宣传部的领导，告知孙因去世的信息，后来那位领导说，他还是从我这里第一时间得到的消息。那位领导说，他悲喜交加，悲的是秀山乃至武陵山区的文学泰斗去世，喜的是我这个兄长终于和他联系了——他与我毕业于同一所大学，从年纪上，我是他的师兄。

孙因先生是我文学的启蒙老师。20世纪80年代中期，我高考落榜之后，在乌江边上一所乡村学校当代课老师，业余时爱上了文学。有一天，我在《传奇文学选刊》读到他带有自传性质的中篇小说《奇特的姻缘》，深为小说中主人公的命运打动，决定亲自到秀山向他讨教。

1986年7月上旬放假，我就到了秀山。说真的，我没有想那么多，只是去拜访孙因先生。我根据《传奇文学选刊》上提供的地址，找到秀山文化馆。在文化馆底楼靠边上一间平房见到孙因先生夫妇。这是我第一次接触到作家，也看到了作家创作的艰辛不易。在外引起轰动的作家，还住在低矮的旧砖房底层。后来，我才知道，他刚落实政策安排工作，从剧团的临时工转成正式干部。

那一次，他们很热情地接待我，尽管当时他们的经济条件不是很好，孙因夫人唐道悭女士还是为我煮了高价粮，而且还亲自在外面的一个旅馆为我找了住宿。当时他们只有一间屋子，只是隔成了两间。这就是当时一个底层作家的境遇。

从此，我们就成了忘年交。在他当时编辑的《秀山民族文艺》上刊发了几篇我的小说后，我开始走上文学之路。说真的，当时对我这样一个刚开始文学创作的青年来说，这是多么大的鼓励。基本上，一年再忙，我们都要见上一两回面，谈文学、谈人生。后来，我才知道，他在青年时期，历经人间坎坷，因为文学而坐牢，人生的青春年华在大墙里度过。但他终身不悔，他依然没有放弃文学。

孙因先生在20世纪50年代，与克非等人是著名作家沙汀的学生，是在当时的四川文坛很有希望的青年作家之一，曾在四川文联的《草地》发表短篇小说《老红军》，引起轰动，但是因为后来那场众所周知的“运动”而被隐没。几年前，重新阅读这篇小说，我才发觉当时作为青年作家的孙因的探索精神，由此在《中外文艺》上发表了评论《红色写作的“意识流”》。试想如果没有那场“运动”，孙因的前途不可限量。但是人生没有假设！

孙因先生的创作收获期是在20世纪的80至90年代，先后发表中篇小说10多部，出版长篇小说10多部，计800余万字，成为武陵山区首屈一指的少数民族作家，曾被当时的黔江开发区党工委授予“少数民族英才”称号，获重庆市文学奖、重庆市少数民族文学奖、四川“五一”文学奖等。创作成就被编入《土家族文学史》，被重庆市政府聘请为文史研究馆终身馆员。

孙因先生的创作环境改变是20世纪90年代的事情。当时，他靠稿费在秀山红梅巷买了一套商品房，才有了自己真正意义上的书房，才有了创作的方寸之地。我到他那里，不再去外面住宿旅馆。新千年开始，孙因先生打电话告诉我，他在秀山的城郊买了小别墅，以后我们一家人到他那里都不用到外面住宿。他住上别墅之后，我和几个同事到湘西旅游，专门到他家里去看望他，先生和师母忙里忙外，给足了我这个学生面子。

他常对我说一句话：“书中自有黄金屋，书中自有颜如玉。”20世纪80年代后期，当代课教师的我，受到了人生的委屈，决定再考大学的时候，孙因先生作为我的文学老师，第一个鼓励我考，说创作首先要有基本的生存基础。也许，这就是他人生的切身体验。后来，我如愿以偿，进入大学深造。他逢人便说：“向笔群是一个自学成才的典型，我看到他从一个代课教师成长为作家。”

我参加工作之后，他常常写信给我，不断给我敲警钟：业余不要放弃文学，只有坚持到底的人才会有成就。后来家里装上电话之后，他常打电话督促我，不忘初心，要成为一位真正的作家，必须练好基本功。曾几何时，我准备放弃文学，选择走另一条道路的时候，他毫不客气地批评我：你是一个很真诚的人，不是当官的料，不要荒废了你的人生追求！在他老人家的警告之下，我终于放弃了自己昔日的非分之想。

我后来考上研究生，进入高校，当了大学教授。每一年他的生日，也就是农历六月十四，我都要到秀山，和秀山的文朋诗友一道为他老人家祝贺生日。他说，这一天，是他最高兴的日子，看到家乡那么多爱好文学的青年，还有自己的学生们。当然在他学生中，我是被他表扬最多的一个，说我是靠写作成名成家的人。其实，我不是什么名家，只是一个文学爱好者。

他80大寿之际，当地政府给他举办了一个“孙因文学创作60周年研讨会”。会上，他毅然决定将自己的书籍与作品无偿捐献给家乡政府，将自己的房产捐献给当地文化部门，表现了一个老作家的家乡情怀。

我到秀山，打出租车直奔殡仪馆，师母和其他的家人已经守候在那里，他生前的单位文化馆与秀山作家协会的负责人已到那里。我去灵前烧了三炷香，让袅袅的香烟寄托我的思念，祝恩师在天堂一路走好。

师母对我说，前天我给老师打电话，他特别高兴。他说：“在当年叫我老师的文学青年中，就是向笔群，还常常想起我，给我打电话！”年老之后，以前那些不少自称是他学生的人都不与他交往了，他说：“这个世道！”

先生得知我的儿子考上编制之后，更是几次打电话祝贺我，说我给儿子带了头做了榜样！

去年5月，我陪几个部门领导去湖南茶峒考察。茶峒的对面就是秀山洪安。于是，我就给先生打了一个电话，得知先生生病住院，我就专门绕道秀山去医院探望。当时他握着我的手泪流满面，说不出话。我问他，为什么不打电话给我，他说他怕影响我的工作！此时，我只有安慰他老人家好好休养，争取到我工作的地方走走。他高兴地点点头。我走时，他又一次流泪。我给这个医院的朋友打电话，要她好好关照一下孙因先生，那朋友也是文学爱好者。

见到师母，师母哭着对我说：先生一辈子引以自豪的学生就是我，连他生病我也给医院医生打招呼，如果当时没有医生的关照，恐怕他当时也难熬过6月。

晚上秀山县委宣传部部长亲临殡仪馆，安排书写挽联并亲自张贴，让先生的在天之灵得到安慰。

先生是一个崇尚简朴的人，他的丧事办得不铺张，只是通知了几家亲戚，按当地最简便的方式操办。

晚上，重庆市文史馆的领导到了，带来重庆市人民政府办公厅、重庆市统战部、重庆市政协、重庆市文史馆的花圈。先生，你的成就得到有关部门肯定，你还有何求？被重庆有关部门称为“重庆少数民族文学的缔造者”和“重庆少数民族文学的开拓者”，这是给你一辈子文学创作的定位，在重庆的少数民族作家中，只有你和冉庄先生才有此殊荣啊！

我以个人与家人的名义给先生送了一个花圈：恩师孙因先生千古！你的名字将与武陵山这片土地同在。你可以安息了！

当天晚上12点，我离开殡仪馆。师母告知我，先生遗嘱，不保留骨灰，他要将自己的骨灰撒在家乡的土地上。先生作为这片土地上的子民，与土地同在，就是最好的归宿！

我还能说什么呢？只有在心里默默祈祷：先生一路走好！

（原载于《作家视野》2018年3月号，后收录于重庆文化艺术记忆丛书《文化忆往集》第2辑）

小弟回家

十年前，即2006年4月，我的小弟在广东打工不幸遇难，我去广东为他处理后事……

——题记

清远，我同胞的小弟
你在那里长眠了
我，只有默默地流泪
在那个陌生的太平间
我看见，你不曾闭上的眼睛
我的心，被弟媳
一阵哭声撕碎，撕碎
人为财死，鸟为食亡
我的小弟，你出门打工
让你的灵魂飘在了异乡
我的小弟，我的心在

无尽地流血
我说不出自己的滋味
思想定格在，故乡
我们相处的岁月
兄弟，上路吧
我们把你的骨灰，用时间
带回故乡，这里才是
你最后的归宿，这里才是
最后的家，是你安魂的家……

——《给丧命广东的小弟》

这是我为小弟写的一首诗，也是我写给小弟的唯一一首诗。我说的小弟，也就是我的三弟。在他生前，我没给他写过一首诗，只是在他离开这个世俗的人世间之后，我才给他写下这首挽悼他的诗歌，读者可以从我的诗读到我悲伤的心情。我是发自内心的，为我过早逝世的小弟。

我和小弟的最后一次见面，应该是2006年的春节，从广东打工回来的小弟，腊月二十九到丁市镇上的我家，邀我们回家过年。他是带着弟媳、读小学三年级的侄儿和一个刚出生不久的小侄女来的。他们来得很早，我们刚起床，一家子就在我们家吃了早饭，然后他就叫我们快些走，回家去过年。其实，那年我们是不准备回家过年的，我刚上研究生才一学期，家里的银子有限，准备哪里都不去，在家里简单过一下素年。但是妻子说，儿子他三叔好些年没回来，难得回来一次，我们还是去。我们一家三口和他们一家四口就浩浩荡荡地回我老家，一个叫向家岭的地方。

当时，我是没想到小弟亲自来接我们回家过年。

我和小弟在十几年前就闹过不愉快，我当时在一个区中学教书，把他带到我所在的学校读初中，目的是让他考上中专或中师，跳出农门。但事与愿违，他刚读初三，就悄悄和他班上的几个同学跑了，去了广东，说是去找钱。那时，新的读书无用论已经开始抬头。

从此，兄弟之间就产生一些微妙的芥蒂，很少沟通，只是他结婚时见过面，后来就是他往我家打了几次电话。现在想起来也没什么，我为什么要让他按照我给他设定的生存方式过日子呢？其实我曾经多次后悔过，但我每次都装出一副大哥的样子，让他对我有些敬畏。他从小就跟着我读书，从小学一年级开始，只除去我去外面读大专的那两年……事实上，我们彼此心里还是有所牵挂。他在外面有时还托人给我带过一点小礼物回来。我知道，这是他在向我表示某种成分的后悔，他当年没听我的话，如果听了我的话，早已吃了“皇粮”，也用不着去外面奔波。但是我们彼此都没说出自己的内心话，彼此装在心里。

正月初一早晨刚完成新年的仪式，我就和妻儿往单位赶。小弟也来送我，这就是我们最后一次见面。当时，他还说在我开学的时候来我家里送我，但他没来，我上学时，他给我打了一个电话，说几句：“大哥，注意身体，好好保重，如果手里缺钱，就给我说一声。”这是最后一次听到他的声音，也是他留给我最深刻的记忆。

现在我要说一说我家。我有一个姐姐，是20世纪60年代初出生的，她和大人一样过了难关。我们有三弟兄，我是老大叫东，二弟叫方，三弟也就是小弟叫红。我们的名字带着鲜明的时代色彩，这与我的家庭有关，父亲是一个共产党员，母亲是一个生产队队长。我父亲还当过一个公社的党委副书记，后因反对浮夸风主动回家，被人们称为“南瓜干部”。所谓的“南瓜干部”就是放弃工作，回家种南瓜过日子。但是父亲回乡后，仍然担任基层领导——大队党支部书记。二弟三弟一直都在沿用父亲给他们的红色名字，只有我后来用了我的小名笔权，但我不想拥有什么权力，所以把“权力”的“权”改成“群众”的“群”。我是家里学历最高的一个，以前是一个大专文凭，后来是研究生，学习中国现代文学里被边缘化的现代诗学。

2006年4月12日上午，我在学校接到父亲的电话。父亲哭泣着，说家遭了灾，昨天晚上老家下了冰雹，碗口粗的，家里房屋全砸坏了，这是父母亲几十年的心血，说没都没了。人没事，比什么都好！我安慰了父亲，说没有住处，就到我单位里去住。刚接父亲的电话，二弟又打电话给我讲了前一晚的详细情况。说真的，我最怕家里给我打电话，父母都是古稀老人，一般没什么事情是不给我打电话的，我到学校后有了一个惯例，每周五主动给家里打电话，问候父母。我又叫二弟劝劝父亲，房子没了，还有我们几兄弟，不会让他们没住处的。二弟说父亲已经在找人修房子了，估计没几天就会弄好。

第二天，三弟媳打来电话，说是老三在广东生病了，她已和二弟家的侄儿准备去广东，正在上车。不一会，在镇上小学教书的大姐给我打电话，轻描淡写地说了这件事。要我不要担心，没多大事，是三弟在工地上摔了，脚出了点小问题。此刻我就想到了问题的严重性，老三的性情，一般的问题是不会叫家里知道的。我就开始提心吊胆起来……我的右眼老是跳个不停，我想是家里的房子没有了，其他应该不会有什么事，但听到三弟的事情之后，我就有一种不祥的预感。我赶忙给在车上的三弟媳打电话，叫她到了那边后立刻给我和家里打电话，三弟媳用哭声回答了我。就在这天晚上，我怎么也睡不着，心里有一种从来没有的感觉。第二天上课，我一点精神也没有。我知道家里一定有什么灾难在等着我，或者三弟出事了。中午，二弟打来了电话，说三弟在广东出事了，要我立刻准备去广东清远，三弟是在那里出事的，没命了，说是尸体在什么地方都还不清楚。我在电话里听到了父母的哭泣声。我说马上回来，二弟说他和三弟的舅子冉求在县城的我家里等我会合，一同去广东。刚接了二弟的电话，三弟媳又给我打电话来了，说红没有了，不知在什么地方，说今天上午还在清远的中医院，那里医生说中午断的气，又没有亲人在那里，估计是送到清远殡仪馆去了，是当地公安部门办的，要去问当地派出所才知道。她和猫崽、海洋几个老乡在一起，正和他们去S派出所问清情况。我叫她打起精神，我们马上就到，还有就是马上给大伯家的堂弟民全打电话，叫他抽时间帮忙找一下，他在那地方打工有很多年头了，比较熟悉。虽然我在安慰她，但是我的精神也垮了，我满脸的泪水。

我马上去研究所向几个领导说明情况，给导师打电话请了假，马上赶高速大巴到重庆的朝天门，赶回酉阳的长途汽车。那时，渝怀铁路还没通车，回酉阳只能坐汽车，往往要十几个小时，同时还要花掉差不多和去广东一样的车费。搭的大巴是开往重庆解放碑的，在那里我又打了出租车去朝天门汽车站。

还好，我买到了下午6点去酉阳的车票。

在回乡的汽车上，我总是想着三弟，春节去给祖先上坟时，他的手被鞭炮炸伤。还听母亲说，三弟去赶场，路过一个算命摊，那个算命的说他明年有血光之灾，当时三弟就发了火，准备砸这个算命摊，我二弟家的侄儿劝阻才罢。当时我听说之后，还说了三弟几句，养家什了还那么冲动，以后要改改这个脾性。现在想来，是不是一种生命中的暗示。我说："命运掌握在自己的手里，算命先生是放狗屁。"三弟说："腊时腊月的，出门人讲的是一个吉利，他腊月二十八那样说我，我不踢他的摊子才怪！"三弟外出十几年了，还是那么一个牛脾性，过而立之年还没改，母亲也在说他。现在，我还在生他的气。当年为他读书我放弃了调到县城边上的一个学校，因他在我原来教书的学校读书，这个学校的教育质量要好一些，我就为了他，没有挪窝。三弟的成绩在班上是前几名，如果正常发挥，将来可以上一个中专或中师。但他让我失望了，刚读初三就拿着父亲叫他带给我的钱跑了。他在广东究竟干什么我不清楚，他也从来也没告诉过我，有人说他在外面给某老板当保镖，也有人说在搞传销，还有人说他在广东参加了黑社会……反正说他干什么的都有。我平常也懒得去理会他，他已经成人，他应该有自己的生活，有他选择的权利。后来又听说他有了很多的钱，已经开始抽白粉了。每回他给我打电话，我总婆婆妈妈地跟他讲要守法，同时不要染毒，这样会毁掉自己的。他每一次都是说没有的事，我是在正正规规地打工，靠出卖自己的劳动力吃饭！我说这样最好，不要做出对不起社会和党的事来。他总是说："大哥，你千个万个放心，我知道我该怎样做，我绝对不会让你们难堪！"

过年期间，大家都劝他不要再出去了，在家里好好待着，该把房子修修了，他也说他决定不出去了，在家里好好待几年，如果不是家里打电话说他出事了，我还以为他在家里呢。

经过了10个小时的跋涉，回到酉阳，已是凌晨4点左右。我回到在酉阳临时的家——这是为儿子在县城上初中租的一套房，我真正意义的家在与县城相距29公里的一个镇上，为了儿子，我就在县城中学的对面租了三室一厅的房子。这天晚上，妻子和二弟，还有三弟的舅子冉求也没睡觉，大家在流泪等我。只要我一到家就去买去广东的车票。

我在家里喝了一杯水，缓解一下乘车的疲乏，就和二弟、冉求去县城南站，妻子也送了我们，她去附近的超市给我们买了水和其他吃的东西。这天早上没有直接去广东的客车，我们不能等，就决定乘汽车到湖南吉首，再从吉首赶火车去广东的清远。一路上，几个人都打不起精神，特别是二弟，他是一个很脆弱的人，容易哭，一路上他哭了好几次。其实平常自己几兄弟似乎没有很深的感情，可是到了生死别离，那种永远也割舍不了的血肉亲情就凸现出来了。尽管我平常时时在埋怨三弟不听我的话，到了现在，我没那一层想法了。我只希望那个消息是假的，老家有几个在广东打工的人，也曾经有人说过没了，后来却奇迹般地回来了，现在社会上讹传消息的现象太多了，我希望我的三弟奇迹般地回来。

刚到吉首，三弟媳打来了电话，说事情已经弄清楚了，是歪嘴给害的。歪嘴是我父亲干儿子的儿子，也就是我们的干侄儿。他以前在广东坐过牢，在我们当地的口碑也不好，就连亲婶娘他也用菜刀砍成了重伤……他是一个六亲不认的人。他为什么要害我三弟？后来，我们就知道一个简单的答案。他去外面“开工”偷了一笔钱，三弟知内情，要他还几年前从我三弟手里借的几千块钱，他不仅不还，还对我三弟下了毒手。当时，三弟在一个建筑工地上给一个老板当保镖，为老板讨要工钱，被人把脚打伤了。歪嘴就说：三叔，我去给你买点药来治治。三弟就信了他，歪嘴去买的是毒品，然后就拿回来给三弟注射了，当时三弟就受不了，老乡猫崽去三弟的住处见三弟不行了，骂了歪嘴一通：要出人命了……歪嘴把三弟背到清远市中医院丢下就跑了，还顺手拿走三弟的身份证和银行卡。三弟媳已经向当地公安部门报了案。这时，我就想起了母亲在过年时候说的话，说是过年前一个算命的说三弟今年有血光之灾，有一个亲人要害他。过年时候，母亲就要我劝三弟不要外出，在家里好好过日子。也许我说的话他会听的，在家里他只是对我还有一点惧怕，其他人的话纯粹是耳边风。我叫三弟媳和侄儿一定要找到歪嘴，要向公安部门如实反映情况，要把歪嘴绳之以法。现在就不管他是不是亲戚了，这样的人还当他是什么亲戚？

还好，我们在吉首买到了去清远的火车票。

在火车上，二弟一天一夜没吃东西，我知道，他是非常悲伤的。我在上学的时候，专门给他打电话，叫他一定要把三弟拉在家里，三弟还有一个奶娃娃，怎么也应该在家里帮忙操持一下。现在二弟为他当时没硬拉住三弟而后悔，仿佛这件事与他脱不了关系。是的，我在外面，家里大事小事就落在了他的身上，父母亲老了，家里具体事务全靠二弟操持。这一天，泪水始终挂在二弟脸上。我是强忍着的，其实我的心里也很悲伤，一个好端端的弟弟说没有就没有了。特别是我怕父亲受不了，从小父亲就喜欢三弟，老家有百姓爱幺儿的传统。我是家里的长子，“出头椽子先遭难”，我是在父亲的严格管教下长大的。从小我没有少挨父亲的打骂，而三弟从来就是被父亲当宝。最痛苦的就是白发人送黑发人。还有，母亲是一个气性比较大的人，常常会为点小事休克，这也让我很是担心。

在火车的汽笛声里，我感到那是我们的哭声，汽笛又仿佛是一支哀曲。如果没有大批人南下，三弟是可能会在教室里好好地读书的，如果他好好读书……我们就不会有这次的痛苦之行。我的内心在不停击打着自己。我有一种恍惚之感，总希望小弟的不幸是一个讹传。我那才30岁多点的三弟怎么会这样的早逝呢？

我可怜的小弟！

经过20个小时的颠簸，火车终于到了清远火车站。清远火车站在一个镇上，到清远城还有几十公里，还要乘一个小时的公共汽车。一下火车站，我们就包了一辆出租车往清远城赶。之前，我们给三弟媳打了电话，叫她到汽车站等我们。

一个小时后，我们和三弟媳、侄儿，还有堂弟民全在清远汽车站会合了。三弟媳已经哭得不能自已，侄儿向我们讲述了他们在这里了解到的情况，说是歪嘴已经将三弟的身份证和银行卡拿着跑了，他们已经向当地的S派出所报了案。

三弟是死在清远的中医院的。当时没有什么说明他身份的东西，医院就通知附近辖区的S派出所，S派出所将尸体拉到几十公里外的殡仪馆。昨天晚上派出所还派车将他们送到殡仪馆冰冻室里辨人。我问是不是看清楚了，三弟媳说绝对没有看错，因为三弟的手上文了一个繁体的龙字，还有他颈上的那一根项链，是他们结婚时买的。说到这里，三弟媳就说不下去了，哭昏死了，毕竟他们夫妻一场，在人生最后关头，却没见上一面！

我们去了S派出所，负责刑事的张所长就向我们介绍三弟的情况，说如果昨天三弟媳不去所里报案，他们就准备张贴寻人启事了，说着他就拿出了一大摞三弟的照片。我看到了死不瞑目的三弟的照片，心在无限地绞痛。我的泪水已经控制不住了，尽管我的心里一再提醒我，我不能那样，我是我们这个家庭的主心骨。如果我打不起主意，这事就不好处理。

不一会，张所长就打电话叫来清远中医院的几个医生，他们向我们讲述医院如何抢救三弟的情况。说他们已经尽力了，如果是早送到医院几个小时就好了。一个自称医院办公室主任的中年男子说完了之后，就拿出了5000多元的账单，说是抢救费用，医院已经尽人道主义义务，不能让他们付了感情又赔钱！

面对医院方面的说法，我是这样回答的：我们还需要了解，如果真的尽力抢救了，不说5000，就是1万我们也要交，我们家里不是出不起那一点钱，我是一个有工资的人，一年的收入也有2万，你们不要担心。医院办公室主任对我说，一看我就是一个非常讲道理的人，然后就说，处理了死者后事，有空就去医院把抢救费交了……办公室主任说了这几句话后，就和他的几个同事走了。

张所长叫我们先休息一会，然后陪我们去殡仪馆看三弟。我和二弟都说，我们不要休息了，马上去看一下三弟，去看我那客死异乡的可怜的三弟！

张所长叫一个李民警与他陪我们一道去殡仪馆，是张所长亲自开的车。

差不多40分钟就到了清远殡仪馆。李民警去登记处打了一个招呼，那里的一个老头去开殡仪馆的停尸房冷冻室的门，一个编号23的无名尸体就从冷冻室里搬了出来，他扯开包裹尸体的黑色塑料纸，三弟光溜溜的身体就出现在我们的眼前。二弟大哭起来了，接着，三弟媳、侄儿也跟着哭了起来，我强忍着没有哭，但我的心里在滴血，就像匕首刺在我的心上。可以看出，三弟死时的惨状，他是非常痛苦的，眼睛没有闭下，牙关还是紧咬着的，也许他在离开这个世界之前，一定还牵挂着什么。只要是一个有人性的人见到这个场面，心里都会发疼的，泪水是用任何方法也不可能阻挡的。

我希望不是三弟，但是尸体辨认的结果，让我的希望变成了一种无尽的痛苦。我看了他手上的龙字，我看了他的鼻子，他是我们家里鼻子比较特殊的一个，大而圆。这是最明显的特征，是三弟已是肯定无疑了！我可怜的三弟！我这丧命异乡的兄弟。从此，生死两茫茫，兄弟一场，他就这样离我们而去了，他的生命得到了一种解脱，但给活着的我们——他的妻子和一双儿女、年逾古稀的父母、几个兄弟姐妹留下的是无穷无尽的痛苦……如果是他生了不可治疗的疾病，我们还没有什么可说的，三弟是非正常死亡呵！他是非正常死亡呵！

三弟，从此，生死两茫茫！你在另外一个世界知道我们的痛苦吗？

二弟扑上去伏在三弟的尸体上哭着，凄厉的哭声在停尸房里凄凉地回荡着。他在后悔没有留住三弟，没有劝得住三弟，一切都是他的错，如果当时把三弟留在家里，三弟就不会遭这样的灾难，这不是三弟一个人的灾难，这是我们一个家庭不幸的灾难。

我去拼命地拉下二弟，叫他不要再哭了，打起精神……我们还要处理后事。我虽然在劝二弟，但是我忍不住哭了起来。从来没有哭过的我禁不住伤心大哭了。

张所长和李民警也过来劝二弟，问死者是不是我们兄弟，然后就拿了一个死亡登记表叫我们填下死者的身份，请家属三弟媳签一下字。然后就把我们拉回清远城里S派出所。

张所长和我们就三弟尸体如何处理等后事进行商谈，问我们怎样处理这事。二弟、三弟媳都焦得拿不出一个办法，其实就是我一个人的谈判。

我说：“我们是少数民族，按照我们家乡的风俗，在外死者的遗体一定要接回家乡，他的灵魂才得以安生，我们一定要把他运回家乡，按照家乡的习俗安葬。不管花多少的钱。”张所长说：“你是一个知识分子，你肯定知道规定的，人死了一定要火化，不管是什么人都不能这样特殊，没有谁能够越过这道线，也没有谁敢越过这道线。”

“我想张所长你是知道的，任何事情都分一般和特殊，我们老家现在就是土葬。”我说，“请你理解和尊重我们民族的风俗。”

“我非常同情你们家庭的不幸遭遇，但是规定始终是规定，你们的要求我是不能够答复的，我们这里没有这个先例。再说，这个事情我做不了主。”张所长叹了一口气，脸上也露出无奈的表情。

几个小时差不多经过10个回合的谈判，办公室墙壁上钟的指针也指向了晚上的10点，最终我还是不能够为三弟的尸体争到回乡的权利。虽然还是初夏，但广东的气温高，也没车能帮我们运三弟的尸体，只好作罢。三弟第二天上午就在清远火化。张所长说，考虑到我们是少数民族，从人道主义出发，为我们申请贫困补助，火化费与停尸费由他们向民政部门申请解决。因此，我们就再也不好说些什么了。派出所是尽力了的，在一个陌生的地方，公安部门能够这样，那确实是尽心尽力了。人总得讲一点道理！

然后张所长就叫我代表家属签了一纸协议，本来是要叫三弟媳签的，张所长怕三弟媳耍横。

这夜，大家住在堂弟民全的出租屋。很多在这里打工的老乡主动来到这里安慰我们，叫我们节哀。知道内情的猫崽、海洋都想给我们讲他们知道的情况，但是他们说，他们不敢去S派出所做证，他们怕歪嘴，这个人的心很歹毒，万一没有治住他，肯定要报复他们的。我再三地劝说不要害怕，有我们，有政府，他们都是一个劲地摇头，他们不敢去！

尽管长途劳累，但是我始终睡不着觉，我一闭上眼睛，就想到了三弟的容貌，眼前浮现出他永远也没有闭上的眼睛。在冥冥中，我不止一次听见三弟对我说：“大哥，我要回家，大哥……我要回家！大哥为我报仇，为我……”泪一刻也没有从我的眼圈里消失过。生死两重天，阴阳一张纸！如果三弟在另外一个世界灵魂还存在的话，他是会告诉我们真相的。

三弟，我们回家吧！我不止一次在内心说。

第二天一大早，我们就去了S派出所，张所长不在，委托李民警和一个叫小夏的警察送我们去殡仪馆。我们在殡仪馆附近的一个卖寿衣处买了几套衣服，在殡仪馆买了一个骨灰盒，然后开了一张死亡证明书，办了火化手续，就去了殡仪馆的停尸房。一个老头开了门，叫我们亲人验证了三弟的尸体，然后就推向了火葬场。二弟、三弟媳哭得死去活来，同去的堂侄儿强巴死死地拖住他们，我虽然表面没有哭，但泪水早在我眼里打着无尽的转转，心如刀绞。

三弟被推向火葬炉口的时候，我再也控制不住自己……终于哭出声来了。

同去的所有亲人都哭起来了！这是发自我们内心的哭声，为我们死去而又不该死的一个亲人。

三弟被推进火葬炉了，那里的工作人员叫我们在殡仪馆骨灰的出口处等着。大家在那里哭成一团。最后还是我叫大家不要哭了，人死不能复生。我虽然是这样说，但是，我的心里在滴血。

三弟的骨灰出来了，二弟抱着三弟的骨灰在前面边走边哭，大家在后面跟着，都哭成了泪人。我们走到刚才派出所的停车处，S派出所的车不见了，向那里守门的师傅一打听，才知道S派出所的车早开走了。

二弟说："我们还是该去找找那个医院。"我说："我们去找起什么作用？证据呢？现在最急的事情就是把小弟的骨灰送回老家，让他入土为安。”是的，死者长已矣！如果我们再折腾他，他在另一个世界也会不安的。

原谅我们，小弟，原谅我们，小弟！

我们从殡仪馆走了出来，走了好几里的路，二弟用一个黑色塑料袋装了小弟的骨灰盒，在路边等了半个小时，才等到一辆拖拉机，然后花50元钱，坐到清远城的城边，再坐公交车去了清远的汽车站。强巴把我们送上去火车站的中巴。我们嘱咐他一定要经常去派出所问他三叔的事。

我听见二弟在喃喃地说：“老三，我们今天带你回家，回家……”

我的泪水已经从眼眶里流出来，开始从我的眼角沉重地滴在我的衣襟上。接着，大家都哭出声来，哭声惊动了整个车站。

狗日的歪嘴，老子一定将你送上法庭。我心里暗暗发誓。

小弟的骨灰，随着我们一行人踏上回家乡的路了……

（原载于《江门文艺》2008年3月下）

愿天堂里没有驾考
——悼念同学慕鸿

得知慕鸿生病的消息，是在去贵阳开会的路上，准确地说是2014年8月16日的下午3点，同学崔兵打电话给我说，慕鸿病危，患了脑出血，在铜仁市医院8楼抢救。我对崔兵说，为她祈祷吧，希望她能渡过这一关。吉人自有天相！如果不是在高速路上，我一定要停下来到医院看望她。

我和慕鸿是高中二年级的同学，那时我高考“移民”到贵州沿河中学补习，因为我的一个亲戚在沿河中学当领导，我就被安排在慕鸿所在的文科应届班。她爸爸陈昭普老师是我们四川石柱人，教我们的语文课，我的作文不错，常常被他在班上当成范文。其实那个时候，班上男女同学常隔“三八线”，彼此并不往来。后来，我因为被有关部门“驱赶”，失望地离开沿河中学，之后再也没大多数同学的信息。

去年夏天，组织上安排我去铜仁职院担任选拔人才的考官。有一个女士喊我：“向笔群！”同行的廖三哥说：“笔群，有美女喊你啊！”我打量着喊我的中年女子问：“你是？”“我是陈慕鸿啊！沿河中学高83级文科班同学啊！”我想起来了：“你就是陈老师家的师妹！”她笑道：“我还认为你想不起我啦！”当年我的语文课本丢了，同学何立高把陈慕鸿桌上的书撕掉封面给我：“她爹是教导主任，书是小菜一碟！”很多年之后，我还和立高说起这事，至今也没有告诉慕鸿。

陈慕鸿询问我这些年的情况，彼此百感交集，30年过去，同学之间还能相逢，这可是同学的缘分！我向她打听在铜仁有哪些同学，她一一告诉我，同时还强调：“为了你加入，请在铜仁的同学聚聚！”于是，我们互相留电话号码，她还说她的老公和我一个单位，有什么需要的话，就找他帮忙，就说是她说的，我是她的同学！

之后我找职院朋友打听慕鸿情况，得知她已是教授，学报的主编，还是市政协委员，而且还桃李满天下云云。她学识成就早已走在我的前面。

去年国庆前夕，我请慕鸿把在铜仁的同学召集互相认识一下，30年过去，每一个人都发生了变化。当天慕鸿就把在铜仁的同学都邀约到了，30年之后同学相聚，大家都步入中年，为人父母，还有人当了爷爷。我和在铜仁的同学重逢，完全归功于慕鸿。不是她的热心，还不知道大家有没有机会再见。大家都说慕鸿担任同学会的秘书长，只要在铜仁找到慕鸿，就会找到在铜仁的其他同学。

后来，我又和慕鸿见过几次面，一次是她主编的学报发表我的文章，给我送样刊。另一次就是我两部专著出版之后，我问她有空没有，她说我喊再忙她也要放下啊，于是我在她单位门口见了面送书给她："请批评指正啊！""老同学，还客气啊？"慕鸿笑呵呵地说。

还有一次今年暑假我去单位路上，听见慕鸿叫我，我停下脚步，匆匆地打个招呼，见她提着两个油饼去也匆匆，我说她："早餐重要啊，少吃油炸食品！"她无奈地摇摇头，后来才知道她正在考驾照。

最后一次见面，就是今年的8月13日，沿河的田维开同学来铜仁培训，崔兵做东，邀请几个同学聚聚，也邀请了慕鸿，说她在学车，她从驾校打的赶来。由于堵车，她来迟几分钟。她歉意地说："不好意思，久等啦！"本来邀请了几个女同学，都临时有急事没来，女同学只来她一个人。我说："大家等你，你不来，我们不敢吃！"

她不喝酒，就用茶作陪。大家问她学车咋样，她说不容易！她才过科一，马上就考科二，是考驾照中最难的一科。我们大家都鼓励她，说一定没有问题。崔兵还调侃说她："还考什么驾照啊？用车给我说一声就是，我载你！"

晚饭结束之后，慕鸿说她老公这段时间在忙单位的搬迁，她要回家照料孩子。但我觉得意犹未尽，请大家喝茶，现在想来，我有些强人所难，慕鸿也不好拒绝，她很看重同学情分。我领着同学们到我平常喜欢的茶坊喝茶。其间，慕鸿几次说到我们班上同学之中，只有我一个人是作家，是大家的骄傲！当时我喝了几杯酒，昏昏然的，但这句话我还记得清楚。那音容笑貌依然犹在。

喝茶没多长时间，有同学知道慕鸿学车比较累，建议散了，再找时间聚聚。于是在大街边上，同学之间彼此握握手，算是道别。临别，我还对她说："我刚出了一本诗集，有时间送给你！""我要好好读读你的作品啊！"想不到，这就是同学之间最后的留言。

8月17日下午，刚开完会，开始用餐，就接到崔兵的信息："陈慕鸿走了，在天云山……"我放下碗筷，说一声抱歉，告别在座的领导和会友，马上赶到火车站，但只买到晚上11点的车票……那天晚上大雨滂沱，我想是为英年早逝的慕鸿流泪，我知道，她才47岁。同学聚会那天晚上，我向她讲我们单位唯一的教授萧黎明先生早逝，请大家注意身体。她一连说了几声惋惜，想不到她自己也走了！老天不公！

我冒雨赶回铜仁，去天云山殡仪馆，向慕鸿做最后的告别，看到那么多亲人朋友领导来为慕鸿送葬，特别是听到她丈夫泣不成声时，我也泪流满面。

离开时，同学崔兵流着泪安排我写一篇悼念慕鸿的文章，我知道，他是动了感情。他说，慕鸿是考驾照累坏的，她是一个好强的人，科二没有过，心情不好……于是，我写出 30 年后几次与慕鸿见面的点滴，算是我对早逝同学的哀思。

逝者安息，生者永远！愿慕鸿在天堂里没有驾考！

2014 年 8 月 19 日

老　配

老配和我是同乡。

老配其实不叫老配，他的大名叫冉作，小名配元，后来，家乡的人们就不再叫他的大名，叫他老配，辈分大的小的都这么叫他。开始他有些不高兴，时间一久，他就没有什么异议，算是应承了。

从小我也叫他老配。按当地的辈分，他与我是平起平坐的。大了之后，读了点书，我就叫他配哥，算是我对他的尊敬。听父母说，我们家在没有我之前，老配差点给他们当了儿子。在我之前有四个姐姐，父母就想抱老配来当儿子，生了我之后，也就罢了。但老配还是常来我们家混饭吃，包括过节时。我的父母是良心人，他每次来，我们家都没有让他饿肚子。他叫我父母爷娘叫得勤，很讨人喜欢。父母没有把他当外人看。

老配的身世是母亲告诉我的。老配本来姓左，与我们家沾点亲，他还有一个同父异母的哥。后来他生父死了，他的母亲改嫁到我们生产队，他就改姓了冉。可是，没有多久，他的母亲也撒手西归，他就跟着继父过日子。后来继父讨了后母，他就没法住在继父家了，只好住在生产队的仓库里，平常就靠帮人过日子。

那些年，乡下人穷，日子不好过，谁都怕被老配赖上，不少的人对他敬而远之，在当地似乎只有我父母同情他。当时，他很知事：常常帮我们家弄柴、看牛什么的。其目的很显然，就为了混碗饭吃。

我进县城读高中后，农村发生了变化，老配却到别的生产队给人当了儿子。听说一直没有找到婆娘，原因是他的鼻子有些塌，面相不好，据说他还去吉首整了容，不知是否属实。后来我看到他和先前没有什么两样。再后来，他去信用社贷了款，买了一台手扶式拖拉机跑运输，但仍然时运不佳，摔了车，可他的命大，居然生命无恙。

几年后我外出回来恰逢老配的得意之时。俗话说，“人人有步时，不知早和迟”。老配被派出所请去当了巡逻员。据说是所领导听说他是个单身汉，怕他乱来，影响治安，就给他找了这个活路。他对这个来之不易的工作很尽责，时常在街上逛，有几回还抓到了小偷，受到了当地政府的表扬，成了街上无人不知的人物。

没过几年，我也调到了老配生活的镇上工作。和他时时碰面，我们还是以兄弟相称。有几回，他执意要请我去喝酒。席间，他多次说我的父母是良心人，当年多亏了他们，不是我的父母，他早饿死了。

时间挨到了21世纪的第一个年头，听说老配要娶婆娘了。开始我还有些不相信，没有过几天，在街上就得到了他的邀请，才让我相信了这个事实："兄弟，哥子四十多岁的人啦，不容易，你也来给我捧捧场。"我马上找了同在镇上工作的大姐。大姐说，我们是一个生产队的人，都得去，老配不容易！

老配结了婚，女方是一个二十多岁的姑娘。这在当地成了一大新闻：老配接花姑娘，转了时运！他还带着婆娘去老家逛了一转，办了酒席，风光了一回。不到两年，我又听到了噩耗，老配的女人死了！这是老配有生以来受的最大的打击，一蹶不振了。听说那女人是怀孩子后死的，死于甲亢。

两年间，我没有见到老配。公安部门清退临时人员，老配又没有了着落。一位好心的公安为他联系到一家企业做门卫，他因此离开了他曾经生活十年的小镇。

今年1月，我外出考试的前一天，在丁市街头遇见了他，在医院门口，他已经不成人形了，皮包骨头的。"配哥，怎么啦？""兄弟，我不行了啦！""好好地医吧，吉人自有天相。"我安慰他。

第二天，我就去了长江边的一个城市参加考试。回来，就再也没有见到过老配。春节回家过年，说起老配，我父母都流了泪。母亲说，十多天以前老配来看他们，一声娘只喊出了半声，就双眼流泪。母亲劝慰他，他已经说不出话了，只向老人家们摆了摆手，然后就走了……当天下午，他就走到了他同父异母的哥哥家，交代了后事，说他不行了，他不能脏了哥哥的屋，走出门就倒在大门外死了……他没有资格在堂屋里发丧，是从院坝里被抬上山的。好在他埋在他亲生父亲的坟边。母亲说，这也是生有地点，死有去处啊！听了母亲的话，我的心头有一丝说不出的疼……

配哥，地下安息吧！

（原载于《武陵都市报》2007年7月2日）

第四辑　新时代书写

儿子驻村

——谨以此文赠给我儿子及90后驻村干部

一

农历庚子年春节，是在思南乡下扶贫当驻村干部的儿子难得的一个假期，因为他已经一年没有真正放过一次正常的假了，每一个节假日的放假时间或多或少都会被缩减。他本想在春节假期好好休整一下。作为他的父亲，我和他母亲一样，希望他在春节假期除了走亲戚外，还能完成一个迫切的重大任务，就是和一位姑娘见面。姑娘是一个白衣天使，一位同事给儿子介绍一年多了，儿子只是在微信里与她聊过几次，至今没和她见过面。有几次他们准备见面，总是阴差阳错，最后只好在微信里表达歉意。平常同事一直在催促，是不是在过年期间找时间见见面。我将同事的想法传达给了儿子，儿子也答应了："可以的！"如果假期能见上一面，如果他们彼此有眼缘，就算了却我们当父母的一块心病。

子女的婚姻大事永远是普天下父母的一块心病。有时候，说自己不管，但心里总是挂牵子女的终身大事。作为父亲，虽然还算是开明，但我始终是一个俗人，常常考虑儿子将来的传宗接代。

腊月二十九深夜，儿子被他同村扶贫的一个思南同事送回家。

儿子在这天下午，还打电话说，只能三十早上赶班车回家。

我家住铜仁，我在铜仁学院当一名普通教授。

儿子毕业那年，学院还在招本科生当辅导员与行政人员，当时我想给儿子报个名，但他彻底否定了我的计划。他讲，自己工作自个儿解决，不要我插手。他的心思我明白，儿子是一个自尊心比较强的人，他怕自己在父亲单位工作被人看不起，即使凭借自己能力考上本单位的工作，也会被人们八卦。他说："我有我自己的想法，鸡蛋不要放在一个篮子里。"其实，我们单位很多孩子本科毕业参加学校招聘考试安排工作。有些家庭一家人都在一个单位工作，确实会产生一些闲言碎语。我很庆幸，儿子是一个有理想与抱负的人，至少他在这方面没有给我造成什么困扰。作为一个知识分子，儿子让我保有自己的一份尊严。

儿子为我争了一口气。有时候，我也在想，我对不住儿子。像有些父母亲，千方百计给子女谋一份好工作。我只是一个普通教授，就是想也是白搭。

深夜响起咚咚的敲门声。

妻子说：“是不是儿子回来了？”我说：“可能不是，是不是有人敲错了门啊，儿子不是说明天上午才回来吗？”妻子说：“那说不定哦，说不定搭了熟人的车。”

儿子到现在都不会开车。家里的代步车常常闲在小区车库里。

儿子大三那年报名考驾照，因实习忙就放弃了，准备毕业后再回驾校学，但是毕业后他忙于工作与研究生考试，让我给他交的5800元驾考培训费打了一个无声水漂。“你给我白白浪费了6000人民币。”我对他开玩笑说。儿子说：“老爸你应该这样想，我工作考试没有参加培训，我们有几个高中同学，参加一个面试培训，就花去了10000多，我还是为你节约不少啊。”听儿子这么讲，我心里也就有一些释然了，人的失去与得到是一个平衡体。

驾驶是当代人的一个基本技能。我多次对儿子说。

“工作后一定考驾照，请你相信，2个月就能搞定。”儿子振振有词地讲。可等他工作了，信心满满地准备考驾照的时候，又被县委组织部派到思南县最偏僻的三道水乡过天村扶贫。平常他都是坐领导私家车往返，有几个同事还开了他几次玩笑："小向，你最牛，领导给你当司机！"儿子未置可否，只是笑笑。有时候，也回应几句："领导关心下级也是应该的！坐领导的车稳当些！"

我开门一看，还真是儿子。儿子他妈的预感没错，母子连心。"你怎么今晚就回来了？你不是说明天回来吗？"儿子说："是陆哥送我回来的！"他说的陆哥，也就是他们单位的一个同事，也是一个90后，大儿子3岁，下乡扶贫已经两年之久，儿子到单位工作后接替了他，他回单位一年，又返回原来扶贫的地方，与儿子同在一个村。儿子给我们讲过，陆哥老爸是老板，家里开有几家超市。去年过端午节，儿子也是陆哥送回来的。陆哥的姐姐在铜仁工作，他老爸老妈来了铜仁，他也就来了铜仁。平常儿子星期天回思南换衣服、洗澡也是坐陆哥的车。

"你不请你陆哥到家来，晚了就住我们家啊！"我说。

儿子讲："陆哥专门送我，他要返回印江老家过年。"我心里感动。同事之间感情犹如当年所言，下过乡、扛过枪之类的感情，来回200公里送同事回家过年是一种无言的真情。

妻子起床，问儿子要不要吃点东西。

儿子说，晚上一听到乡里通知他们春节放假，陆哥就说开车送他回家。明天大年三十夜，县里的车不好赶。

扶贫战友情深意长，为对方设身处地着想。我想，多年后，他们两个曾在同一乡村扶贫的战友坐在一起时，彼此一定会感慨万千。

儿子见家里阳台上的灯笼与客厅的大红中国结也挂起来了，就说，回家才感受到了过年的气氛。

我和妻子也盼望过年，因为过年，儿子就可以放假回家。

儿子一回家，我和妻子悬着的心终于落了地。以前，儿子的奶奶还在，住在我家，人气也旺，家有一老，就是一宝。过年时候，奶奶总是问："佳儿什么时候回来过年啊？再忙，麻雀也有一个三十夜。他们领导不会这样不通情理吧？"去年，奶奶走了，爱孙子的奶奶走了！老人在天国一定会唠叨着保佑自己的孙子平安过年。

儿子显得十分疲惫，满脸胡子。妻子见儿子一脸倦容，胡子也没有刮，生气地说："你应该经常打理一下自己，女孩看到你，谁会喜欢你？扶贫，连形象都不要了？"

"姜太公钓鱼——愿者上钩。"儿子笑笑。

"洗洗脸，快睡觉。"

看到儿子的窘迫样儿，我有些心痛。

我一般早上5点半起床，先给破壁机放入黑豆、黑芝麻与核桃做豆浆，定时煮鸡蛋与蒸馒头。我家生活定律常在我的时间表里有条不紊地摆动着。

8点钟了，我准备叫儿子，妻子说，让他再睡一会。

“该起床了，早起鸟儿有虫吃！”我叫儿子吃早餐。

儿子早醒了，在他屋里给一个帮扶户打电话。他买了油，还给帮扶户家的小孩买了一些新年礼物，在村支书家，叫帮扶户去拿。儿子懂事了，以前他在我们眼里一直都是一个孩子。此刻，我突然感到儿子已经长大了。

儿子看着我做的早餐，用手机拍了几张照片，发在朋友圈里，标题是“我家向教授做的早餐，让我感到了家的温暖”。在外面我是一个教授；在家里，我就是一个“家庭煮夫”，喜欢做饭弄菜，特别是荞面做得很有特色，不少人在我家吃了我做的荞面后赞不绝口。

早餐后，我们决定去老家过年。虽然我父母不在世了，但我们每年仍然例行要回老家，给前公后祖烧纸上香。返回家乡，也让我们的心灵返乡。侄儿，也就是儿子的堂哥，从广东回来了，组织向氏家族团年。平常大家都在外面打工或者工作，只有春节才有团圆的机会。还有儿子外婆家一家人从成都回来，二姨、三姨一家也要去过年，外婆给儿子打了几次电话，又打电话催自己女儿：“你们什么时候出发？”

儿子和我都不会开车，只有孩子妈有驾照，但她近年身体不太好，开车时，手有些发抖。我准备找一个朋友送我们一下。她说：“还是我自己慢慢开吧，人家都有一个年，过年不能影响其他人的正常生活！”

先回重庆酉阳我们万木老家，再到花园儿子外婆家。

从铜仁回酉阳也就2个小时车程。

妻子开车，儿子在车上不停地打着电话，有一帮扶户老婆婆与她儿子吵架，要我儿子打电话批评一下。儿子耐心给老人解释，又给老人儿子做工作。我听到儿子的话语，忍不住感到好笑；二十来岁青年人给四十多岁人做工作。当地老百姓把我儿子当成一个知心人或无所不能的干部。如果以前儿子是一个理想主义者，他现在就是一个典型的现实主义者。我想取笑一下儿子，刚准备说，就被他妈妈找话岔开了。

下午两点，回到生我育我的老家。

老家在我心里永远不会老去，但在儿子心里只是一个暂居地而已。

团年准备如火如荼地进行着。

家族老老少少聚在我二弟家，上百口人，尽情玩乐，打牌。家人们煮饭炒菜，其乐融融。我们一到就去给前公后祖上坟。

团年后晚上回花园，待三天，再回铜仁，给儿子预留三天见女孩。电视新闻已经传来武汉封城的消息。手机信息里传来贵州已经开始二级卫生响应的通知。儿子看到这条新闻说，看来我今年春节假要泡汤了，说不定明天单位就有返回通知。

新冠病毒感染流行，让一个驻村干部揪心。新冠病毒感染好像离我们很远，但又离我们很近，手机微信传来铜仁也出现了病例的消息。

除夕晚上，一家人风尘仆仆地赶到花园儿子外婆家。

昨天晚上送我们的车被别人撞了，得留下等待处理结果。当时侄儿是一片好心，他本来想亲自开他新买的宝马送我们一家人，另外一个侄儿开我们的车去花园，然后他们两兄弟再一道回。以前我这个侄儿不太懂事，这几年，突然懂事了，在外当了包工头，买了豪车，还在城里买了一栋大楼。同时，也开始懂得感恩了。以前我没少批评他。因为他读中学住在我家里，我常督促他学习。有一次，老师要他背诵朱自清的《春》，他背不了就说：“朱自清真的不懂事，我背不了的文字怎么就写在课文里啊！”他的语文老师在我家笑着谈起此事，被我狠狠骂了几句。

车出事了，好在人没问题。

孩子妈只好自己开车到花园。

过年期间，路上车多，要小心翼翼地开车。

春节是中国人万家团聚的日子，也是一个十分劳累的日子。不少人千里迢迢返乡就是为了吃一顿年夜饭，累并快乐地活着。

还没到花园，儿子手机已经收到县上通知，要他在正月初三返回岗位，春节假期将缩水四天。儿子假期行程又将改变，儿子见女孩子时间将会变得遥遥无期，这不是我们当家长的想看到的，也是儿子不愿看到的，但在这个特殊时期，个人的安排只能听从组织的决定。

儿子向外婆祝福新年，与外婆聊了几句："外婆，对不起，明天我就要返回单位。看来今年让您老人家失望了。武汉已经封城了，我帮扶的两户贫困户也有人在武汉打工，不知道他们情况如何。"

老人只好讲："你工作重要，外婆支持你。"我知道，外婆是强装的，万家团圆之际，刚到就要准备走了。老人一时难以接受，心情十分复杂。

计划没有变化快！原计划正月初三回铜仁，现在也只好提前走了。我们手机上不断出现贵州卫健委与铜仁卫健局发出的疫情提示信息：铜仁发现两例新冠病毒感染病人，松桃又出现一例等。离我们很远的新冠病毒已经不再是传说。

大年初一，乡村没了往年的热闹。人们也不大串门了。一位在重庆市教育委员会工作的亲戚，初一刚吃完早饭就接到单位的通知，给我们打一个招呼，马上返回单位。

儿子一直在打电话，向他帮扶的贫困户祝贺新年，要他们不要外出，在家里是最安全的。儿子已经长大了，懂得为别人着想。过春节还不忘工作。曾有不少媒体说，90后是比较自私的一代人，从儿子身上，我看到他们已经逐渐长大，开始承担社会的责任。

春节期间，我准备拜会家乡几位朋友，平常大家都忙，相约在春节期间“会”一下，到了我们这样的年纪，总有一种怀旧情绪。

初一，一家人讨论最多的就是我们的返程问题。外婆说，是不是让他舅舅送我儿子回铜仁，我和妻子在这里玩几天再走。我考虑到妻弟不容易，平常在大城市公司上班，每天要送自己的妻子与女儿上班、上学，很累。他结婚比较晚，四十几岁了还在带小孩子。再说，当孩子外婆说这话的时候，妻弟媳的脸上有一丝不愉快，从她的表情中大家读到了她的内心世界。孩子二姨又安排儿子表妹帮我们开车，但表妹脸上明显有一种抵触情绪。她想高高兴兴地打一天游戏。

“我们一家人返回，这几天高速路上车比较少，佳韵妈妈慢慢开车，没有问题。”我调节气氛说，“我的八字大，什么都不怕，我在，一切都会平安。”

初二早上，妻子一家人去上坟，儿子也和他们一道。我在家里等朋友电话，通知我侄儿车子的处理情况。当时双方报警了，转到邻近派出所处理，肇事方估计有熟人，就没有转到交警队。最后却由我方负责，侄儿当然不依，这是在拉偏架，还有什么公理？我只好找当地领导出面，要求公正处理。有领导出面，这事才有可能公正。侄儿的车是价值五十多万的新宝马，这对一个在外包小工程的人容易吗？我知道，他买这样的车，主要是帮自己联系业务。侄儿打电话给我，已经公正处理，还向我问了安。我提醒他以后做什么事情急不得，要有耐心，出现了问题就要想办法解决。侄儿诺诺："大伯说的是，我以后一定注意。"

一大家子浩浩荡荡从山里上坟回家。妻子见我就问："事情处理怎么样了？"我说："已经圆满解决。"妻子说："为送我们才出的事，不处理好，回去了你能安心吗？"

收拾东西，我们一家准备返程。孩子外婆说："怎么也要吃一点东西再走，你们回去也要吃啊。"一大家人围在火炉边吃昨天晚上的剩饭。孩子们都在玩手机，没有吃。大家的表情显得十分凝重，很少说话。孩子的外婆更是一言不发，她希望我们多陪她一会。七十多岁的老人，平常一个人在家，过年是老人们一年的盼望。一家人的团聚，尽管让她忙得不亦乐乎，但她很高兴。对此，我也深有同感，儿子在外工作，家里就我和妻子。周末我带的研究生来我家，妻子非常高兴，就像见到自己的儿女一样。我的一个研究生说她大师兄就像我家半个儿子，在我家里平常很多事情就是他做主。他常喊一些学弟学妹来我家蹭饭。妻子说，山潮水潮当不住人潮，旺旺人气让我家常常充满欢声笑语。一个重庆籍研究生说，我是她一辈子遇到的最好的老师。学生说："真是的，老师，无论我以后在哪里工作，我都要回来看您和师母。你们没女儿，我就是你们的女儿。"

作为父亲，对自己的儿子有一种父爱。对自己学生也是像对待自己儿女一样，儿子不在身边，就将自己的爱转移到学生身上。

全家人都送我们上车。"一路平安"是大家异口同声的祝愿。

正月的天气很冷，但看到一家人其乐融融，我心头有一种无尽的温暖。

儿子向长辈大人们一一告别，说了几句明年春节好好再聚的话与美好的祝愿。

外婆站在车窗边抹着泪，久久不愿离去，还要给儿子压岁钱。儿子怎么也不要，但老人再三说，这是她的一点心意与祝福，儿子也只好接下了。老人悄悄在妻子的手提包里放了一个红包，要给女儿冲冲喜，妻子近年身体不大好。车开后，老人才打电话告知妻子在包里有一个红包。

妻子说："我们给外婆的红包全返给我们了，儿子400，我800。"

"老人就是让我们图一个吉利，过年后，找个机会再给她。"我讲。

车子上路。

到了高速路入口，警察与医务人员已经开始排查，给我们量体温。车只能出，不能进。紧急状态下，每一个地方政府都有本身的守土之策。

初二下午高速路上格外冷清，车很少，偶尔有一辆车开过。我有一种预感，庚子年会有灾难降临，人们对庚子年往往有一种神秘预测。

路上，我给家乡朋友们分别发了短信：等疫情之后再相见，等到春暖花开时我们再相见；我们的不相见，就是为以后再相见；我们不聚会就是为国家做贡献。

儿子也在不断给他的同学们发短信，讲他在紧急事态下要回单位上班，请大家谅解。

手机出现了解放军医疗队支援武汉的信息。

全国各省重大公共卫生事件应急等级纷纷上调到二级、一级。

新冠病毒在进一步蔓延。

一路上，手机提示音此起彼伏，都是关于新冠病毒的信息。中央已经成立了应对疫情工作领导小组，习近平总书记亲自部署亲自决策。时任副总理的孙春兰率中央指导组到武汉。这些消息让我意识到这不是一般的公共卫生事件。一方面疫情紧迫，另一方面说明举国一盘棋，我国最大优势就是集中力量办大事，我始终相信，这场战役我们一定能够取得胜利。

儿子突然说，看来个人问题又得拖一段时间了。我不知道，儿子是说真话，还是在忽悠我们。以前给他介绍女朋友，他去见面，完全是出于对我们的应付，常常见一面就不了了之。后来听他师兄对我们说，师弟谈朋友主要是为了应付老爸老妈，年纪不大想玩几年。有几次，儿子还被他师兄教育了几句："你应该有自己的担当了，尽管你平常工作很不错。老师与师母虽然年纪还不大，但一天天地老了，你应该考虑谈一个女朋友成个家了，等到以后你就慢慢有体会，人一到30岁，就会感到岁月流逝，人生苦短！"

"你总会遇到一位爱你的女性。"我调侃儿子，"追求女孩子就像你自己做扶贫工作那般，还有什么理由找不到女朋友？"

儿子沉默了，我不知道他在想什么。他的不少同学都成家了。他也在憧憬自己未来的女朋友吗？更多时候，他还没考虑成家，还想要好好享受几年单身快乐时光。

2小时紧张车程。

在铜仁北站高速路出站口，气氛凝重而紧张。警察问了问我们的出发地，仔细给我们一家人量了体温，行了一个礼，放行道：“祝你们春节快乐！”

回到家，我的心情开始变得轻松一些，妻子开车不如以前得心应手，她手有毛病，我怕她把握不住方向盘。

妻子给儿子说，先洗洗澡。估计到村里一时半会还洗不了澡，看来又有一段时间要待在村里。儿子的帮扶村叫过天村，用水不方便，农民用的是井水，洗澡一般是星期天回到县城自己宿舍洗，有时几个星期不放假，儿子就会有几个星期不洗澡，不换衣服。这种情形在以前多次出现过，为迎接省里抽查、国家普查，扶贫干部们忙得昏天黑地，组织上不宣布放假，他们一刻也不敢懈怠。出了问题可要问责，谁都承担不起。

这天晚上，儿子的手机一直不停地响着，扶贫工作队队长与单位领导反复询问儿子什么时候出发，明天上午车在单位等着。

妻子给儿子收拾东西，大衣、毛衣、毛裤等穿戴用品，牙膏、肥皂等日常用品，茶叶、水果等吃的东西，给儿子收拾了一大箱子，还用一个背包装了一些年货。

可怜天下父母心！

儿子已经是一个国家干部，应该有自己独立生活的能力。我关心的是他的个人大事，二十大几的人啦，该找一个女朋友。关于女朋友的事情，儿子对我们颇有微词，他说他当年听他母亲的话，读大学没有要女朋友，早知如此悔不当初，不该听他妈的话。刚读大学的时候，他妈妈为了让他学习不分心，给他下一道“圣旨”，读大学期间不能谈女朋友，否则就是谈了女朋友也不能让他带进家门。“野蛮母亲”让他一直耿耿于怀。儿子还算是听话，读大学没有女朋友。毕业参加工作就到农村扶贫，哪里还有时间谈男女朋友啊？每当我们提起他该说女朋友时，仿佛就是给出了一道难题，朋友们陆续给他介绍过几个女孩，别人一听说他在驻村扶贫，就不了了之。有些女孩认为，扶贫干部有什么前途？扶贫干部在乡村工作，没有谈情说爱的情趣。还有一个女孩说他晒得黑黢黢的，过早成熟，不是“小鲜肉”。

“儿子，早点睡吧，明天要早起。”妻子见儿子洗漱完毕就讲。

这天晚上，妻子对我说，儿子还有一点恋家呢，是不是找了一个女朋友之后可能要好一些？看来今年与女孩子见面之事又泡汤了，儿子总是在谈女朋友的问题上不如人意。本来他有一个高中同学非常喜欢他，还从省城放弃工作来铜仁当一个临时工，几次向他表白，儿子总是装傻不接招。我几次问他：你们平常那么好，是可以发展的。儿子说，因为太熟悉了，只能当朋友，不能当妻子。一些奇谈怪论，我不知道，90后的爱情观究竟是什么？是对结婚的恐惧还是生活的压力？我们单位不少青年人，三十几岁还没成家，总是一天到晚欢天喜地玩手机，打游戏。

难道人生就是打游戏和玩手机？我曾无数次追问。

正月初三早上6点，我起床给儿子做早餐，给儿子蒸他喜欢吃的饺子，煮了几个鸡蛋，让他在路上吃。

6点半，我叫儿子起床。

儿子吃早餐，我和他妈没有吃，而是围在餐桌旁看着儿子吃，妻子眼里涌出了泪水。我滔滔不绝地讲一些男人要勇敢之类话语，给儿子打气。男人做什么事情千万不要拖沓与优柔寡断，要有一种大丈夫气概。

我还唠唠叨叨说了一些鼓励他努力上进的话，扶贫工作到结束也就只有半年了，无论如何，都要挺住！乡村扶贫工作就是人生的一大财富，我也是从乡村出来的。我是给儿子“打鸡血”、讲一些大道理。“扶贫结束后可以考选调，也可以考研究生，继续深造，实现你的人生梦想。人应该守住梦想，不要随遇而安，要朝自己的人生目标迈进，空谈误国，脚踏实地向前走。”儿子读的书比较多，古今中外都读了一些。他还是贵州省首届青年散文、散文诗笔会的成员，在省级报刊上发表过文学作品，也获过“桃源杯”全国大学生原创诗歌网络创作大赛最佳人气奖，具有文人气质与诗人情怀，如按他的发展势头，只要锲而不舍，一定有一个光明的前途。他的一些同学追女朋友写情诗，不少人就是请他炮制，他写爱情诗还会煽情，打动了不少情窦初开的女青年。他曾经写过上百首诗歌，我动员他出一本诗集，但他总是轻描淡写地拖延了事，后又因为扶贫太忙而流产。

儿子本来应该继续读书深造，而生活却阴差阳错，让他参加了工作就下乡扶贫。一些好友还说我："你家又不是生活过不了，这么早就让儿子出去工作，你当父亲的有些狠心啊！至少也应该读研究生。"我想，先工作再去读研究生，也许对他将来的学习工作将是一种有力促进，基层生活的体验会让他知道生活的不易，他以后会更加珍惜生活与学习机会。我也是工作十几年后才去读研究生，基层工作经验成了我人生的宝贵财富。儿子投入中国当下最伟大的扶贫事业，让他认识到基层人民的生活状态，让他产生一种与生俱来的情怀与担当。作为生活在美好时代的90后，磨炼自己应该是他的一门必修课。

儿子只吃了半碗饺子。他说："我已经吃不下了，昨天晚上没有睡好。"儿子回家无精打采总想睡觉，仿佛在乡村里压根儿就没睡觉似的。

妻子劝儿子多吃几个。

儿子说："实在吃不下了。"

"吃不下就不勉强了，"我讲，"吃饭不是干活，想吃就吃。关键是今天有无去思南的客车？"

"我们先到车站看看，如果没有，我开车送你去。"妻子对儿子说。

我帮儿子拿背包，儿子拖着自己的旅行箱。

一家人匆匆走向地下车库。

放好行李，发动汽车。儿子眼里涌满泪水。关键时刻，父母应该义无反顾地支持儿子，绝对不能替他打退堂鼓，要给他一往无前的勇气。往往是父母的溺爱害了孩子，爱子女只能在心头，不能流露在表面。

开车上路。

街道上车辆很少。风吹得很冷，飕飕的冷气让人全身发凉。有没有去思南的客车是此刻一家人想的一个关键问题。

到旅游车站。去思南的最早一班客车是早上8点。平常热闹的车站只有零零星星戴上了不同颜色的口罩的几个人，有几个戴的黑色口罩，庄严肃穆，让人感到几分不祥的预兆。儿子没有戴口罩，出发时，我们还没有考虑到这个问题。好在当天车站还没有要求乘客必须戴口罩。我和妻子在车上等着。儿子去车站售票口询问，运气还好，早上8点还有去思南的客车。

儿子走到车边说：“今天有车，老妈今天就不麻烦你啦。”

我和妻子下车帮儿子拿行李。

儿子背着包拖着箱子走进候车室，儿子做一个“拜拜”手势：“老爸老妈回去吧！我马上就上车。”

我和妻子看着儿子进了候车室，才上车回家。

回家路上，妻子说：“今天运气真好，我还担心没车去思南，昨天我们在电视看到一些地方暂停客运。”

怕儿子去不了思南，疫情就是命令，赶不到车，也只好开车送他去单位。

我和妻子回到家里，得到一个信息，铜仁去区县的客车上午10时暂时停运。

庆幸儿子已经出发。

上午11点，儿子到了三道水，发来了现场照片。

乡里正在召开新冠病毒感染防疫工作会议，儿子已经戴起了口罩。

晚上，儿子和一个乡干部在乡卡口值班。照片上显示是一个临时帐篷，照着蜡烛，烧了一盆炭火。看到这个场景，妻子说：“不知道儿子受得了不，这么冷的天。”

妻子担心不无道理。今年正月比往年都冷。作为母亲时刻担心儿子天经地义。我说：“年轻人还是让他锻炼一下，受一点苦对他将来成长更加有利。”妻子说：“你站着说话不腰疼，你自己去试试！”

我讲：“天将降大任于斯人也，必先苦其心志，劳其筋骨。”

“百无一用是书生。你们这些自以为是的知识分子，常说一些不沾边的话，你自己去试试？”

我被妻子撑了几句，就沉默了。

妻子的意思我明白。在家里，平常我们对待孩子，一个唱白脸一个唱红脸。我就是唱白脸那个，妻子却是唱红脸。儿子与妻子的关系永远比我好。母子连心也许就是这个道理。

这几天，我老是心不在焉的，早上起来第一件事就是看全国增加病例人数。我想从这些数字中看到国家早日战胜病毒的迹象。

儿子每天给我们报一个平安。他们扶贫的三道水乡其实没有病例，主要是防患于未然，响应党中央号召全国一盘棋防控方针。即使没有病例，但也不能掉以轻心。他被乡里统一安排值班。两个星期之后，他又到村里，防止外人进入，对进出的村民登记量体温，到各个村民家里做防疫宣传。

儿子在朋友圈发了一张照片：他一个人在村里路口值班，用两条板凳搭一个床位。他在邻县乡村扶贫的一个女同学留言：“老大，你一定要挺住！我这里也和你一样，你那里有火烤，我们这里比你们那里还差多了哦，我们是新时代的青年啊！”看到这条留言，我感到90后开始担当责任和重任。电视报道一些驰援武汉的医护人员中有很多90后，让我们看到90后已经成为社会建设层面生力军。儿子1993年12月出生，才刚满26岁，工作快三年，在乡下扶贫两年多。我相信，儿子一定会挺过来的，国家平安，人民才会平安。

二

儿子参加2019年研究生考试，裸考西南大学艺术学研究生353分。他本来是学中文的，却报考艺术理论。他是一个理想主义者，平常喜欢看一些稀奇古怪的电影，二十几岁了，还喜欢看动画片。他的人生目标是当一个艺术评论家。

他报名与参加研究生考试都是一种偶然。报名是因为10月份易地扶贫搬迁，他在铜仁为搬迁户做一些善后工作，正赶上研究生报名时间，他就报了一下名。2018年12月23日，儿子打电话给我说：“老爸，我今年放弃考试了，因为县里组织转正考试。”可是在23日下午6点，儿子又给我打了一个电话说，今天下午县里转正考试已经结束，问我们能不能开车去接他一下，想回铜仁参加研究生考试。他有一个女同学也要回铜仁考研究生。这个女同学就是相约去思南考试的高中同学，在思南中医院当护士，准备考贵州中医药大学的研究生。

“好吧，”我说，“我给你想办法。”

我和儿子他妈商量，晚上她开车不大方便，就打电话问一个崔姓青年教师，他常常来我家玩，说平常要出车的话他义不容辞。他一听接兄弟回铜仁考试，二话没说，就与我们一同去思南接儿子与他同学。研究生考试是周六与周日，不影响他的扶贫工作。儿子给乡政府领导与扶贫工作队长及驻村第一书记请假。大家表示支持他，并预祝他考研成功。

儿子一天也没有复习，他只是想看看艺术理论考试题型。

晚上9点我们到思南，喝了一杯水，稍作休息。

一行人就急忙往铜仁赶。

在车上，儿子呼呼入睡。他的那个女同学也沉默不语，他们都很累。女同学昨天晚上值夜班，为了应付明天的考试，只好养精蓄锐。

我知道，90后生活与工作不易，生命不能承受生活之重。

两个小时后，车到了铜仁，先送儿子去铜仁一中附近宾馆。再送儿子同学去她家的楼下。

她是铜仁人，贵州中医学院护理专业毕业。她不想干护士，崇尚的职业是教师，命运鬼使神差地让她当了护士，她心有不甘，考研究生就是为了改变命运，找一个适合的工作。

女同学下车时，一声谢谢都没有说。妻子颇有微词，说这孩子怎么啦，没有礼貌哦。后来儿子转达了他同学的歉意。儿子说："其实我那个同学平常很有礼貌的，复习太紧张，忘了礼数，她让我向你们道歉。"

还没有到家，儿子打来电话："我运气好，在宾馆里住到一个单间，最后一个单间。"

"好好考，尽最大努力！我们等待你的好消息！"作为父亲，只有祝愿儿子！

两天考下来，我问儿子："考得如何？"他说："今年感觉不错，说不定我可能上线呢。"

在"拼爹"的时代，我们没有什么值得骄傲的本钱。像我们这些出生底层的人，读书可能是改变命运的唯一出路。我自己就是很好的例子，我40岁考上研究生，从一个乡村教师做到大学教授。儿子对他的同学们说："如果我也像我老爸那样努力，什么大学都能考上，可是我缺乏他那样的毅力。"儿子看到根本所在，他真的缺乏我这样的毅力和坚持。

儿子是在蜜糖罐里长大的，从小没有吃过什么苦。

在一个镇里度过了他愉快的童年，到县城读初中的特长班，也就所谓的外教班。很多家长望子成龙望女成凤心切，学校堂而皇之地开办“特长班”，让家长们心甘情愿地付钱，每个学生一年多交 5000 元。当时 5000 元可不是一笔小钱，相当于我三个月的工资。但是为孩子学习，家长缩衣节食也要让孩子受到好的教育。到头来，学生家长也没有明白，学校是在忽悠家长，请的外教也就是外国的油漆匠，来学校忽悠学生几天。儿子并没有学到多少英语。儿子所读大学的校长郑强教授说，中国孩子的悲哀就是将自己学生时代大多数时间都耗在了外语上，这也就是中国教育最不自信的地方。是的，儿子对外语比较反感，他在大学没有参加过一次外语的等级考试。作为外语的受害者，我也对中国学生拼命学外语感到有些反感，作为中国人，连自己本国的语言都没有学好，还学习外语。连中国人第一文化都不理解，还去学习第二文化。有一次，我在中文系课堂上问学生：“你们知道什么是第一文化吗？”学生一脸茫然。学生真的不知道什么是第一文化。我不得不说，第一文化就是用母语阅读与写作。对中国人而言，第一文化就是用汉语阅读与写作。当下中国大学有不少大学生连请假条都不会写，确实让人感到不解。很多专业优秀的学生就是被外语挡在象牙塔外。专业科目我倒不担心儿子水平，儿子阅读量大，读书比较多，他一辈子也得感谢在他毕业证与学位证上签名的郑强教授。儿子是郑强教授来贵州大学倡导“通识教育”的第一批受益者。他读的是贵州大学民族实验班，前提是他是贵州省的少数民族学生，入学考试语文与外语成绩要达到规定的分数。所谓通识教育“2+2+3”学习模式，前两年学习大文科，文学、哲学、社会学、新闻学、法学等基础学科都要学习，后两年根据学生个人爱好选择专业学习，再三年根据学生专业直读研究生。也许是儿子爱好文学的缘故，他最后选择汉语言文学专业。在大学期间，除学习人文社的基础学科以外，他还选修了艺术学、人类学、民族学、生物学等方面的课程 38 门。有人对郑强教授表示质疑，但我认为郑强教授的观点有利于学生的全面发展。儿子没有选择读贵州大学的研究生，他想到外面去看看。他第一次研究生考试选择的是中国社科大哲学专业，因为他的很多同学要求参加研究生考试，不少人报考了北大、人大、武大、中国传媒大学等名校。作为一个比较好强的男性，他也不甘示弱。第一年考下来，总分超几十分，可惜《西方哲学史》考挂了。他有几个同学考上北大、中国传媒大学、武汉大学的研究生，基本上都是女生，让他们实验班的几个男生唏嘘不已，一群男子汉让女同胞比得没有什么脸面。中国的教育适合女生，女生的外语一般都比男生强。特别是文科院系的专业大多数是以女生为主，就以我上课的中文系学生来说，一班五十几个学生，很少有男生超过10人的班级。儿子说，他们实验班40人只有6个男生。文科院系学生拿到奖学金的男生几乎为零。十几年前我读研究生的中国现当代文学专业27个学生里，只有7个男生。那些女生的外语至少都是四级，过六级的也超过一半。所以中国研究生考试，特别是文科，都适合女生考试，不少男生都是业余打酱油。

儿子的考研，我对他的专业课程成绩感到很乐观，但是对他的外语成绩颇为担心，第一次研究生考试，他的外语46分，一般学校哲学能上线。为什么他选择考艺术理论？他想巧过外语。虽然艺术类外语成绩要求不高，但是总分是比较高的，文科类除中文专业外，艺术类总分是最高的。所以，尽管儿子信心满满，但我还是担心他的外语能否过线。

研究生考试一结束，儿子当晚回到扶贫村。他帮扶对象是九户建档立卡的贫困户，其中有几家属于残疾人家庭。儿子自知责任重大。他们交通局包的是思南三道水乡最偏僻的过天村，儿子帮扶的贫困户分布在最偏远的洋合坪、袁家寨和叶家湾三个组。每个组的二十几户人家散落在方圆十几里的三个山坡上，一个人走完20户人家，就得半天工夫。儿子说，在那里看起来不远，走起来很费时间。再加上他们单位参与扶贫的几个领导都是临近退休的老干部，不熟悉电脑，多数资料都是儿子一个人填。儿子说，他一年要填8万多条数据，一个的村扶贫资料往往要用坏一台打印机与复印机。

思南正处在脱贫攻坚的关键时刻，2019年争取整县脱贫。儿子作为一个普通的工作人员，关键就是要让他包的九户贫困户出列。他包的几户贫困户出列了，他的扶贫工作才算完成。

快过年了，儿子仍然在考虑他所包的精准扶贫户的过年情况，除帮助他们打扫家庭卫生外，还要考虑他们的柴米油盐酱醋茶。难为儿子啦！以前他从来没考虑过家里的吃喝拉撒睡问题。扶贫工作千头万绪，儿子作为扶贫干部就要急贫困户之所急。贫困户的厨卫改造，儿子亲自和灰浆，上墙抹灰浆，还要动员其中3户人家易地搬迁，给帮扶户找适合他们脱贫致富的项目。扶贫所在地开始搞红薯产业，当地的一个老板在外发财后，毅然回乡反哺乡民，修建了一个红薯加工厂。儿子为了贫困户筹集红薯秧的启动资金，只好找我借，我知道，这是“老虎借大猪——有去无回”。但没有办法，为了支持儿子的工作，我只好乖乖掏钱。儿子说：“这算是你对产业的投入吧，有了收益肯定会还你的。”我本来就没有希望儿子还钱，就算我为他扶贫了！

儿子一年还要几次给贫困户买油、米等慰问品。我知道，他的工资不高，3000多元，除了交800元的生活费，在县城租房每月要交500元，平常还要买书，为帮扶户的小孩交书费等等，他基本上就是“月光族”。每到月底，总是打我的主意，要我暂时借点生活费给他。

元旦节，儿子带领几个村干部去乡场上买了百多斤糯米，打糍粑，组织乡亲们新年联欢，吃干群连心饭。作为一个扶贫干部，他也算是尽心尽力。他还自嘲道，如果以前读书也像现在这样尽力，扶贫肯定与他无缘！但令我高兴的是儿子开始真正融入接地气的社会生活，这是他新的人生的开始。在将来，他一定会为他的扶贫生活经历而感到自豪。因为他来到过最艰难的地方，看到贫困群众的生活状态，他也想尽力改变。他为贫困群众的美好生活奋斗过，这是他自己不悔的人生。

2018年底全乡脱贫攻坚年终总结大会上，儿子被三道水乡党委、政府评为“优秀帮扶责任人”。帮扶干部的工资关系转到了乡财政，扶贫干部除了档案在自己原工作单位外，管理权和考核权已经下放到所在地党委与政府。

儿子被乡党委授予一条红色绶带和一块牌匾。奖品是一箱当地产的红薯粉。儿子将他在现场领奖的照片发在微信朋友圈，我想这也是他对自己工作的肯定。我也在朋友圈转发了儿子领奖的照片，在某种程度上是对他的鼓励。儿子是他所在工作队唯一的“优秀帮扶责任人”。他从一个懵懵懂懂的大学生走上扶贫道路，尽力地做过了，在这场脱贫攻坚战役中，他是一个普通的小兵。这是组织对他工作的肯定。

2018年除夕夜，儿子从思南赶最后一班客车回铜仁。他除了提了一箱红薯粉外什么都没拿。他说：“单位过春节什么都没有发，年终考核绩效是全县一等奖，可估计也是数字，去年考核绩效都没有兑现，县里财政困难，只有理解。我只有当‘空军’回家。”他讲：“我们县财政还算好些，能够按时发放工资，邻县连工资都有几个月没有发了，工作照常做。作为干部，不要计较个人得失，要支持政府工作。如果单从钱上看，我还不如去打工呢！关键是在做有意义与价值的工作。”

正月初一，我和妻子去超市给儿子买了一件呢子大衣，算是我们对他年终获奖的奖励。事实上，这是我们找的一个让儿子可以接受的托词。他在外工作一年，冬天老是穿着一件军大衣。过年，不要人看得那么寒碜。

扶贫干部也是普通人，也有理由穿好吃好，也有七情六欲，也应该谈朋友成家不是？

三

儿子是2016年7月毕业于贵州大学的。一开始他就没有准备找工作，因为他有自己的梦想，考研究生读博士做学者。但他还是参加了当年的全省公务员考试，报考的是铜仁城区政府的岗位，成绩168分，有岗位一与岗位二，如果他报考岗位二，他就是第一。反正人年轻，以后机会有的是。他准备再考一次研究生，刚从大学毕业，还信心满满，2017年报考中国社科大的哲学研究生。班上有几个同学考上了北京大学与中国人民大学的研究生，对他触动很大，所以他就选择考中国社科大。理想很丰满，现实很骨感，他复习三个月考试，西方哲学史没有考过，深感可惜。于是，他又开始考工作。铜仁城区一个宣传单位主动联系他，先让他去上班，再解决编制，因为他是贵州省首届青年散文、散文诗笔会的成员，又获得过“桃源杯”全国大学生原创诗歌网络创作大赛的最佳人气奖，在《贵州作家》发表过散文。但是，他不喜欢这份工作，他说，他有自己的理想。2017年春又参加贵州省四级公务员考试，报考了市里一个文化单位，成绩197分，进入前五名，但没有进入面试。现实让他开始有些着急，考工作不像他自己想象的那么容易。这年夏天，他高中时的一位女同学去考思南的卫生系统工作，动员他一块去报名考思南的公务员，他一时兴起，报考了思南交通局农村公路管理局的一个管理岗位。没有想到，他以笔试与面试第一的成绩考上了。当时，他准备考研究生，西南大学艺术理论方向，我帮他联系了导师，找了一些复习资料。在去工作与考研究生的问题上他矛盾了好久，妻子说，一边工作一边考研究生也是人生的一种历练。他就决定先去工作一段时间，再决定以后的目标。

拿到工作的通知，得知单位不提供住房。我们先安排他去思南租房子，目的是考验他，因为他马上就要真正独立生活了。他找到一个房子，交了200元定金，就回了家。

2017年11月10日，贵州省九三学社安排我去复旦大学国际关系与公共事务学院培训，11月9日，我和妻子开车送儿子到思南工作报到。儿子开始是准备搭他女同学家的便车，“怂恿”他去思南考试的那个女同学也如愿考上思南中医院。儿子与他女同学的档案和其他一些流程都是我们一道开车接送办好的。我还对他们说，同学之间在一地工作要相互关心，儿子的女同学连连称是。

儿子说：“我今后常常到她那里蹭饭吃。”

妻子说，还是我们亲自送去，看看他究竟租的是什么房子。他是一个十分马虎的人，说不定租了一个让你都想象不到有多么差的房子。

一到思南，我打电话联系思南文友任君与田君，还有他们思南交通局的人事股股长周君。他们都是当地文化名人，让大家帮他参考参考。我们一起去看了儿子租的房子，大家都感到环境不如人意，房子门面在修汽车与堆垃圾。大家纷纷想办法，田君说，他有一个亲戚在这附近开宾馆，可不可以暂住宾馆，以后我们大家再慢慢帮他找房子。我也认为这是一个解决问题的最佳方案。田君说，你来了，还可能要下去扶贫呢，县里有一个新规，凡到单位的新人都要下乡去扶贫。当时，儿子苦笑了一下。他想，可能到扶贫时，他已经考上研究生了！但想法往往与现实生活不一样，常常还是出人意料，或者说与你的想法大相径庭，有时甚至更糟，这是一个希望与失望并存的时代。

田、任二君陪同我们一家人去看宾馆。因为是熟人，每月 1800 元。在我看来，不贵，但周君说，一个月一半的工资都交给了宾馆。我当时说："我每月给你 1000 元，你自己出 800 元，就住宾馆，方便你自己学习。"儿子说："以后我还是租一个便宜的房子住，最多在宾馆住一个月。"儿子开始知事了，他自己的工资，不能多花在住宿上。

儿子在宾馆住下，我和妻子将一些床上用品拉到宾馆。同时还从家里带来一套炊事用具。妻子为儿子考虑得比较周到，还给准备一些肉臊子。周君说，在单位吃食堂方便些。于是，我和妻子又只好将这些东西带回。这是儿子第一次出去工作，虽然他以前外出读书都是他一个人去的，但这一次，我和妻子都送他，这是一个庄严的仪式。儿子凭自己本事考了一个工作，在当下大学生工作难找的时代，作为一个本科生，考了一个体制内的工作，这是不少人羡慕的好事。这比我当年好得多，我的第一份工作是从代课教师开始的，而且也是在最偏僻的乡村。妻子是一个慈母型女性，可谓儿行千里母担忧。

安顿好儿子，思南朋友们为我一家人接风。我要乘第二天上午的飞机去上海，给儿子1000元生活费后，便和妻子驾车返回。儿子在车后，看着我们的车走了好远。我知道，他心里一定五味杂陈。

路上，妻子说："看来儿子懂事了，只住一个月的宾馆。自己挣钱，他就知道钱来得不容易。"

"是的，我也是这么想的。"一个刚出社会的青年人不容易。

作为父亲，我也是希望儿子有一个成长历程，我们不可能也不会永远管着他。

我儿子是一个有情怀的人，小时候，他对我们说，他长大后一定要当宣传部部长，改变人们的落后观念。当时我听了有些好笑，常常开他的玩笑：我们未来的宣传部部长。也许许多童年的往事已经化为依稀的记忆，或许大人还记得，他本人却随着时间推移，早就忘在九霄云外了。

儿子曾是一个充满幻想的人。小时候，儿子是一个自尊心很强的孩子，有不服输的性格。说了很多让我们大人想不到的话。当年我家因为他妈妈没有工作，不是双职工家庭，当分房子受到某种歧视时，儿子安慰我们说，他一定要好好读书，将来去大城市给我们买好房子。理想与现实相差多大的距离，大学毕业就到一个县城工作，凭他的能力什么时候才能够买到房子啊？过去的愿望或许已经成为陈年往事。儿子当时说的几句话却让我十分感动，写了一篇随笔《儿子的愿望》发表在一家报纸的文学副刊上。前些天，我整理以前发表文字的报刊，看到了这篇记录儿子童年往事的文字，百感交集。

好在儿子还可以安慰自己，每一年几百万大学生毕业，不少学生还没就业，先就业后择业不失为一种明智的选择。

大学生就业在中国当下是一个沉重的社会话题，每一年政府工作报告都有一定的文字表述。从某种程度上讲，儿子还算幸运。单位有一个同事，子女大学毕业四年，还没有找到工作，他心急如焚，常常说很羡慕我。在人们看来，作为一个刚毕业的大学生，能够考上一个体制内的工作已算是万幸了。人在更多的时候，要学会安慰自己。

刚回家，就接到儿子的电话，问我们到家了没有。

我们告诉儿子刚安全到家，要他好好工作，在单位要向各位前辈与兄弟姐妹学习，做一个热爱工作的好干部。

妻子说，儿子突然懂事了，知道关心我们了。

“你认为他还是那个好吃的小孩子吗？他已经开始长大了，已经开始当干部了！”

“应该让他自己去好好锻炼一下，在父母身边的孩子永远长不大。”妻子附和道。

开始工作的几个周末，儿子老是往家里赶，因为他还没有发工资，11月份参加工作，只有在年底追加预算，拿到工资，估计要到第二年1月。

每次儿子回家对我说：“老爸，又要让你破财了，先借点钱给我，等我发工资就还你。”

“那你工资发后可要还我哦。”我这样说，其实就是开玩笑。常言道，父母身上好安钱，儿女身上好安钱。儿子的“借”就是一句玩笑话，也是一种冠冕堂皇的托词。

几个学生到我家里玩，听说我儿子参加工作，还在找我拿生活费，他们就对我说："老师，师弟参加了工作，你就不要再支持他了，要让他自己想办法解决，如果老是给他资助，他就会乱花钱，他永远也不会理财。"

学生的建议很正确。儿子刚开始工作没有发工资，虽然在单位吃饭可以记账，但多少还是该给一点零花钱。儿子在宾馆住满一个月，就在单位外面居民区租了带卫生间的小房子。他给我讲，房东要预付半年租金2500，我也只好认了，给他付了半年租金。我告诉他："下不为例，以后发了工资，自己解决，借给你住宿费可要还我啊。"

儿子说："一定的，一定的，发了工资首先就还你。"

"等以后发了工资，我就不管了，自己要学会开支。"我给儿子下了最后通牒。

"是的，有工资我就学会自理。我每个月还想存一点钱。"

"至少你以后给女朋友买首饰钱由你自己出，从现在开始就要有这种准备。"我调侃儿子道。

事实上，说归说，很多时候，当父母的老是为自己的子女考虑，包括以后工资与生活都为他想到了，有时候，子女还不领情。更多的时候，子女的行为总是让父母不解。

2017年除夕，儿子提前一天请假回家。单位管理很人性化，领导找儿子谈话说要他在春节期间好好休整一下，同时做好思想准备，过完春节，要派他下乡扶贫，接替单位在三道水乡扶贫的一个同事——刚参加工作就去扶贫工作队，已经两年了，快30岁了，还没找女朋友。单位总不能让一个人长期在乡下扶贫，还要考虑每一个人的具体困难。

儿子说，服从领导的安排。

我说："扶贫可能也是对你的一次锻炼。"

"看来，考研究生的计划又要泡汤了。"儿子有些惋惜地说，"扶贫工作没有那么容易！我们单位有一个青年人吃不了扶贫工作的苦，辞去工作了！"

"时间是可以挤出来的，只要你有决心，就不会没有时间。"妻子又给儿子打气。

我说："鲁迅把别人喝咖啡的时间都用在了学习上，关键是你有没有自己明确的学习目标。时间完全可以挤出来。当年我考研究生的时候，一个人上四个班的历史课程，还有三个晚上辅导，平常还要给几个亲戚家的孩子做饭。我坚持每天早上5点钟起床，看两个小时的书，还不是照样考上了研究生！"

"我给你讲一个生活中的例子，"我说，"这不是我随意杜撰的，而是史铁生创作谈的例子：如果一个牛犊刚生下来，你就开始抱它，那么当牛犊长到多重，你就会抱到多重，可叹的是没有人能坚持到底。现实中很多时候，做一件事很少有人坚持到最后，总是半途而废。”我举这个例子就是告诉儿子干事贵在坚持。这个例子体现了贵在坚持的生活哲理。

对于我们老一辈的教诲，不知道儿子听进去没有。他父亲就是活生生的人生教材。有时候，榜样的力量是无穷的。父亲是儿子的榜样，往往也会潜移默化地影响自己的子女。或许儿子们这一代人有自己的人生观与价值观。

脱贫攻坚是国家的大政方针，投身其中，也就是为社会发展尽一份力。

春节假期，儿子邀请一些同学来我家玩。

儿子的同学说：“叔叔，佳韵说你太勤奋了，如果他像你那样努力，早就考上研究生了。”

我在儿子面前是一道坎，或者说在他面前是一座要翻越的山，给他造成某一种心理障碍。儿子有时候也以父亲为榜样，但我也会遮蔽了儿子的光芒。有一次，儿子去参加省里的一场笔会，有领导人问他情况，儿子如实回答。

“你认识向某某？”

儿子说："他就是我老爸。"

"你们的保密工作做得好啊！"领导说，"回去代问你爸好。"

儿子当场就发短信问我某人真认识我吗，我说："我们是好朋友。你代我问候这位叔叔。"儿子怕他自己的事情因为我被人误解。儿子学习与工作我从来不会插手，也不会去找关系。他自己的事情凭他自己努力，我可以扶着儿子走路，但是我不能代替儿子走路。儿子的路靠他自己走，我最多提一些有益的参考。

我没读过大学本科，也没有学过外语，靠自学考上研究生改变了自己后半生的命运，从一个代课教师到大学教师，成为家乡人们励志的典范。父亲在儿子眼里是一座无法逾越的高山。其实，他还没有真正认识到他自己的优势。他比我更有学习基础，同时一天又不为吃穿发愁。想当年，我为了考大学和他公（爷爷）针锋相对，放弃什么都可以，就是不会放弃学习。读书可以成为人成功的动力。

参加工作的当年12月，他还是参加了研究生招生考试。他7月份就考上工作，一系列手续办到了10月。我动员他考西南大学，因为那是我的母校。他说了一句："西南大学嘛！"从他的话语中知道，他对我要他报考西南大学嗤之以鼻。我想到曾经流行的一个广告：亲爱的爸爸妈妈，儿子将来一定比你们强！

他之前考的中国社科大虽然不是什么“985”“211”，但是考试的人络绎不绝。那可是首都北京啊！有多少人对北京研究生培养单位十分向往。我鼓励儿子不要灰心，如果再努力一点，考上也就是明年的事情。

同时，我还劝儿子放弃不切实际的幻想，换一个思路实现自己的目标。

我建议他报考我母校西南大学艺术学理论专业。我说：“西南大学的校园很美，在那里读书的人往往很怀念那里的校园，你也到那里去过，或许你也有同样的感受。”我研究生毕业那年，儿子初中毕业，我曾带他到西南大学玩了几天，让他感受了一下大学校园生活。

2018年研究生考试，他换考西南大学艺术理论专业。初试成绩337，当年B区初试线330分，西南大学属于A区，复试线340分，尽管没有如愿，但也让他见到了考研究生的曙光。他就开始向B去调剂，除了新疆艺术学院有回音外，其他的学校如泥牛入海。一家人不赞成他去新疆读研究生，怕他身体受不了。因为他从小就不喜欢吃菜，缺乏维生素，所以，我们怕他在新疆专门吃肉，影响他身体健康。

我只有安慰他，已经看到希望，如果再努力一下，至少考西南大学还是有希望的。我还开了他的玩笑：“西南大学如何啊？这些年考西南大学也是不那么容易啊。”西南大学这几年在贵州省招收少数民族骨干研究生的复试分数比非少数民族骨干还多40分，这就是让人不可思议的事情，西南大学也是名校啊！

儿子去查了一下西南大学初试复试线，才知道他的想法很不现实。

儿子说：“我再考一次西南大学，如果考不上就说明我与这个学校无缘，我终究选择考其他学校。事不过三啊！”

这几年，考研人数年年攀升，一些名校越来越难考。儿子外语不是很好，只能巧过外语关。我和儿子将最近五年“985”与“211”大学研究生录取的分数线进行大数据分析。我认为，考西南大学靠谱一些，至少他有考试基础。一个人应该立足自己的实际理智一点，好高骛远就会让他丧失实现自己目标的机会。

我的分析让儿子不得不承认有道理。其实，儿子也在犹豫，要不要辞去工作，一门心思地考研究生。我的一个朋友在一个“211”大学带农业管理研究生，这个专业初试分数260分左右，朋友说，让你儿子考我的研究生，以他的智力，只要把专业课程看几天就高枕无忧。我安排儿子联系我那位朋友。儿子说，叔叔，我谢谢您的好意，我是一个有理想的人，我还是想实现我的梦想。

我对人文社科专业感兴趣，读我不喜欢的专业，对我来说还不如不读研究生。儿子的话语让我的朋友无话可说，只好鼓励他一番。朋友后来倒劝我："老兄，你要尊重你儿子的选择，他有名校情结。"

我又派儿子最好的朋友——一个女研究生去劝他。那个女生到扶贫地方劝他，他问那女生："你喜欢这个专业吗？"那女生说："我不喜欢。""你不喜欢，怎么又劝我呢？"儿子的反问，让他的朋友无言以对，只好悻悻而回。她来我家说："老师，我们还是尊重佳韵的选择，让他考自己喜欢的专业吧！他是一个犟脾气的人，他认定的目标就只有一条道走到黑。我真的无法劝他，劝不动他，还不如尊重他。让他自己再去赌一把。不然，他不会安心的。人就是应该有自己的目标，有了目标的人才会达到自己理想的彼岸。"

是的，我们不能强人所难，一个人应该干自己喜欢的事情。如果强行让一个人干自己不喜欢的事情，他是多么痛苦与沮丧啊！一个人的理想不应该被扼杀。

2019 年 2 月 24 日，星期天，儿子回家，他动员我给他买别墅。我们还去铜仁智慧生态城看房子。他的一个同学打电话告诉他，可以查西南大学研究生考试的成绩了，儿子急忙回家，他一查，353 分，他有一些兴奋。这时，儿子说，别墅暂时不看了，以后再说，说不定我今年还可以去读研究生呢。对于儿子要求买别墅，我和他妈妈的意见是可以考虑给他出首付款，前提是他必须找一个女朋友结婚，靠一个人的工资生活，靠一个人的工资还房贷。

我和妻子交换了一下眼色，说，那好，以后再说。一家人急急忙忙回家，儿子再查一次，没有错。如果按去年复试线，他有可能进入复试。

这次研究生考试他属于典型的裸考，没真正复习过一天。他在网上报了名，到铜仁考试院核对信息的时间也是他到市里帮易地搬迁的贫困户的时间，做完就顺便去铜仁考试院核对信息。他对考试没有抱多大希望，考试的头晚才回铜仁，而且连考场也没有熟悉一下。儿子有些高兴，对我说："今年复试成绩我估计应该超过340分，如果不出什么意外，有可能考上。"我讲："关键是看西南大学今年考试情况，如果二级学院又划复试线就麻烦了，儿子你应该也有自知之明。很多时候，理想与现实是相悖的。"我对儿子说："做好两手准备，考上研究生就去读，考不上就继续工作，你们思南县不是2019年出列吗？等扶贫结束后，争取考一个好大学研究生，再去圆梦也是一种不错的选择。"

2018年夏天，儿子的思想有些抛锚，产生一些极端想法，他准备辞去工作，专门考研究生。妻子对儿子的想法表示极力反对。现在大学生找工作不容易，轻易放弃工作，万一没有考上又咋办？妻子就安排我研究生的女朋友的师妹去给儿子现身说法，那个女生叫S。S是学生的女朋友介绍给儿子认识的，学生的女朋友想给他们当红娘。一次周末儿子回家，大家在一起吃过饭，还到我们家里玩过几次，后来与儿子成了好朋友。S就是考工作无门才考的研究生，如果大学毕业考上工作，她就不考研究生了，现在一般普通中学招人都要招研究生。研究生毕业还不一定进得了儿子的单位。S对儿子工作的劝说奏了效，儿子再也没有说辞职之类的话了。一个在县上当领导的朋友，得知我儿子要辞职的信息，打电话骂了儿子一通："小伙子，扶贫攻坚就是战场，哪有在战场上当逃兵的？如果在战争时期，在战场上那是要被枪毙的！"儿子被他这位叔叔骂得无地自容，表示自己以后一定要在扶贫攻坚的战场上多做贡献。

成绩出来之后就是耐心地等待国家复试划线。儿子读研究生的心理十分迫切。这是S同学转达给我们的，他们常常聊天，彼此交换思想。她知道我儿子的内心世界。同时代的人彼此交心，无话不说。

3月底，西南大学各学院复试最低分数线公布，虽然国家线是340分，但是西南大学美术学院的艺术学理论复试线却比国家线提高20分，儿子又被挡在门外。他把他的考号与密码给我，要我在中国研究生招生网上给他负责填调剂。我查了一下，全国研究生复试艺术理论调剂名额很少，只有云南艺术学院、广西艺术学院、新疆艺术学院、吉林艺术学院等，听说这几所艺术院校报考的人数不多，又压线，每年都有大量调剂，而且都是在等待报考名校落选的考生，每一年都“捡”到不少的优秀学生。2019年研究生调剂在当时成为网络热搜，不少考名校的高分考生纷纷调剂到一般院校。我为儿子填了几次调剂都如泥牛入海，最后填了一个吉林艺术学院艺术学理论。4月20日下午，吉林艺术学院通知儿子去参加复试，儿子当时纠结去不去，还打电话征求了我的意见。那天我在贵州师范大学参加贵州师范大学与铜仁学院的联合培养研究生复试。我对儿子说：“如果你能请假的话，不妨去复试一下，你没有去过东北，就当自己去自费旅游，你这两年没有请过公休假，单位肯定也会同意的。”儿子赞成我的建议，决定去吉林艺术学院参加研究生入学复试。

因扶贫干部工资关系已经转到所在乡镇，参加当地乡镇干部工作考评，请一天假要经驻村第一书记批准，请两天以上假要由当地党委书记批准，三天以上假期报县委组织部批准。好在县委组织部部长是联系儿子所在乡的县领导，组织部部长叫儿子写了一张请假条，组织部也批准儿子七天假期。领导还祝贺儿子能够复试成功。作为一方领导，自己的下属作为“优秀帮扶责任人”，如果在做好扶贫工作的同时，又能考上研究生，这是两全其美的好事，领导的人性化，让儿子感动不已。他说，他如果没上研究生，一定要好好工作！

儿子虽然工作一年半，却几乎没有什么积蓄。如果没有家里的支持，可能寸步难行。

“老爸，你又要破财了，能不能给我一点去复试的路费啊？我发工资就还你。”儿子要钱的方式比较委婉，而且是采用“曲径通幽”的方法，让人不好拒绝也无法拒绝。我只有说：“没有问题，不过以后发工资还是要还我的，你已经参加工作了，就不能再当啃老族了。”我知道，借给儿子的钱就是给他的钱。儿子还可能还吗？他每月的工资根本就不够用。我给儿子讲过多次，工作后就不能再向家里要钱了，但在关键时候，还是要支持他。

儿子是第一次去东北，第一次去这么远的地方，也是他第一次坐飞机。他是从铜仁出发，到浙江宁波转机去吉林长春。儿子到长春就给我打电话说，长春天气很冷，附近的湖泊还在冰冻着。他还在吉林艺术学院附近一个湖泊边照了一张相发在朋友圈。看到儿子顺利到达了目的地，我们悬着的心才放了下来。

儿子在长春待了三天，住在同一个酒店。儿子说，在那里还办了一张贵宾卡。贵宾卡每晚220元，如果不办贵宾卡每晚要300，他算了一下，还是花100元办一张贵宾卡，三晚上可以节约140元。听儿子这么说，我就已经完全放心，他还会算经济账，知道怎么节约费用，这是一个不小的进步。想当年他读大学的时候，我到他们学校看他，让他邀请同宿舍的六位同学吃饭，他点菜基本上照价格贵的菜点，根本没有什么节俭意识。

他对长春第一印象是冷清。他说，长春还没有铜仁繁华，还有就是东北的超市门脸都很小，不像南方这些大都市那样大气。看来儿子观察得很仔细。他去吉林艺术学院复试是一种无奈之举。想当年连西南大学都不是他的理想大学，而今连吉林艺术学院也要来参加复试，结果还不一定乐观，完全有可能是到长春来旅游一趟。当今研究生复试中也有一些不可控的人为因素。

到长春第三天上午，复试开始。儿子是这个学校第三批调剂复试考生，估计是以前来这里参加复试的考生有新的去向，又空出了一个名额。其实，也就是一个导师还差一个学生，就再调剂了三个考生来复试。儿子的初试成绩排在第一，而复试成绩第二，与总成绩第一名相差2分，看起来很残酷。儿子说，那个导师是一个女性，他查了她的简历，是东北师范大学中文系毕业的，有文学背景，他才去复试的。早知如此，他就不去复试了。对于吉林艺术学院的复试，儿子也只是去试试，他理想本来就是读名校。我只有安慰儿子：“既然选择要读名校，那么，你一定要实现你的理想。”当一个人期望值没有达到的时候，心里的沮丧可想而知。

儿子返程坐的高铁，高铁其实比飞机慢不了多少。坐飞机要几次转机，而高铁就可以直接坐到怀化，怀化到铜仁只要一个小时。儿子也会算时间账。从儿子这些细节可以看出，儿子不再是我们以前那个“马大哈”儿子，他已经有了自己的价值观。

儿子回到家里已是凌晨3点，我们劝他在家里休息一天再去三道水。儿子说，今年思南已经进入扶贫攻坚的关键时期，第一年，单位给他们在三道水街上租的房，给他们派了一辆车。从今年1月份起，他们扶贫工作队全体吃住在村里。单位再也不派车了，交通由他们自己解决。

乡里比村里好一些，有水有电，每天还可以洗澡。到村里，就是住在村委会的办公室，没有水，连吃的水都要到三里外的水井去挑。这种生活儿子已经领教三个多月了，只是周末到思南县城换洗一回衣服。妻子问儿子：“你为什么平常不穿亮色的衣服，老是穿一些黑不溜秋的衣服？”儿子说：“在村里要和群众打成一片，如果你的衣服穿得亮丽光鲜，群众就会认为你有架子，不和你接触，穿衣服也要考虑群众的感受。”

我没有说什么，人总是能够克服困难的。儿子说，他们的周末双休也没有了，每周奉献一个工作日，星期六下午才放假，星期天下午又到扶贫村。这是县里与乡里规定，乡纪委就是按照这个规定进行考评，每周一天时间是让他们换洗衣服，适当放松。他强调几次，与他同一批下乡扶贫的部分年轻人辞职不干，他们吃不了苦。儿子言下之意就是他还挺住了，我常常给儿子发信息：“挺住，就意味着一切！”

儿子在早上8点就坐车去了思南，又从思南马不停蹄地坐车到三道水，然后步行去过天村。

儿子知道自己应该承载历史重任。作为90后青年，应该在自己的工作岗位兢兢业业干事。这不是喊口号，而是实实在在面临的问题。儿子的本职工作就是让他联系的九户群众摆脱贫困，和全国其他人一样共同进入小康社会。

作为孩子的父亲，我对儿子的工作是大力支持的。

儿子还给我打电话，要我每天在中国研究生招生网上查一下调剂的情况，说不定还能够意外捡漏。看来儿子还在做读研究生的梦。

连续一段时间我都在为儿子关注研究生复试调剂，他报考艺术学理论除了几个非全日制的可以调剂，再也没调剂名额。有时候我想，是不是研究生与儿子无缘啊？人生就是这样，得到此就会失去彼，是一种无法预测的“原理”。

随着研究生报考人数逐年增多，每年考试竞争也越来越激烈，这是一个不争的事实。但是不少人还是拼命地往这条路上挤。考研究生是一些普通人改变命运的必由之路。如果是那些富二代，就用不着这样操心，花点钱在国外的一些大学镀镀金，回来就是海归。不少有钱人家的孩子，不是花百把万人民币去英国就是花几十万去东南亚国家读一年半载拿个研究生毕业文凭，还有就是去韩国读个中文研究生也是一种走捷径的选择。

儿子说：“等扶贫结束后，我好好复习一下再考考研究生，读研究生是我的梦想。我迟早要去圆梦的。我一定要用实力证明我自己，不是去混文凭。”

一个人有理想有抱负是没有错的，一个有理想的人只要不断进取，一定会达到自己的人生目标。

“如果所有青年人都去读研究生去了，那么乡村扶贫谁来干呢？”我曾经这样给儿子说过，“是不是可以换位思考一下，读一个非全日制研究生，然后再去读读博士也是一种选择？”儿子不同意我的想法，他读研究生不仅仅是为了一个文凭，而是要真正享受一下读书的过程。

每一代人有每一代人的思考，有他们自己的思维方式，应该尊重他们的思想。

“在平凡的岗位上做着自己应该干的工作，也是为国家贡献力量，只是我们每一个人的分工不同而已。”我常常在电话里开导儿子。有时候，讲道理比较容易，要真正实现自己的理想却显得十分艰难。

儿子回到自己的工作岗位，他再也没有不切实际地想入非非，而是脚踏实地地干好自己的工作，千方百计为自己包的建档立卡贫困户们找脱贫的门路。当儿子的帮扶户养殖生猪的时候，非洲猪瘟开始流行起来，儿子的一个帮扶户一次就埋掉了11头猪，儿子很心疼，只好帮他们买红薯秧，栽红薯弥补损失。儿子又向我借了3000元，给贫困户买红薯秧。我又只好违背不再给儿子借钱的诺言，从微信里给他转了过去。儿子在微信里给了我一个笑脸：“谢谢老爸！”

我想，儿子已经把他的扶贫任务转嫁到我的头上，为了支持儿子的扶贫工作，我还能说些什么呢？其实，我家也是不太富裕的，一个月的工资基本能够维持生存。以前我一个人的工资要养四个人，儿子工作后，还要供养我母亲和妻子。我母亲去世之后，儿子他妈身体又出了一些状况，平常药费也是一笔不小的开销。

扶贫工作不能有半点马虎，不能有一丝懈怠。儿子十分明白这个道理。他的工作就像走钢丝，他总是一直小心翼翼地向前走着。

四

我曾去过儿子扶贫的三道水乡三次。

三道水以前叫三河，后来撤乡并镇，思南思林电站修建，乡政府就搬到这个地方。三道水是一个土家族苗族乡，是一个典型的少数民族聚集地。

2018年8月2日，我早上从铜仁坐车到思南，再从思南坐客车到三道水。我到三道水的时候已是下午2点。当天是星期天，我到那里给儿子打电话，当时他们还住在乡里，住在单位为他们扶贫干部租在海事所附近的农房里。

儿子说：“我还在村里，老爸，你为什么来了？你咋不早点打个招呼？”

我说：“专门来看你，还要打什么招呼？也不用那么正式啊。”

儿子说：“你要在乡里等到晚上6点，我才能从村里回到三道水。在三道水，你有没有朋友啊？”

我说：“有的，田老师，我来之前和他联系了。我先到他家里等等。”

“那好，你就在田老师家等我，晚上我到了，就给你打电话。”儿子在电话里说。

我去三道水前，就给三道水小学的老师田君留过言，说今天要到三道水。他说：“欢迎欢迎，向教授是我们请不到的客。”

儿子不在，我只好联系田君。

一打电话就通，有缘！

原来，老田得知我要到三道水，专门在家等我。

老田是一个快退休的小学教师，喜欢诗词歌赋，常在朋友圈冒泡泡。

他问我在什么地方，我说在三道水乡政府前的广场上。

他叫我站在那里不要走，他马上就来接我。

不一会，老田就来到乡政府广场，见到我，主动跟我打招呼。

虽然我们尚未谋面，但老田还是认出了我。他说，他在朋友圈里看到过我的照片，有印象。朋友之间就是有这种缘分。

他带我去三道水街上的他家喝茶。

我和老田一边喝茶一边谈三道水的历史。

他说，这里以前不是街道，才修起来没几年。

休息一会，他就带我去三道水街上走了一圈，看易地搬迁的住房。易地搬迁的人们基本上都出去打工去了，乡里还在这里办了一个扶贫企业，代工厂为外地企业加工儿童玩具。几十个工人在工场里干活，都是一些中年妇女。

他还带我去看小学下面的游泳池，这里是利用思林电站库区围堰而成的游泳池。夏天有不少人来游泳。我们去的时候，有几位老师在那里游泳。老田一一跟他们打招呼，还向他们介绍我。

最后去三道水中学的运动场。运动场还是塑胶跑道，这在一个偏僻的乡里不能不说是一道亮丽的风景。老田说，这个运动跑道是某企业赞助的，这是一件大好事。

这个运动场我听儿子说过，他每天早上都要去运动场跑几圈。

看了三道水的一些具有代表性的场景后，老田邀请我到他家吃晚饭。晚饭是他妻子做的，比较丰盛，腊肉、香肠、茄瓜炒青椒、土鸡蛋等，让我感动。

我们谈天说地。

儿子到7点钟还没回到乡里。

我又准备给儿子打电话时，一个陌生电话打给我，叫我到海事所吃饭，是儿子单位的同事打来的。儿子几个同事在其他村扶贫，海事所有一个同事今天结婚，作为单位同事要到场祝贺。海事所是交通局下属单位，结婚的同事是大连海事大学毕业的，云南人，考到这里工作。儿子后来说，这个同事的姐姐在新疆、广东工作。这位同事找一个当地乡政府的工作人员做妻子，看来要在这里安营扎寨了。

我说：“我已经吃了，谢谢！”

儿子晚上8点钟才到三道水乡里，他先问我到他同事那里吃饭没有。他听说我在田老师家吃了晚饭，他就气喘吁吁地跑到田老师家表达谢意。

他又让我在田老师家等等，他去同事家吃了晚饭再来找我。

儿子以前一直是一个慢性子，也是一个温文尔雅的人，现在却变得风风火火的。

我在田老师家与他谈文学，也谈当老师的苦乐，我和他同病相怜，他也是当民办教师出来的，彼此有了一些共同话题。

儿子在同事家吃过晚饭，就到田老师家接我。

我就告别了老田，与儿子一道去他的住处。

儿子的住处是单位给他们扶贫干部租的。九个人一个三套间，三个人共用一个房间。九个人共用一个客厅与卫生间。几个同事都在。同事都是上了年纪的老干部，不是副局长也是中层干部。儿子分别给我介绍他们。儿子的同事们都说与我神交已久，大都知道我的名字。有几个人还说，读过我写的文章。估计是儿子带了几本我写的小说被他们看到了，要么是看到过我在《铜仁日报》发表的几篇短文。当地干部一般只看《铜仁日报》。其中一位对我说：“向教授，你的儿子很能干，智商比较高，但他的情商没他的智商高。”后来我问儿子：“你那个领导为什么说你情商不高？”儿子说：“这位领导要把他亲戚家的女儿介绍给我当女朋友，我就说，我爸妈在铜仁已经给我介绍了女朋友。”我对儿子说：“你怎么这样说话呢？”“我不这样说，几个领导都要给我介绍女朋友，你说我究竟答应谁啊？只好直截了当拒绝，免得以后工作中不好相处。”看来儿子已经知道思考问题了，以前我们的担心似乎是多余的。

烟味夹杂汗味，扑鼻而来。我是一个不抽烟的人。生活中，我最怕这种味道。只有长期在这种环境里生活的人才能适应这个生活环境。我们家庭是无烟家庭，再加上妻子是一个讲究卫生的女性，家里常弄得一尘不染。儿子能够在这样的环境里生活，看来他已经完全适应这种方式。儿子回家给我们讲：“每天的二手烟就把我搞得头昏脑涨，还有什么心思看书？”

宿舍九个人有八杆烟枪。儿子的同事都抽烟，只有儿子不抽烟。

儿子说：“我最怕就是吸他们的二手烟，但是我又没有办法。我只要有空就到三道水中学操场上跑步，一方面躲避二手烟，另一方面锻炼身体，这样让我减肥了。”以前儿子150多斤，现在140斤左右，扶贫也让儿子的体重下降明显。

我与儿子的同事一一打过招呼，就算是大家认识了。

一位领导问：“小向，你老爸的住宿安排没有？”

儿子说：“马上安排。”我说：“各位领导，今晚我请你们大家吃夜宵，方便不？”我的目的是想借此机会多了解一下儿子在三道水的具体工作情况。

“今天晚上有同事结婚，夜宵就免了，到同事家吃夜宵，”大家都说，“谢谢你的好意，下次到铜仁你请。”

当地风俗就是这样，结婚需要人气。我也只好说：“以后你们到铜仁去我再补请啊。”

儿子带着我到三道水街上找旅馆。一家稍微好点的旅馆被儿子同事结婚包了，用来接待外地来的亲戚。

我们找了几处，才找到一处家庭式旅馆。

儿子为我开了唯一的标准间。

儿子笑笑说：“今天晚上我就在旅馆陪你住一晚，我还可以少吸点二手烟。我平常就是二手烟的无辜受害者。”

儿子安排了住处，问我需要什么，我说：“你给买瓶水来，乡下的旅馆是不提供饮用水的。”儿子就去楼下的小超市给我买两瓶水来，他自己买了一瓶冰红茶饮料。他知道我不喝饮料。看着儿子黑黑的脸庞，我若有所思，儿子比以前有精神，也变得干练一些了。

扶贫工作对他是一种人生磨砺。

他和我谈了一些他最近的工作情况。他还问了我明天的行程有何安排。

思南县文联一位领导在邻近的瓮溪镇联盟村当驻村第一书记，他目前在组织开发猴子沟旅游产业，在微信朋友圈见我到了三道水，就问我去不去他那里走走："你来给我们写一篇文章宣传，也不虚此行。"他说："我本人走不开，请你谅解我不能到三道水接你，我让瓮溪中学的一位老师来接你。晚上顺道回县城，明天县里要开扶贫第一书记会议。"

我就对儿子说："我明天去文联田主席当第一书记的联盟村去看看，不影响你工作。"

我想这也是一个不错的安排，就去联盟村，晚上回县城。这几天，天气暴热，出门在外还不如在家里好些。看到儿子的工作状态，我还是比较放心的，他不再是以前那个充满理想主义的大学生，已经与乡村连接在一起，做事开始接地气了。

第二天早上6点，我起床。早起是我长期形成的一个生活习惯，在家里一般是早上5点左右起床看书写作，每天晚上10点钟左右睡觉。此时，我看到儿子还睡得呼呼的，不忍心打扰他。儿子很累，他在所帮扶的村民组，每天走完他包的九家扶贫户，足有两万多步，我每天在微信运动很少见到他是少于两万步的，如果一天没在两万步以上，一定是在做资料或者填表。作为一个刚出大学校门的学生，能够这样工作，也是很不容易的。

8点，儿子醒来，问：“老爸，你为什么不多睡一会？”

“前三十年睡不醒，后三十年睡不着。以后你到了我这年龄就知道了。”我说。

“你看起来年纪不大啊，才五十几岁。如果你是中央领导，像你这样还是最年轻的，正是年富力强的时候啊。”儿子给我将了一军。他明白我说年纪大的弦外之音，就是催他早些找一个女朋友成家。

……

下床洗漱。

儿子去退了房。

儿子陪我在街上一家米粉店吃早餐，还给我买了一瓶水。

我拿着儿子给我买的这瓶水，五味杂陈。

我以前对儿子的工作真的不了解和不理解。

儿子送我到等车的地方。

接我的中学教师打来电话，说他已经从瓮溪中学开车出发，20分钟就到三道水接我去联盟村。

我就给儿子讲：“我不影响你工作，我到和那位老师约定好的地方等他，你就去上班。”

儿子把我送到等车的三岔路口，就跟我说：“老爸，原谅我，我马上下乡去了，今天我就不陪你了，村里改厕工作正在进行，我不能撂挑子啊，工作还得做。本来我可以请假陪你一天，但工作还在那里，仍然还要我做。”

我说：“你去搞你的工作吧，接我的车马上就到了，你能安心胜任工作，我就放心了。”

儿子给我做了一个“拜拜”的手势，走了。

我站在街道的三岔路口，看着儿子远去的背影，感慨万千，鼻子发酸，眼前有些模糊。

我想，在三道水的工作环境总比在新疆的工作环境好得多。

2016年7月，儿子和一个高中同学在铜仁报名参加新疆巴楚县引进人才计划，巴楚县人社局已经给他下了人才引进与户口档案调档函。他信心满满地准备去新疆，有一种浪迹天涯的豪情壮志。他从小看武侠小说看多了，对新疆大漠很是向往。

儿子跟我们讲：“我想去新疆工作一段时间，到中国大西北走走，看看那里的大好风光。”他和同学拿着巴楚人社局工作的介绍信到我家，兴高采烈地谈着准备去新疆巴楚报到的具体时间。儿子他妈妈当场就否决了他去新疆的想法："去了茫茫的新疆，什么时候才见面这是非常现实的问题。再说，你吃得了新疆环境的苦？"

当大人的总是为自己的孩子想得很多，为自己的孩子未来考虑。儿子后来对他的一个女性朋友说过，他一辈子最大的遗憾就是老爸老妈不让他去新疆工作。他有时候想，辞去工作，去浪迹天涯，到新疆去走走。那女同学说："你老爸老妈也许是为你好，你去新疆走走倒可以，你去新疆工作很不现实，你家里只有你这一个孩子，将来你老爸老妈老了怎么办？"是的，青年人常常很冲动，在冲动之后往往会干一些不计后果的行为，可是后来冷静一想，你就会发现什么？儿子的那个女性朋友后来在我们家里谈到儿子对她诉的苦，说我们把他管得太紧，很多时候，他自己的事情自己做不了主，想起来就有一些生气。仔细想来，有些时候，我们当父母就是为子女考虑太多，反而让子女失去独立飞翔的翅膀。

想象有多远，飞翔得就有多高。

我也是阻挡儿子去新疆工作的幕后推手，我还能说什么？唱白脸的事情就让儿子妈妈去说，母子连心。儿子母亲充当这个角色，解决了问题。我不发表什么反对意见，也不支持，处于中立的态度。儿子其实明白我的用意。家里有些事情，我不发话，也可能要"流产"。在儿子去新疆这事上，我充当了隐性"杀手"。

后来，我仔细想想，儿子去新疆锻炼几年，何尝不是一种人生的历练呢？人只有经过人生磨砺，才能够长大，才能真正懂得生活。新疆是一个好地方，达坂城的姑娘多漂亮。估计儿子听说了王洛宾的故事才有一种去新疆的冲动。

我有些愧对儿子。在关键时刻，我这个父亲没站在儿子的立场着想。

五

我从三道水回家没几天，儿子给我发来一条短信，说他师兄女朋友的师妹S要到三道水去看他。S是我们学校与贵州师范大学联合培养的研究生，和我的研究生的女朋友同一个导师，是一个非常知性优雅的女孩子，有时也和她师姐到我家玩。她师姐有意撮合他们朝着更好的方向发展。

儿子说："我本来不想让她到这里看我，我工作这里条件艰苦，她见后，一定会失望。但她已到思南塘头镇下车了，老爸，你说怎么办？"

我想，是不是儿子故意给我出一道难题啊，或给我透露什么信息啊？

我说："有女孩子来看你，你一定要以礼相待。能不能找单位同事的车去接一下。来者就是客，千万不要怠慢了别人啊！”

儿子说：“一定找车去接，这事我知道怎么办。”

儿子有些神秘地对我说：“你一定要保密，S在电话里强调，千万不要让你们知道她到这里来看望过我。”

我说：“知道知道，关键是要把S接待好。”

儿子在晚上9点才将S接到三道水，给她安排了住处，又带她去夜宵店吃点三道水小吃。这是后来S在我们家讲的。

我知道，儿子此时是很感动的。茫茫人海中，有人去看他，他们之前也就见过一面，平常就是在微信里聊聊天，他们无话不谈，人生、家庭、工作，连我家里有几块古币放在什么地方都给S说了。有一次，S到我家里玩说：“老师，我想到你书房里验证一下佳韵跟我讲的事。”我莫名其妙。她到我书房的书柜里拿出一本书，翻了几下，里面真的有两块古币，拿着给我说：“老师，佳韵真的没有说假话，他说，我老爸喜欢收藏稀奇古怪的东西，某书就有他的几枚古币。”我笑笑，终于明白了S到我书房里翻书就是为验证儿子对她说的话的真伪。儿子是一个不说假话的人，也是一个不善于说假话的人。

后来，儿子对我们说：S是一个十分真挚质朴和善良的女孩，是打着灯笼都难找到的好女孩，他不想让她跟着他受苦。人就得学会放弃，一个人应该让自己喜欢的女孩过得更好，这才是人生的一种大爱。

S是一个十分懂事的女孩，她在我们家里也跟我们谈过她家的情况：她姐姐出嫁了，她和弟弟上学，母亲患病，而且随时都可能双目失明，家里全靠他父亲一个人支撑。她很珍惜来之不易的读书机会，读研究生就是为找一个工作。她听说我儿子想辞去工作，这次去三道水就是劝慰我儿子，这是一个来之不易的工作，鼓励他要好好工作，还有一个目的就是想与儿子挑明关系。儿子说：“你看，我这种现状，咋能给你带来美好的生活呢？我不想让你看到我这样苦哦。”S说：“你先不要说这些话，扶贫工作总有结束的时候，我相信你。”自从S去三道水看望儿子之后，他就再也没有谈辞职之事，他好像突然明白了什么。

还是S后来在我家里谈到去三道水看望我儿子的事情：“老师，我看到了那里的条件，和你们家里大相径庭。佳韵能够坚持下来，实在是难为他了！”

S去看望儿子那天是周六，她从遵义老家回铜仁上学，路过思南，就在一个小镇下车给儿子打电话去看他。这是我们没有想到的事情。

周末她和我的学生到我家里玩，我从来都没有把她当成别人的学生。回校两个星期后，她没有和我学生一起来，我感到奇怪，是不是儿子说了对不起她的话？我们一直对儿子与女孩见面的观点就是谈不成男女朋友也是好朋友，不要像20世纪那些人一样，结识就是一种缘分，谈不谈朋友我们都应一样对待。

后来S说，她做了一个梦，关于我儿子的，是一个预兆不好的梦，她一路过思南地界，就临时决定去看看他。我相信她说的一定是真话。没隔几天，儿子真的就受了伤，这是不是一种心灵感应呢？以前我们只是在一些影视作品上见到过。

开学没几天，就是教师节，S给我打电话祝贺我教师节快乐，同时问候师母。我知道她早就到学校了，故意问："什么时候到学校的？咋不到我家玩？佳韵最近也回家了，他受伤了，回铜仁养伤。"我听到她沉默了，隔一会才问："在家里还是医院？他为什么不告诉我？我就是梦见他受伤了，才去看他的，他为什么不告诉我？"

我说："他不告诉你，是怕影响你的学习，再说，他也不想让你看到他那痛苦的样子。"

"老师，我可以看他吗？""无论怎么样你们是好朋友啊，咋不能呢？"我说。

这几天，我看到儿子在家里沉默寡言闷闷不乐的样子，心里很痛。也许有朋友来看他可以缓解他身体的疼痛。

当时儿子在他的卧室躺着，一会，儿子说："你把我受伤的事情跟S讲了？你不该讲的，又给她造成一种精神负担。她说她马上要从学校到我家里来看望我，我叫她不要来，但是她一定要来。她说她只到咱家楼下，不进屋，看我一眼就行。"

看着儿子焦躁不安的样子，我不知道说什么好，我说："你给送一点什么吧？我们家有刚从外地买来的核桃，你给送一点吧，她的生活也不容易。"

这一次，儿子还是听从了我的安排。

不一会，儿子手机响了，是S打来的电话，她叫我儿子到楼下，她看他一下。儿子提着核桃到我家楼下，我马上给S打电话："今天是教师节，就在我家里吃饭，隔一会，你师姐师兄也要来。"S说："我早就联系好的，今天到我导师家里去玩，听说佳韵伤了，我临时上来看看他，隔几天我就专门到你们家里玩。"

一会，儿子泪流满面地上来，拿着S送他的一小盆仙人掌。我明白了其中的含义，儿子是被S的行为感动了。真的，这是人生中少有地看到儿子真正地流泪。儿子是一个非常隐忍的人，从小很少看到他流泪。S的一个细节让他感动，让他不得不流泪。现实中，真正关心自己的人除父母兄弟姐妹外，已经少之又少了。

"S为什么不到家里来？"我问。

儿子对我讲："她本来约好到她导师家去，听你说我负伤了，她马上就打的上来了。我的事情你就不该对她讲。她说，等我好了，她要请我吃饭，为接风，祝福我身体康复！其实这几天，我也不想让她看到我这个样子。她是一个很优秀的女孩子，我不想让她跟着我吃苦，她现在已经吃苦够多了，如果以后她跟着我吃苦，我一辈子问心有愧。"听到儿子说这样的话。我的心头有一种难言的痛楚。知道为别人着想了，也许就是一个小男孩开始长大的标志。

S每天都打电话询问我儿子伤愈情况，安慰儿子几句："等你好了，陪你玩几天，你再去上班。"

儿子每次接了S的电话，眼圈总是红红的，我不知道他的内心咋想的。儿子已经是25岁的成年人了，他可能也开始在想一些未来的事情。作为一个理想主义者，现实与理想的反差那么大，让他不得不开始反思一些现实的问题。眼睛就是一个人心灵的窗户，从他的眼里可以透视他的内心世界，尽管不能读到他心灵深处的全部，但也可窥见一斑。

这是儿子在脱贫攻坚中的一次工伤。

也是儿子人生中的一次大灾难。

那天，刚好家乡几位熟人去游览梵净山路过铜仁，就联系我。贵州出了一个发展旅游的新政策，这段时间外省游客到贵州省旅游，高速路费与景点门票免半收费。

我在外接待，陪他们在铜仁几个景点玩。

家里也要举行一个当地的仪式，过中元节祭祀祖先。

儿子妈正在家做晚饭，招待我的研究生和他的女朋友。他们做好晚饭等儿子回家吃饭，儿子说晚上搭乘同事的车回家。我把自己学生当成自己的宝，我的一个学生说他是大师兄，在老师家里就相当于老师家的儿子，周末只要有空，基本上都在我家吃饭，就像在自己家里一样无拘无束，而且师兄弟之间的关系特别好，学生参加工作留校之后，听说自己的师弟从乡里回来，有时还会买师弟喜欢吃的烤鸭来我家。

我送走老乡后回了家。

家里还没吃晚饭，我问儿子回来没有，学生说："老师，佳韵还没有回来，按道理，下午下班6点钟出发，也该到了，我打电话问一下。"学生打电话问："师弟，到什么地方了？"儿子说他在思南塘头镇卫生院，今天下午在扶贫送资料去乡政府的路上出了点事，他的电动自行车刹车坏了，摔倒了，周身是伤，扶贫第一书记把他送到附近的塘头医院缝伤口。

学生忙问："情况怎样？"

儿子说："没有多大问题，只是擦伤，只要养一段时间的伤就好。"

一听儿子受了伤，妻子焦躁不安。怎么办？我们商量一下，将儿子接回铜仁治疗。妻子说她开车去，但最近她的身体不太好，晚上开车怕有什么问题。我就给单位的司机打了一个电话，问他有没有空，我儿子在思南出了点事，请他帮忙开车去接一下。他说，去可以，现在不能用公车。我说，我们本来就没有打算用公车，我家有车，就是晚上我妻子开车不熟悉。单位驾驶员就说他在什么地方等我。我、妻子还有学生一起去塘头接儿子，学生的女朋友就在我家等着，因为他们已经毕业等待考工作，再加上他们是外省人，毕业之后，学校就退了住宿，虽然他们在外租了一个小房，有时也会住在我家里。

妻子开车到市里三江公园边，接到单位驾驶员，把车钥匙交给他。

“开车路经石阡县城到思南塘头镇比从思南到塘头路程短些。”驾驶员给我建议。

我说：“怎样方便就怎样开，你是司机。”

路上，我们就和儿子联系。

儿子说：“我们第一书记把我送到塘头高速出口，到这里接我。”

晚上 11 点左右，我们一行到了塘头高速路口，儿子扶贫村第一书记早开车把儿子送到那里等着我们。见到我们的时候，第一书记对我说："向老师，对不起，我没有把小向带好，让他出了事。"我说："没有关系，那是他自己不小心造成的。"

第一书记说："我们已经向县委组织部给小向请了假，让他安心在家里养伤，他的工作先放放。"

儿子周身是血迹，衣服都破了，头上还包着纱布。"头上受了伤。"儿子说，"额头上缝了六针，医生说，尽量不让那留下疤痕。"

妻子泪流满面。

我有一种说不出的痛楚。

儿子在车上的表情十分痛苦。皮外擦伤虽没伤到筋骨，但免不了疼。

三个小时后，我们来到铜仁市人民医院急诊室，请医生给儿子进行了全面检查，还做了B超、心电图。没有内伤，周身擦伤占75%。医生说，这种伤没有什么大问题，只是很痛。擦伤实际比任何伤都要痛，开点药回家吃和擦就好了，关键是不要在伤面上用手挠，留下伤痕。而且千万不要让水打湿，怕引起外伤感染，那就麻烦了。

我们问："要不要住院治疗？"医生说："不用，只要在家里按时服药，有时用消炎药洗洗伤处就可以了，估计十天半月就好得差不多了。"

听到医嘱，我心里才有一些安心。最担心儿子留下什么后遗症，影响到他将来的生活。他还没有成家，还有自己的美好生活。

驾驶员说："嫂子开回家行吗？"妻子说："可以的，麻烦你啦！"

我安排驾驶员打的回家。

妻子就开车回家。

妻子最担心儿子额头上破相，他还没有找女朋友，面子上的事情让人看得明白。

儿子安慰他妈："男人脸上没有伤疤还不是真正的男人。"

儿子休息了。

妻子说："我这几天老是眼皮在跳，灾星就落在儿子身上。"

我说："这是想不到的意外。"

此时，我想，儿子的摔伤我有不可推卸的责任。如果我不给儿子买电动自行车，儿子可能就不会摔伤。以前我本来不准备给他买自行车的。儿子下乡扶贫开始，就嚷着要我给他买一辆电动自行车。我拖了好久，没有表态，因为我想让儿子多走走路，既可以锻炼身体，又可以减肥。儿子的体重与他的身高匹配已经超标了，走路也许更有利于他的身体健康。儿子说了几回，要我给他买自行车，他说，骑自行车也是一种锻炼，可以提高自己的腿力，还有可以为自己的身材塑形。每一次我都是打太极，绕开了这事。

两个月前，儿子又打电话说：“老爸，你不是要支持儿子的工作？你就要给我买一个电动自行车，我就会提高工作效率。现在乡村里的路已经修好了，自行车可以走到每家每户。”电动自行车是儿子在网上看好的。我也没有表态给他买。

儿子还把截图发给我看，说性价比较高，才 4998 元，当时儿子思想正在抛锚，想辞去工作。想来想去，为了支持他的工作，我也只好把半个月工资通过微信转给了他。我说，骑车一定要注意安全啊！

他在过天村扶贫。开始承担十家贫困户的扶贫工作，分布在三个自然组，人家散居在山坡上。上级规定，一个帮扶干部不能超过九户，2018 年 7 月就给他调整为九户，具体到每一个组是这样的：洋合坪组六户，袁家寨一户，叶家湾两户。他每天去三个组一趟就得五六个小时。所以，他要求我给他买一辆自行车也不为过，他刚出来工作不到一年，工资每月 3000 多元，如果让他自己买自行车确实捉襟见肘。

他下乡扶贫也给我提了几个要求。

他在 2018 年 3 月下乡扶贫给我提的一个要求，就是给他买一台好电脑。他说：“村里电脑很老式，是以前某单位赠送的，老台式，速度慢得出奇，你要我为乡村扶贫做贡献，连一台电脑都不支持？”儿子是我给出了一道题，或者激将我给他买电脑。

我还能说什么呢？这个要求并不高，我只有照单全收。

“那么，我只能给你5000，差的你自己解决，”因为儿子跟我说，他看中了一款“神舟魔幻”，性价比高，要5998，“钱总不能都让我出，拿工资了，多少也得自己出一点。”

儿子说：“可以的，我节约一个月。”

为给儿子买电脑，妻子颇有微词：“你不能儿子需要什么就给什么，村里肯定有电脑。不要连扶贫的设备也是我们出吧？”

儿子妈说：“儿子扶贫，其实就是你扶贫。”

“为了支持他的工作，多少也付出一点吧。”我劝妻子。我们主要是怕儿子思想抛锚，撂挑子干脆不要工作了，90后孩子都有个性，很多时候，就是干一些出人意料的事情。

儿子也是一个怪德性，他不想让单位上的人知道他如何狼狈，总是想把自己积极的一面展示给人。他们单位几个同事给他打过几回电话问候，交通局局长给儿子打电话说要到家里看望一下，儿子委婉谢绝了。儿子对我说："领导们的工作忙，再加上我又在家里养伤，所以回绝了领导看望的好意。"

这段时间，都是我给儿子擦药。见儿子身上伤痕累累的样子，我潸然泪下。儿子养到这么大，身上没有一点疤痕，可是这次却让他身上多少会留下一些痕迹。

但作为一个父亲，只有给儿子打气，要他坚强。父亲在儿子面前就是一座山。

儿子负伤之事被几个媒体朋友知道了，到我家里来看他，说要给他宣传报道一下，儿子却婉言谢绝。他说，没有什么好宣传的，也就是在扶贫的路上留下一点痕迹而已，比起那些在扶贫一线献身的干部，自己还要幸运得多。

儿子比以前坚强很多。他没有流泪，每一天还忍痛在家里给工作队做表格，填数据，同时每天还要核实村里的扶贫数据，就是在家休养也没有完全放弃工作的职责。有时候，我一见儿子痛苦的表情，心头就隐隐作痛。

儿子在家里整整养了一个月，身上的伤基本上好了，只是额头上留下一道浅浅的疤痕。妻子说，儿子养到这么大，脸上没有任何疤疤印印，这次却留下。

儿子却安慰我们："没有疤痕的男人还不是真正的男人，所以这一次我成了真正的男人。"儿子怕我们担心，额头上破相影响今后找女朋友。

这个中秋节我家里很热闹，儿子高中的几个同学一早就到我家，看望他们负伤的老同学。

儿子同学们开他的玩笑：“大向，大难不死必有后福！”同学们都喊我儿子大向（大象）。同学之间的玩笑肆无忌惮，而且很放肆。大家都逗他开心，还拿出他高中时期和一个女同学的照片来给儿子取乐，要儿子给那个女同学打电话。那个女同学对儿子有好感，还在我们家玩过，我和妻子悄悄问过儿子：“她对你有好感，你呢？”儿子说：“我们太熟悉了，太熟悉了就只能当朋友不能当妻子。”我对他们90后孩子不理解，为什么太熟悉了就不能成为恋人呢？这是什么逻辑？

儿子在自己同学面前，强装笑颜。男人在很多时候，绝对不会把自己的软弱让别人看到。儿子也不例外，他也是一个普通人。

儿子的同学们在我家闹腾一个上午，8点钟来的，在我家吃了午饭下午2点才离开。他们都参加工作了，中秋节晚上还得在家里陪父母。

同学们刚离开，儿子就说：“今天晚上我想请个客，我向你们汇报一下，我想请S到我们家过中秋节。”

我和妻子都表示赞同。

儿子说：“一个人在外过中秋节，比较孤单的，所以我就想到请她。”

儿子早就给S发了短信邀请，他是先斩后奏。给我们讲，就是尊重父母。

“那你就打电话邀请吧。”我讲。

“我早就联系了，她已经答应了，隔一会就和师兄们一道来。”

“啊，你联系好了，还给我们说啊？”

“我知道，你们不反对，所以我才先联系的。”儿子开了一句玩笑。

一会我的学生、他女朋友及S到我们家。家里人气开始旺了。大家刚包好饺子，儿子外婆和三姨一家也到了我们家里，他们都是来看儿子的。外婆知道儿子受伤，心头十分担心外孙，几次说要来看，都被我和妻子阻拦了。当时儿子的景况会让老人家担心，老人的身体也有一些状况。

中秋儿子的三姨放假，就开车送老人过来看看，他们也过来看看我儿子，说晚上返回西阳。

我家的节日只要儿子在家里就讲究仪式感。儿子从小喜欢看《天天美食》栏目，立志做一个美食家。

中秋节，我家里就像某种雪饼广告，“旺旺旺”。

家里平常不用的高脚杯也拿出来了。红酒，月饼，还有河虾，等等。

大家相互祝福，同时也鼓励儿子好好工作。那点小伤就是痛一下，以后注意安全就是！

见儿子的伤已快好了，外婆也才有些放心，三姨一家连夜返回。外婆在我们家玩几天再送她回去。外婆是一个闲不住的人，一个人在家里种菜、养鸡什么的，在城市住了几天就不自在。中国的很多老人都是这样，离不开自己长期生活的土地，一旦离开了土地，就有一种前所未有的孤独感。她老人家每次在我家玩上两天，就吵着要回去。

这次外婆答应在我家玩三天。

中秋晚饭后，学生和他女朋友走了，到学生女朋友的导师家玩一会再来。

S邀请儿子出去走走。儿子自从回家养伤，就没有出去走过，就是楼也很少下。我们知道，他心里有一道阴影。爱美之心人皆有之。脸上包着纱布，有损他的形象。

儿子脸上的纱布没有了，就没有顾忌，与S出去了。

家里就只剩下我们两口子与儿子外婆。

外婆说："那个女孩子是佳韵准备说的女朋友？"

我们说："不是，也就是一般朋友。"

外婆说："他们很亲热啊。"

"这只是表面现象啊！"我说，"您那外孙是一个和任何女孩子都是好朋友的人，就是没有一个真正的女朋友。"因为儿子三姨多次说，佳韵是当下的"国民好男人”。

中秋节假两天，儿子都邀请S到我家吃饭。S说：“真不好意思，难道这几天都要来你们家吃饭吗？”我说：“至少过节假期完了，才算结束。”我的学生和他的女朋友都笑笑：“在老师家就是这样的，过节都是这样，不要介意。”

我们不知道儿子心头在想什么。邀请女孩子到自己家里过节，是不是自己有什么想法？儿子说：“一个人在外，我们又认识，在我们家过节才让人感到有一种家的感觉。”儿子有了一种人性关怀的意识。

我家一直是一个喜欢热闹的家庭，无论我在什么地方工作，平常家里都很热闹。一些朋友喜欢来我家玩，当年我在中学教书的时候，经济条件也不好，很多刚参加工作的青年老师喜欢到我家蹭饭，即使是吃一碗面条，大家也很乐意。当时妻子周末在学校门外摆了一个小吃摊，碗筷设备往往就是几个兄弟伙帮忙搬出去的，平常推石磨磨绿豆粉，大家都来帮忙做，一边做一边吃，其乐融融，我和妻子总是热情招待。妻子后来对我说，当年我们生意特别好，但是刚赚钱大家就一起吃完了。当时有几个青年人带着女朋友都是吃住在我家。尽管当时我家经济条件不是很好，但家里总是高朋满座，几个年轻老师当年与儿子争电视遥控板的事情还历历在目。我儿子还小，喜欢看动画片，但那几个年轻人喜欢看《文艺天地》，经常逗得我儿子哭兮兮的。儿子就是在这种环境下长大的。我儿子读小学时候，几个青年同事，常送他去学校，在街上有什么好吃的就会给他买。我儿子也和他们顽皮了，儿子和他陈叔叔（我的同事）家的孩子虽然相差七岁，但那孩子（渝怀）一直是他的跟屁虫。儿子时常哄渝怀要他老爸给他买东西，其实就是我儿子喜欢那东西。现在那孩子已经到哈尔滨工业大学读书去了，我们碰到就会开这个玩笑。有一回，也就是儿子这个陈叔叔，在我这里要了儿子的电话号码，与儿子打了一通电话，开始不报名字，询问儿子的工作如何，还故意说有群众反映他不认真负责。儿子莫名其妙，是不是领导在了解他？儿子说："领导，我一直都是踏踏实实工作，千方百计为群众排忧解难。"儿子一个劲地解释。后来，他才说："我是你陈叔叔，我看你成熟没有。看来这几年的农村工作还是让你成长起来了，不再是和我们争遥控板的小娃娃了。好好干啊！"儿子的陈叔叔还给我们打电话说，他给佳韵打过电话，佳韵比以前成熟很多了。

后来，儿子给我打电话："陈叔叔给我打电话了。"

"什么？陈叔叔给你打电话啦？"我假装不知道。

假期期间，大家得到一种放松，无所顾忌地吹牛，谈笑风生，让儿子减轻他的压力。聊天可以缓解心理的压力，也可以让人的心灵得到一种释放。

儿子说，这几天他已经感觉不到疼痛了，过了节，他就要回村里去了。虽然他休养了一个月，但工作没有因为他不在岗位而落下，他在家里也是远程办公。该他做的事情仍要他做，就是要到过年，自己的事情仍然要做。儿子平常是恋家的，一放假就回家，等到去上班的时候，总有一种依依不舍之情。

中秋节假期结束，也就是9月26日，离国庆节还有四天，我和儿子妈妈都劝儿子过了国庆节后再去村里，额头的伤还没有完全好，身上还在擦药，儿子执意要到扶贫村去。

儿子妈说：“脸上千万不要落下疤痕，家里有芦荟膏，抹一段时间再上班。”

儿子说：“我的工作还是要自己去做，如果时间拖得太久，我的工作压力更大，该我干的事情还是要我去干。现在不努力工作，今后如何对得起自己？”

儿子已决定回单位，再多说也无益，我们只是嘱咐他一定要小心。

儿子走的头天晚上，S对儿子说：“明天什么时候走，一定要告诉我，我去车站送你。”看到这情形，是不是他们之间有进一步发展的可能？我当时想。

第二天，早上儿子走时，没有给S打电话。儿子刚出门，S就打电话给我："老师，佳韵什么时候走？"我说："刚出门。"儿子他妈妈是要开车送他去车站，儿子不让，他说自己坐公交车去。

S得知儿子到车站去的消息，马上赶到车站。

儿子说："我不让你来送，你很忙，忙于毕业论文，我不想打扰你。"

S说："作为好朋友，怎么也该送送你啊！"

直到儿子上了去思南的客车，S才从车站回学校。这事是后来S对我们讲的。"老师，你家佳韵有些固执，作为朋友，再忙，我也得去送送他。老师，我见他有些闷闷不乐的，我怕他扛不住，你们平常一定要多关心他。"

是的，S还真发现了这个我们没有注意到的问题。人往往就是在经历某一件事情之后，思想发生一种改变。我知道，儿子有一种不舍之情，无论是离开家庭还是自己的朋友，他总不想把自己的脆弱表露出来。这是人之常情，也是一个男人的一种尊严。

这种情形在我们看来，十分正常。

儿子走后，我给儿子发了短信："不要有什么负担，明天的太阳会照常升起。"

儿子回了一个字："嗯。"

六

儿子一次回家对我说：“现在扶贫工作中存在一些让人思考的实际问题，不能一刀切。但是在执行过程中遇到一些意想不到的情况。上级文件里有这样一个规定，凡是家里有人工作的家庭，一律不能评为贫困户。但我们村里有一户人家，儿子在当小学老师，妻子又没有工作，两个孩子，还要赡养父母。他母亲患了五年的癌症，家里欠债五十多万元，在当地属于最贫困的家庭。我看到他们住的房子就非常的揪心，但我们不能把他家评为贫困户。政策的红线谁也不能逾越，我们只是同情而已。这事，我还写了一个情况汇报给上级，到现在都没有得到答复。可是现在说什么，无论谁去动员老人住院，她都不去。老人不去医院治疗就是怕拖累自己的儿子，给他儿子增加更多欠账。五十多万元对一个百万富翁来说，算不了什么，但是对一个工薪阶层而言，那是十分沉重的负担。人啊，设身处地想想，就知道是怎么回事了。”儿子讲：“为这事，我还去她家里看望几次，也动员了几次去医院治疗。老爸，你说这不是贫困户还是什么？所以我想任何政策也不能生搬硬套，要根据实际情况。”听到儿子说这话，我感觉儿子已经开始接地气，真正在思考问题了。作为一个扶贫干部，应该实事求是。是的，在一些政策的实际操作过程中，应该因地制宜，不能对文件生搬硬套，要考虑实际情况。建设小康社会，一个人都不落下，在现实工作中，有很多我们意想不到的事情发生。

儿子还几次买东西去慰问这位患病老人，看到老人皮包骨头病入膏肓，儿子心头难过，怜悯之情油然而生。作为一个驻村的扶贫干部，他真正体会到一些农村家庭的生存不易。他说，尽量帮群众解决一点问题。他亲自到县医保局给老人办大病医保，自己掏路费给群众解决问题。得知他这种行为，市里的几家媒体要采访报道他的事迹，他拒绝了。“我为老百姓做一点事是自己工作的本分，不值得宣传。”儿子说，“再说，我做工作，本身就不是为了让自己抛头露面。我们扶贫就是为群众解决实际困难。”

儿子在乡村里接触到很多匪夷所思的人与事，他总是千方百计想办法予以化解。儿子讲，他的一个帮扶户，家里有一个儿子在六盘水一家煤矿公司工作，媳妇也一个公职人员。那家人老是想当贫困户，享受国家的优惠政策，不说出自己儿子工作的单位。“这些本身不是贫困户的家庭，占着国家的扶贫资源，我不能让他们继续占国家的便宜，我要给当地群众一个满意的交代，也要让当地群众感受到执行政策的公平。”为这事，儿子还几次找我出面帮忙。后来还真查到那个帮扶户儿子的单位，还开出来收入证明，让这个家庭从贫困户中出列。此事让我看到了儿子的办事思维，他分明是一个有责任心的人，同时也是一个办事讲规矩的人。在事实面前，那户人家只好退出贫困户。儿子做得有理有据，让当地群众心服口服。个别群众就是想闹，也找不到理由，用事实说话比什么都好。

在乡村工作的关键就是做事公平，群众心头有一杆秤。

作为一个乡村帮扶干部，儿子对任何一件小事都不会掉以轻心，总是如履薄冰地前行，生怕工作有一些差池。

他的一户帮扶户，一家都是残障人。这是他在帮扶工作中面对的最棘手的问题。那一家老小都有智力缺陷，给他们讲一些政策，他们又听不懂。儿子说，这样的家庭只能找政府解决，找项目也不能解决这家人的根本问题，只有想办法让政策兜底，一家人都享受低保。国家的政策是低保人员应保尽保。儿子说，农村的现实和以前自己想象的还真不一样。有一些农民，有车有房，还想吃低保；某些农民真的不再像以前那样的淳朴；还有一些人千方百计地找政策的漏洞，打擦边球。儿子说：“估计是以前乡村干部对农村低保政策没有完全按国家的政策标准执行，留下了一些后遗症，让一些不该吃低保的人员吃了低保，现在让他们退出低保有一定难度。我们只有找出这些人不该吃低保的理由，才能把他们从低保名单里拿掉。如果不这样，很多没有吃低保的群众心里不平衡，会到上级去投诉。现在有部分农民的政策意识也提高了，他们会去找有关部门反映或者投诉，让我们做农村工作的人感到很被动。”是的，有些农民把吃低保看成一种光荣，看成一种不劳而获的成果。同时，有少数农民好逸恶劳，不想自己脱贫致富，而是成天想着政府给他解决问题。现在有一些贫困户，给他送扶贫物资都不要了，只要人民币。如果扶贫政策落实比较公平，农民也就没有话说。儿子在两年的扶贫工作中看到农村一些问题的症结所在，这也许是他在农村工作的一些收获。我想，只有真正接触了农民和农村的事，才会引起一些思考。作为一个青年人，能够有这些切身的体会，就是对扶贫工作的深刻理解，也是对中国基层社会的一种人生诠释。

近些年来，农村发展很快，个别农民住在乡下破旧的房子里装穷，其实在城里早就买了房，有些农民还在外地承包农场种菜闷声发了大财，过年回家还住在乡村的旧房子装穷。儿子说，据他调查，村里有一户农民，在广东承包一个农场种菜，最近几年发了财，可他们每年回家就找村干部要贫困指标，还和村干部扯皮。回家过年还开着宝马，哪有开着宝马的贫困户？儿子说。扶贫工作首先应该扶志，改变农民的思想观念才是农村扶贫的重要路径。帮扶不要单纯地给钱物，还要给政策，同时要树立农民自强的精神。有时候，精神比什么都重要。

儿子讲："我们村里，有户人家在外面有自己的公司，开着凯迪拉克，还回到村里申请低保，以前还真有这类人员吃低保。第一件事就是清查这类问题，我们一查，一个村就有很多户，有车有房还吃国家低保。国家的低保应该用在真正贫困的人身上，这是国家的初衷，也是我们工作中应该解决的实际问题。扶贫工作不单是让农民有'两不愁''三保障'，还应该提高农民的素质，如果大家都等待着政府扶贫，坐吃山空，国家再雄厚的物质基础也有被吃崩塌的一天。农民的国家意识与大局意识必须重建。这些年，农民的物质生活比以前丰富多了，但是他们的思想素质在下降，这是农村工作应该注意的一个倾向。我们单纯从物质上解决问题，那是不能从根本上脱贫的。"

儿子认为，脱贫应该有两层含义：一方面是物质方面的脱贫，一方面是精神方面的脱贫。因此，农民的学习与教育十分重要。儿子还亲自为一个贫困户的女儿上大学的事去乡里的农村商业银行办贷款。儿子说，他为这家人女儿读大学办了贷款，那家人十分感谢他，给他送了20个鸡蛋表达感激之情。他说什么都不要，但是那家人父亲说不要是看不起他们，儿子只好收下，但给了那个农民200元，给他女儿上学路上喝水用。“作为扶贫干部接受群众的东西那是违纪的，但是我们只能变通，只好花大价钱买鸡蛋。”儿子说，“就是农户不给他几个鸡蛋，那女孩子上学时，你还不是也要有所表示。但农村多数群众还是知道感恩与讲感情，不讲道理的只是少数。也就是那关键的少数，让你在工作中有一定阻力，因为不少群众在看，看你做事是否公平或真干实事。”

农村确实存在一些农民，他们不思改变自己的贫困，而是千方百计地等、靠、要，这也是应该从思想解决的问题，只有解决农民思想上的根本问题，才能真正解除他们的贫困。儿子认为，当下部分农民的贫困，包括了两个层面：一是物质方面的贫困，二是精神层面的贫困。有个别贫困户，领着扶贫救济资金还参与赌博，这些事情确实让人不得不思考。农民出现这些情况的根子何在？他说：“我想，有时候，思想上的贫困可能比物质上的贫困更加可怕。只要了解了贫困的根子，才能真正帮群众脱贫。”

有一天，儿子给我们发来一张图片，他路过一户农家时，见一个农妇在自家院子洗衣服，把小孩装进一个红色塑料水桶放在房子的阶沿边。这张照片让人有些揪心。儿子说，真为他担心，如果小孩从水桶滚出来摔了怎么办？他马上去提醒农妇，开始农妇不以为然。儿子给农妇讲一些利害，万一出现了安全事故咋办？那个农妇才开始意识到自己的疏忽。她老公打工去了，她一个人在家里照顾老人和两个孩子，如果家里出了安全事故，结果将如何？儿子说，他当时不敢想象。如果出安全事故，他们几个驻村干部的年终成绩也会被一票否决。安全责任没有小事。儿子已经开始关注农村生活中的很多细节，不再是刚出校门的愣头青。我想到在农村工作，一定要关注农民的切身利益，要把握生活中的每一个细节，才能打赢扶贫攻坚这场关键战役。

农村两年的乡村扶贫工作，让一个90后大学生开始成为真正的基层工作者，成为思考乡村工作的青年人。乡村工作让人能看到社会的底层生存状态，产生一系列的社会思考。

农村工作就是“抹万金油”，没有固定的工作内容，凡涉及农民的工作都要做。如果没有这方面的工作准备，便寸步难行。站在什么山头就要唱什么歌，也同时要站在农民的处境想问题，这是农村工作不二法宝。如果你做农村工作，你高高在上，群众就不会与你讲真话，这也就是你做农村工作的失败。

儿子的工作除扶贫，还给农民宣传乡村卫生知识，帮助农民们改厕改水。为了节省开支，他和单位的几个扶贫干部，亲自帮农民家和水泥浆子，上墙贴砖。有几次，我看到儿子在微信圈发的几张劳动场面的照片，开始有些不可思议：在家里衣服都不洗的人，还能帮助群众贴砖。我在他的这几幅图下面点了一个赞。事实上，有少数农民还把扶贫干部当成他们干活不花钱的劳动力，一有什么事情就找帮扶干部。据说有一个贫困的单身汉，还要扶贫干部给他找媳妇。这是我的一个在乡下扶贫的朋友讲的，并非编造，而是一个真实的案例。儿子说，他所在的村确实也有这样的事实存在，儿子说："还好，不是我的帮扶户，如果是我的帮扶户，我肯定也为他绞尽脑汁的。农村的林子大了，什么鸟都有。一些让你平常想不到的事情随时就可能发生，在修'户户通'的时候，就是两亲兄弟之间，相互不让路从各自的门前过，两兄弟打起架来了，扶贫工作队连同村委会干部做了三天三夜的工作才平息此事。农村矛盾很多，一些鸡毛蒜皮的事情，说大不大，说小不小。往往这些不起眼的事情稍不注意就会酿成大问题。"

儿子已经看到农村一些问题的实质。

农村多数青壮年都外出去打工，特别是一些农民家出现老人死亡的情况，扶贫工作队员就会亲自去料理。有时候，还要代替死者的子女守夜。儿子说，有一个老妇去世，他的儿女都在外打工，只有一个十几岁的孙子在家里，打电话给死者的儿子他还不信，因为以前死者出现过几次病危，他的儿子媳妇在家里待了好几个月，老人的病情没有恶化，他们就又去广东打工去了。才去没有半月，就接到在家读书的儿子的电话，以为是孩子说谎，没有回来。儿子以驻村干部的名义打电话，告诉他们母亲去世千真万确，还是几个扶贫干部与村干部在为她守灵。那家人的子女才相信回家。儿子对我们说，农村有些留守老人的生活确实非常苦，他们县里有一个留守老人，因为孙子在县里读书，她一个人在家里，什么时候去世也不知道，等扶贫干部与村干部到她家过问的时候，老人尸体已经发臭了。这就是部分乡村老人的真实状态。还有一些老人，帮自己的子女带大了子女，自己就不行了，有一种说不出的孤独感。农村的养老也是令人思考的，有的老人总是不喜欢与自己子女住在一起。有一个老妇，儿子修好新房，她说什么也不去和儿子家住在一块，还住在破旧的危房里。这是一个比较典型的案例。还有老人的子女不要老人住一块。有一户人家，三个儿子成家了，两个老人不能干活了就成了他们的包袱，三个儿子相互推诿，把老人当成皮球踢来踢去，儿子就分别去做那三个儿子的工作，好说歹说才把三个儿子召集在一起，签了一个赡养老人的协议。老两口轮流在每一个儿子家生活三个月。儿子说，想起老人也是可怜的，老人的儿子们如果没有谈好签订赡养老人的协议，他就准备去法院起诉他的子女们。最后还好，协商解决了老人们的赡养问题。因为村里还没有在这个组选出组长，让我儿子暂时代理组长，所以组里的大小事情都要找儿子解决。

儿子成了农民心中的“向干部”。

乡村扶贫工作事无巨细，千丝万缕。每隔几天，儿子和他的同事们还要帮助群众打扫院子，打扫房屋上的蜘蛛网，连牛圈的粪便也不例外。这些年，农民的思想发生了变化，想占便宜的不少，就连自己的家庭卫生也等着扶贫干部打扫。因为他们知道，如果他们家里卫生检查通不过，扶贫干部的考核也通不过。他们也就利用这个政策，打起扶贫干部的主意。儿子说，扶贫的不少时间，就是在给农民打扫卫生。现在农民的根本问题不再是物质贫困的问题，而是思想的问题。如果不从根本上解决这个问题，估计在以后的乡村振兴过程中还会出现类似的问题。乡村振兴也需要解决农民的思想问题，让传统文化精神一代一代传承下来。让农村成为人人向往的地方，乡村的振兴才有希望。乡村这些年的交通问题基本解决，乡村的空气也非常好，除了一部分老人还希望在乡村生活，大多数农民都开始在城里买房，一些从农村外出读书的青年人基本上都不会回到乡村，这是一个非常现实与严峻的问题。

特别是一些农村女孩子“孔雀东南飞”，大多数农村女孩子都向往城市生活，在农村也很难看到一个真正意义上的村姑，有不少农村男性青年讨不到媳妇。“振兴乡村，人是关键，人都没有了，何来的振兴啊？”儿子说。有时候，我还开儿子的玩笑：“就在你扶贫的地方找一个农家女孩，在公路边修一个房子，养猪、养鸡、种地。每一年我们到你们那里度假，你们的子女读书问题我们解决。”儿子撑我：“我驻村的地方还真难找到，女孩子不是读大学就是打工去了，谁还在乡村修房子啊？我还真想找一个村姑，过与世无争的日子，让你未来的孙辈们打扰你们！这不可能成为现实，因为那里根本找不到你说的真正的村姑。”

儿子说，村里有一个单身汉，政府给他低保他不要，平常老穿着一身破旧的脏衣服，既不出门打工，又不喜欢干农活。他们几个扶贫干部曾上门去做工作，那人躲着不见，看起来还很有自尊心。儿子想，这个人一定有他自己的难言之隐，如果工作做得到位，有可能改变，因为他有自尊心。人就是怕没有自尊心。关键是如何给他做通工作，让他成为一个自食其力的劳动者。儿子有一天碰到他，给他递了一支烟，问他："我给你找一个工作要得不？"他看到儿子说得恳切与真诚，就站下问儿子："向干部，你不会哄我吧？"儿子说："怎么哄你呢？我们帮扶干部就是来给你们解决实际问题的。附近奶牛场需要一个工人，每月 3000 元，你去不去？奶牛场老板委托我给招一个工人，我看你很适合。"单身汉说："去，我去。"儿子说："老哥，去工作的时候要穿得像样点，如果有什么困难，你就找我，你以后就是工人，还要找一个老婆，生几个胖小子，兄弟还要喝你喜酒呢！"儿子的几句暖心话就让那个单身汉彻底改变了自己的生活状态，真的去奶牛场当了工人。儿子还把他的一件军大衣送给了那单身汉。儿子说，那单身汉去工作了，我们几个帮扶干部才开始有些放心，一是解决他的贫困问题，二是解决了村里的社会问题。他成天在村里游逛，说不定还会出现一些意想不到的问题。儿子对我说："还有一些人家鸡不在了也怀疑是单身汉干的，而他自己常常也说不清。还有一些留守女人，我们也怕出问题。出了问题，我们的工作就前功尽弃了。我把单身汉工作'老大难'这个问题解决了，为村里解除一块心病。"儿子讲："扶贫队队长开始有些不相信，他不敢相信我还真把单身汉的工作解决了，事实证明我没有吹牛，第一书记说：‘今年我们村扶贫优秀干部就一定得评给你啦。’”村支书对儿子说：“小向，以前我们一直认为你的情商不高，想不到你还是一个高人，说动那个老单身汉，解决了村里的后顾之忧。”

这个单身汉，至今还常和儿子联系，每一次回家，都要去村民委员会和儿子聊一下天，说一些感谢儿子的话。半年后，听说交了一个女朋友。他的人生因为儿子的几句话而改变。儿子后来才了解到这个人是当地十多年前的一个高中毕业生，曾经有过雄心壮志，他的女朋友跟人跑了，精神受到了很大的打击。后来他的父母也相继离开了人世，他就变得心灰意冷，一蹶不振。烂船就把住烂船拖，他成为当地的一个笑话与反面教材。他的名字在乡里挂了号，乡、村干部都为他头痛。如果有一天，上级到村里检查脱贫攻坚工作，他油盐不进，跑来出洋相，乡村扶贫工作就可能前功尽弃。

我相信儿子说的是真的，因为一个人往往就是因某句话而触动灵魂，改变自己的一生。做工作只要真诚，就可以取得实效，以心换心，你就能得到群众的理解，再难的工作也会迎刃而解。

这些年，农民也不喜欢开会了，认为开会是干部们的事情。有时，开会就是流于一种形式。要想真正把农民召集起来开一个会，要费九牛二虎之力。针对这种情况，儿子琢磨了好久，终于想到一个两全其美的办法，让群众看电影开会。让群众既看电影娱乐又开会了解政策，这比走家串户动员开会的效果好得多。

为群众开会这事，儿子还找我要了3000元。我问儿子，要钱干什么？儿子说，买一个投影仪，平常有空就给群众放电影。当时我还不以为然，开始认为儿子是在变着法子找我掏钱。儿子说："老爸，这真是我想到要改变农村开会的一个新策略，我不试一下怎么知道其可行性呢？你一定要支持我工作啊！"儿子就是这样，把他扶贫需要的资金千方百计地转嫁到我身上。更多时候，我就是怕儿子在工作中遇到困难就撂挑子，做不好工作，只要我能够解决的，我会尽力帮他的忙。

我也没有什么理由可以再推辞了，只有给儿子转账。借钱给儿子，也就是支持儿子的工作。我虽然说借但是压根儿就没有想到要儿子还，喊儿子还往往就是一句套话而已。

儿子还真买了一台投影仪，还给我发来京东发货的截图。看来，儿子还真的要改变群众开会的模式了，用一种喜闻乐见的方式让群众自觉地接受党和政府的扶贫政策与方针。扶贫工作的关键就是要找解决问题的办法，而不是一味抱怨工作中存在的问题。真的，我以前一直认为儿子是一个没有长大的孩子，而从他知道买投影仪这件事看来，他已经开始真正想问题了。能够想办法解决问题的人，会在工作中立于不败之地。人的智慧无穷，只要开动脑筋，你就会找解决问题的最佳方法。任何有难度的问题都是有解决方法的，我始终相信。或许儿子也相信，他会从实际工作中找到解决问题的最佳途径。

有了投影仪，就找到了群众的兴奋点。儿子认为，自己的想法就是正确的。很多年前，农村人最兴奋的就是看露天电影，露天电影成为几代人娱乐生活的美好记忆。自从电视开始普及，露天电影就成为几代人的过去式。群众一听说看电影，就有一种兴奋，也勾起了不少老一代人的记忆。儿子的这一招很奏效，群众纷纷响应。只要是走得动的老人都会来看电影。晚上，儿子每到一个组开会，他就背着屏幕，提着投影仪，先让群众看电影，最后才讲一些工作上的事情。群众对儿子的这种工作方法颇为赞赏。让群众喜闻乐见的开会方式还在全县获得推广。有领导要儿子将他这个工作经验写出来做一下典型宣传，儿子却没有做。他讲：“为群众做事，不是为了宣传自己，这是一个普通扶贫干部应做的分内事，不值得宣传。如果我是为了宣传自己，那么我就绝对不会这样做。改进自己的工作方法，是为了最大程度地做好工作。”

儿子说，农民最关心的是现实，他们喜欢吹糠见米，不喜欢做花脚乌龟。他平常只有考虑群众的事情，才有可能与群众打成一片。群众心里其实很明白，谁是真正为他们做事的人。敷衍了事就会遭到群众唾骂。

想群众之所想，急群众之所急，这才是一个基层干部办事的出发点。儿子也开始给我讲一些大道理。突然间，我感到儿子已经有了基层农村干部的格局。只有农村的实际工作，才会让人成熟，才会使你的能力强大起来。人就是这样，不经过一番生活的考验，你就不会成为一个对生活有信心的人。

有一位县委书记说过这样一句话，干比说重要，说干就干，干就干成。你不立足工作实干，也就永远是一个空想家。

儿子有一家帮扶户，有四口人，两个孩子读书，老公有病，靠妻子一人打零工维持一家人的基本生存，日子过得有多么艰难可想而知。本来这家以前经济条件不错，却因为丈夫生病而返贫。儿子就动员他们易地扶贫搬迁去城里，既可以让子女读书，还可以让妻子在城里打工，让病患可以得到有效的治疗。儿子连续做了二十几次工作，这家人终于松动了，答应搬迁。儿子说，这是多好的事情，只要每人交 2000 元，就可以在城里住 80 平方米的房子。那家人关键还是愁没有 8000 元的搬迁费用。儿子就开始帮助这家贫困户筹集资金，他自己资助了2000元，当然也是找我借的。儿子说，你作为一个教授，也该为脱贫攻坚做点贡献，就算我借你的，以后我还你。儿子为扶贫的事情找我借了多少次钱，我多次还开儿子的玩笑，以后你不要赖账，我的微信支付可有记录呢。我知道，这是儿子的权宜之计，他在我这里借的钱什么时候还过？连他买红薯秧在我这里借的钱都打了水漂，我还指望儿子帮贫困户付的钱能收回？我只要借钱给了儿子，就没有收回的想法。话丑理不丑，那你以后一定要还我啊。我说了这一句，儿子说，父母给儿子的投入会加倍回报。儿子还给我算了一笔账，说父母给子女的投入与产出有一个公式可以计算的，产出是投入的三四倍还是什么的，我忘记了。但他说过几次，我也是只知道一个大概。

那户人家已经搬迁到铜仁来了，儿子常回访他们，给他们出一些主意。有几回，还买东西去看这家人。儿子说，在他扶贫的乡村，他常常给小孩子买点牛奶和QQ糖，当他看到孩子们的笑脸时，他就想起自己小时候吃方便面的那种喜悦之情，那是多么幸福的情景。有时候，人们的幸福指数并不那么高，但是有一种平凡的幸福。当小孩子们说谢谢叔叔的时候，他心里油然产生一种美好的想象，乡村孩子们有无所顾忌的欢声笑语，乡村美好的日子就实现了。乡村小孩子们多数都在乡里读书，村小学已经所剩无几，即使有也形同虚设。扶贫结束后的乡村振兴将会实现这种愿望。留住乡愁就是留住乡村永久的文化与记忆，儿子已经清醒地认识到了这一点。他说："夕阳西下，我看着乡村很少的炊烟，就会思考一些问题，什么时候，乡村成为人们回归之地，那就是乡村真正走向美好了。多少年后，我回到我扶贫的乡村，与乡亲们说起那段远去的岁月，回忆起自己这一段人生岁月，怀念这一段辛苦的时光。"

儿子是一个富于幻想的人，理想主义的情结深厚。

也许儿子的愿望将成为真正的现实。

七

儿子是一个具有理想情怀的青年人，同时也有诗和远方。

他读大学时的理想是当一个文化学者。所以，他在大学里选修 30 多门文化课程。我常常开他的玩笑，如果不是郑强教授当你们的校长，恐怕你毕业都很困难。儿子生活在一个比较崇尚自我的时代，社会的开放为他们的成长提供了十分广阔的空间。有人常常用狄更斯《双城记》里的开头几句话来表述这个时代，但我认为，这是一个让人充分发挥个人能力的时代。

儿子大学学的是通识课程，选修课程可以充当主修课程的学分。凡是他不喜欢的课程一律不学，英语等级考试，他彻底拒绝。他讲：“我不喜欢的课程坚决不学。读大学就是读自己喜欢读的书。”他是一个想和说一致的人，不想读的书坚决不读。他对英语就很反感，认为作为中国人首先应该学好自己的母语，而很多大学生本末倒置，成天读英语。有些单位连招保安也要英语过四级，就连学习中国古代汉语的研究生，英语还要过六级。儿子对这些现象有些嗤之以鼻，不以为然，既然不能改变它，他就不去迎合它。在大学时代，儿子从没有参加英语过级考试，因为他不屑参加这个考试。他是一个我行我素的自我表现者，也就是他的这些行为影响了他后来的人生发展。

有几回，我揶他：“如果你大学时代，认真学习英语，你考研究生还发什么愁？”因为英语成为他考研究生难以迈过的一个坎。虽然考过几次研究生基本上都过了国家线，但是成绩都不高。除了他报考的哲学、艺术学能过线外，考文学与其他热门专业，基本没希望。儿子吃了英语的亏，但还是不认输。他更不因他大学没有认真学英语而后悔，而是坚持自己一贯的观点：“至少我度过了快乐的四年大学时光。大学就是培养学生个性发展，不是要为考试而读书。人应该幸福而快乐地活着。”

他以前做梦都没有想到自己会当一个扶贫干部。在他人生的理想里，他应该是一个学者或者艺术家。他读高中的时候，几次要求参加艺术类课程培训，报考艺术类专业。作为家长，我坚决不同意他的这个自我选择。因为我没有见到他有什么艺术天赋，平常唱歌五音不全。画画呢？除了简笔画外，也没有什么惊人之处。所以，儿子对我一直有一种抵触情绪，因为我阻碍他的个性发展。

人生就是这样阴差阳错，常不以自己的意志为转移。

生活对每一个人都有意想不到的落差，关键是自己怎样对待。

我知道，儿子也有失落的时候，自己不少同学考上名校的研究生，这对他的刺激很大，因为考上的那些同学平常的成绩不一定比他好。孩子妈说儿子：“你就是差那么一点努力。如果你再努力一点，早就考上了。”儿子是一个不服输的人，也不甘心就这样沉沦下去。他还有自己的梦想，他说，等扶贫结束之后，他还要去考考研究生，争取读一个名校。读名校研究生是儿子的一个挥之不去的梦想。

2016 年夏天，儿子刚大学毕业，我也像一些家长一样，想为他读研究生找一条捷径，让他自费到外国读研究生，混一个泰国正大管理学院或者新加坡、马来西亚大学的文凭。这些国外高校读研究生周期比较短，一般两年或者一年半，还可以为他节约一些时间。我们单位不少年轻教师与教师子女多走这条捷径，花十几万，还弄了一个海归。这是两全其美的好事。我已经给儿子把学校都联系好了，征求儿子的意见，儿子说：“我的人生我自己做主，你们当家长的不能任意主宰我的人生，你们这样让我去读研究生，我还有什么价值？在外国读名校公费还体现出个人的能力，如果是去花钱读自费，还有什么能力可言？你们这种安排我表示拒绝。读研究生不单纯是拿一个文凭，要享受读研究生的快乐。同时也要选择读自己喜欢的专业，读研究生的目标就是为自己将来做学问打下坚实的基础，而不是为了一个文凭，找一个工作。”

儿子不愿出国读研究生，我们就用这笔学费买了一套洋房。

2016年秋天的一个周末，一家人到郊外玩，路过一个商品房建设小区，卖房专员正在推销房子，而且说公司还在做活动，有很多优惠。我们一家人就被巧舌如簧的卖房专员说动了心。卖房专员说，不买也可以去看看。一家人看了房子，妻子问儿子：“你认为这房子可以不？”儿子说：“还好，买下吧，说不定今后还要升值。”于是，我们就毫不犹豫地买下了。我对儿子说："你不要后悔啊，这可是你出去读研究生的学费啊。"儿子说："我有什么后悔啊？考不上我就不去读，考试可以体现我的能力，也可以实现我的人生价值，花钱读那种研究生我觉得没有多大意义。"

儿子考工作，也是他自己无悔的选择。他以为工作，就是像影视作品里那样，在机关拿一张报纸和一杯茶做很清闲的工作。其实不然，一到单位工作就开始加班和做一些杂七杂八的工作，常让他疲惫不堪。儿子本来是做文秘工作的，档案、党建，还有一些报表等，让他一天疲于奔命。理想与现实有一定距离，而且有很远的距离。每次周末回家，儿子老是叫苦不迭，多次对我说："老爸，我不想要这个工作了，如果一辈子干这个工作，还不是在消磨自己的生命啊？"我当场就抨他："你以为工作就那么容易，拿了国家的俸禄，就应该给国家干事。工作不是儿戏，你说干就干，说不干就拉倒啊？你自己不好好干，今后你会付出代价的。"

儿子当扶贫干部，24岁开始承担帮扶责任，社会开始考验着他的抗压力。

儿子刚到乡村，不熟悉工作套路，一日复一日单调的日子让他很郁闷。白天走乡串户，晚上还要做整个工作队的报表与扶贫日志。如果做不好，还要被乡里及有关部门批评。

因常常三更半夜还不能睡觉，儿子有些抱怨工作。儿子多次想：我不能把自己的人生耗在这种工作中。如果一辈子都干这种工作，以前的理想就会付之东流。

儿子又开始怀念他的学生时代。一个高中在深圳搞培训的女同学专门给他打电话说："现在你还扶什么贫？我在这里给你找一个工作，凭你的文笔，很快就会飞黄腾达，工资就是你现在收入的好几倍。现在是经济时代，要学会挣钱啊！"儿子开始有一些动摇，想和同学去大城市闯闯。但是他一提出来，就被我们捋了回去："连扶贫这点苦都吃不下来的人，去深圳还能打拼得了？深圳就是天堂？挣钱那么容易？既然命运把你推到扶贫岗位，你就一定要做好自己的本职工作。扶贫也许就是你人生中最重要的一段经历，也许会让你在以后的人生与工作路上走得更踏实。"我反复给儿子讲述一些大道理，我说："比如我以前当几年代课教师，就是那段经历让我面对后来的学习与工作有了一种无坚不摧的毅力，让我走到了今天。社会就是一所人生的大学。"我用我的人生经历给儿子上了若干堂理想人生教育课。

儿子说："毕竟时代不同了，每一代人有每一代人的理想，我不可能复制你的人生之路。"

磨难可以促进一个人成长。没有经过风雨的人，就像温室的花朵，经不住日晒雨淋，终难成大器。“不经一番寒彻骨，怎得梅花扑鼻香。”我喜欢用平常教育学生的语调教育儿子，儿子显然不太喜欢我这种唱高调的话语。儿子没有做任何的反驳，看来他也在思考一些问题。或者说我的话触动了他的灵魂。

父子对话不欢而散。

虽然我们父子之间有一定的代沟，但是对待是非曲直还是有相对的认同。今天不努力工作，明天你就没有前途。组织的眼睛是雪亮的，你真正干了力所能及的工作，组织会认可你的，人过留名，雁过留声。人如果在工作中什么都不干，你自己会遭到社会唾弃的，你将来会为你碌碌无为而后悔而买单。我总不厌其烦地给儿子做思想工作，讲一些人生经验。作为一个大学教授，我可以把学生教育得很好，但是在我自己的儿子面前常常一筹莫展。儿子妈妈说：“你也是一个失败者，你把你的几个学生都培养成了优秀学生，而你自己的儿子却在乡下扶贫。”儿子他妈估计是用学历论英雄，为儿子还是一个本科生愤愤不平。我说：“不能以目前学历武断说话，将来有没有成就才是关键。你现在说这些话为时过早。”

儿子是一个很感性的人，扶贫工作让他变得理性了。从他做扶贫工作开始，就会想很多具体的工作问题，眼下最关键的是如何让自己的帮扶户脱贫致富。道理说了一千遍，最终还是要落脚在具体的工作中，儿子逐渐从一个理想主义者转变为一个现实主义者。也许这是他人生的一大转折点。

儿子说，现在也只有面对现实，努力干好工作，如果现在不好好工作，将来自己就没有立足之地。从儿子的话语之中，我看到儿子由虚幻向脚踏实地干事转变。

我和儿子也有闹得不愉快的时刻，就是我在电话里暗示他该谈女朋友，儿子一听到我这种腔调，马上就说："说点别的话题可以不？该有的总会有的，你总不能这样逼婚啊？听到你逼婚，我心里就很沉重，有些快要疯了的感觉。"

有几次选拔考试，我劝儿子去参加。儿子说，考什么都要等扶贫结束后再考虑。儿子有自己的想法，等2020年全国脱贫后，再考虑自己的前途。他还开了玩笑："全国不脱贫，我就不去读研究生。"

扶贫三年，他除考两次研究生外，其他什么考试都没参加。也就是说他要等到2020年6月贵州全省脱贫后再考虑自己的前途。

有几次，我也曾建议他是不是考一个非全日制研究生，边学习边工作，等到扶贫工作结束，他的研究生学历也完成了。但他还是不赞同我的想法："读研究生就要全心全意地读，读就要读出一点成果，如果一个人只是为了一个文凭的话，我宁愿不读。读书的目的是做学问，不单纯是为一个文凭。”

今年的疫情，让思南扶贫时间节奏有所变化。儿子说，本来三月份国家抽查，因为大学与一些研究机构放假，估计要延期。儿子的愿望是早日脱贫，他的时间就稍微充裕一点，至少可以从那些表格中解脱出来看看书，再搏一把。人就是这样，少壮不努力，老大徒伤悲。趁自己还年轻再努力一下，梦想就会因自己的努力而实现。

儿子有自己的想法，我只有尊重。

一家人都希望他找一个女朋友，包括他的外婆。我们想，有时候女朋友的话可能比父母亲的话还管用。很多男孩子在女朋友面前往往俯首帖耳。

我们还安排儿子相了几回亲。每一次，儿子都处于被动的状态。

有时，儿子也向我们妥协，向生活妥协。比如找女朋友，更多的时候，他是为了应付我们才去与女方见面的，而且每次都向我提出一些条件。

儿子虽然没有强烈反对，每次都去了，每次都要我出 1000 元相亲费，我知道，这是儿子对我的“讹诈”。但是我每次都只好乖乖给他。我知道，他没有钱，一个月工资基本“月光”。即使有一点余子，也所剩无几。无论是支持他工作，还是谈女朋友，作为一个父亲，都有责无旁贷的义务。但是他每一次都是请女方吃一回饭就有始无终了，我感到十分奇怪，是没有对眼的人，还是应付了事？但我没有考证这些方面的原因。儿子是怎么想的，我们不知道也不了解。他们这一代人，怕结婚，怕成家，这是90后的通病，在日益物质化的时代，这一代普通家庭的青年人，他们有自己十分沉重的压力，买车买房等就是他们头上无形的压力。不少90后不想成家的答案或许就是如此。但是儿子应该不存在这些问题，至少房子不用他愁。

平常，儿子总说他很忙，说话推诿，没时间谈朋友。再说，有谁喜欢在乡下扶贫的普通干部？

我说："不一定，总有一些女孩不是现实主义者，还多少有一点真挚爱情追求啊。"

儿子说："现在多数女孩子都很现实，她们考虑的是金钱，不是什么爱情。在这个时代，估计爱情只在你们这些作家的作品里。"

"任何事情都不能以偏概全，网上不是说有一些女孩子放弃了自己的一切，千里迢迢寻找自己的爱情吗？"

儿子说："网上的事情你也相信啊？网上很多事情都是噱头。"

儿子到现在还没有谈过一次真正意义上的恋爱。读大学的时候，他妈妈主张他不谈女朋友，他听了他妈的话。后来对这事颇有微词，说自己愚孝。早知如此，不能听老妈的，读大学没有谈过一次恋爱，也是一种缺陷。

他是一个浪漫的青年，总想谈一场浪漫的恋爱，可是，浪漫只存在于书本与影视作品中，喧嚣时代，真正的爱情只在诗人们无限的呼唤里。

儿子在熟人介绍下结识过几个女孩，但最后都是无果的结局。

结识的第一个女孩，是那女孩的表姐介绍的。女孩表姐是一个大学老师，和我认识。她看见我在微信朋友圈发了一组儿子扶贫的照片，就私信与我聊："贵公子谈女朋友没有？"我说没有。她说她想给他介绍她的表妹，在烟草行业工作，苏州大学规划专业毕业的，他们家庭只有一个女儿，想找一个有文化背景的家庭、有责任感的男朋友。"你们家是高知家庭，你儿子又有责任感。所以，我想帮他们牵线搭桥。"于是，我就给儿子电话，征求他的意见，可否见一面看看。2018年清明假前夕，女方表姐发短信给我说，女方同意与我儿子见见面。她说，让他们彼此浪漫一回，开始不告诉双方姓名，只留一个电话号码，让他们每人手里拿一本书，到铜仁文笔峰下见面。如果有缘，他们就去登一下山。儿子也同意这种见面方式。用一种与众不同的方式见面也是一种别样的情调。

儿子第一次与陌生女孩见面，他开始有些手忙脚乱，还专门找他几个女同学讨方案。同时也给我打电话说："既然是你们要我谈女朋友，就得好事做到底，你们得给买一套衣服，还有一双皮鞋。我在乡下平常就是穿的运动鞋，你们总不能让我穿着扶贫的服装去与女孩见面吧？"我说："满足你的要求，你的这些要求不过分，还有什么要求也可以提。"

于是，我和妻子花了半天时间专门进城给儿子买衣服与皮鞋。

儿子与女孩见面的那天，应该是清明节后的那天，我和妻子提前开车送儿子和他表妹去文笔峰下。儿子表妹在铜仁读幼儿师专，放假没有回家，听说表哥要见女孩，就主动要求陪他去。别时，妻子说："你一定要先买点水，还一点小吃什么的，要让女孩看到你细心。"儿子回答："Yes！"

送儿子到目的地，我和妻子就回家了。还在路上，儿子表妹就给妻子打了电话："大姨，那女孩不错，个头也高，估计有一米七，要给哥哥鼓励加油。我在远处见到他们联系上了，我就走了，悄悄给你打个电话。"

儿子与女孩一同登文笔峰，有些像影视作品里的男女主人公那样浪漫。一路上，他们谈读大学的感受、谈工作、谈家庭成员，也谈读过的一些书的细节。他们像久违的朋友，无所不谈。女孩子还细心，专门准备了两瓶水。

那个女孩很健康，儿子说，她长相像中国女排的健将朱婷。

登完文笔峰，儿子就请女孩吃午饭。儿子让女孩找餐馆。女孩家就住在文笔峰附近，说附近有一家她平常喜欢的餐馆。

儿子就跟着女孩来到这家餐馆。这家餐馆装修得有几分典雅，还放着轻音乐。儿子明白，这个女孩有点品位。

环境不错。儿子说："你很文艺。"女孩说："在这样的环境里吃饭让人很轻松。"

儿子请女孩子点菜，还说："方便的话，可以多邀请你几个闺密，反正假期大家好玩。"女孩子打了几个电话，大家都外出玩去了，只来了一个闺密。儿子也打电话叫他表妹来作陪。

不一会，女孩子的闺密与儿子表妹先后到了，大家相互介绍后，餐馆也就开始上菜了，边吃饭边聊天。儿子本身是一个健谈之人，天南海北瞎吹一阵，包括现在当下流行的网络作品。女孩子静静地听着，不时笑笑。她的闺密和儿子相谈甚欢。女孩的闺密是一个中学英语老师，见多识广。儿子忽视了那女孩的感受，让那女孩的闺密喧宾夺主。那女孩脸上渐渐有些不快，儿子丝毫没有察觉。这事是后来儿子表妹告诉我们的。儿子表妹说："表哥追女朋友还没有一点经验，今天女孩子是主角，怎么老是和女孩的闺密聊呢？我估计，女孩对哥的印象将打折扣。"事实证明儿子表妹的看法是正确的。没隔几天，女孩子表姐给我打电话说："你儿子没有谈过恋爱吧？那天他和我表妹的闺密谈得很多，我表妹有些生气。但是，她还是认为你家公子知识渊博，是一个直率的人，以后就看你家公子如何表现。我给表妹圆了场，估计他是怕冷场，才和你闺密聊天的，其实他也对你印象特别好，交往一段时间，说不定你们还有缘分呢。"

我把女孩表姐的意见转达给儿子，儿子也反思了一下，他说，当时他有些不太注意场合，确实与女孩的闺密谈得过多，当时他们谈到一本都读过的书，相互还加了微信。女孩子当时也没有表示反对啊。我说："儿子啊，你不谙世事。多吸取经验教训，以后多注意，一定要注意女孩子的感受，别人的第一印象很重要啊。"

儿子的第一次见面就无果而终，但是他们现在仍然是微信好友，有时还常常发一条微信相互问候。

女孩与我一个朋友同单位，朋友就开了那女孩子的玩笑："你和向某谈到什么程度了？"女孩子未置可否，只是笑笑。朋友说："从表象上，那女孩子对你儿子不排斥，不排斥就表示有希望，给你儿子鼓把劲，一个扶贫干部就要像扶贫那样追求女朋友。”

2018 年冬天的一个周末，一个和女孩同单位的朋友回思南老家，邀请我一同去，他的老家也在三道水。我们先到朋友老家吃了午饭，就打电话给儿子，儿子说，上级正在他们村检查工作，只有在下班之后才可以见面。朋友说去接我儿子到他老家吃晚饭。朋友家的老人见他带着人来，就杀了一只鸡，也安排他接我儿子来吃晚饭。

下午 4 点半钟，朋友开车去儿子扶贫的过天村，接儿子吃晚饭。车到三道水，然后爬几段陡坡路，路仄仄的，如果不是开车的熟手，连上坡都很困难。我们沿着儿子指定的路线到了过天村村委会办公楼。打电话询问儿子在什么地方，儿子说搭乡政府的车去乡政府送报表了，我们又返回乡政府，等儿子交报表。儿子已经知道事情的轻重缓急，把自己工作放在了第一位。

见了面，儿子与朋友寒暄一下，就问：“老爸，你怎么今天来三道水了？也没有提前告诉我。”朋友说：“你老爸就是给你一个意外惊喜，今天晚上到我家吃晚饭。”

儿子说了一句“谢谢叔叔”。

那顿晚饭，儿子成了主角。儿子说，他只在早上吃了一碗粉，没有吃午饭。朋友一家人都往儿子碗里加菜，儿子好像很饿，狼吞虎咽，来者不拒。看到儿子的吃相，我的心里别有一番滋味。有人说，扶贫干部是“三皮干部”，厚着脸皮，饿着肚皮，跑破脚皮。

晚上，朋友就把我们带到塘头镇住宿。朋友家正在修新房子。老房子已经拆了，他的父母住在临时的房子里。朋友说，他和几个姐姐都要老人去城里居住，但是两个老人总是不愿离开故土，他只好又给老人在老家修新房子。

在塘头，朋友邀请我和儿子品尝塘头的特色烤鱼。这是一家老字号的烤鱼店，主人因为赌博，欠下上百万债务，只好开烤鱼店还债。主人和朋友是好友。朋友说，一是让我品尝一下这家特色烤鱼，二是照顾一下朋友的生意。

烤鱼店的生意十分火爆，吃的人很多，位子基本上也坐满。

朋友和烤鱼店老板打了一个招呼，便向老板介绍我和儿子。他对烤鱼店老板说：“今晚我带他爷俩来尝尝你家特色烤鱼，把你的绝手活拿出来哦！”

名不虚传，烤鱼很有特色，火候到位，只要用筷子轻轻一扒拉，鱼刺与鱼肉就彻底分离。这种特色我以前少见。同时味道也别具一格，十分爽口。

朋友问儿子：“侄儿你最近和我单位那个女孩子谈得这么样了？我帮你问了问那女孩子，她没有否定，只是笑笑。估计你们还是有戏的，你不要怕笑，追女朋友要有做扶贫工作的那种精神，我想应该没有什么问题。请你相信叔叔，我是过来人，我的判断一般不会错。勇敢一些，多找机会与她聊聊。”

儿子说：“我没有时间和她耗啊，我一天工作搞得头昏脑涨，再说，每次都是我主动找她聊天，她一点都不主动。”

朋友说：“侄儿，这就是你的不对哦，追女孩子就是要见缝插针，有时间就找她聊聊。不要等你有了时间才聊啊，如果这样，黄花菜都凉了。侄儿，你还单纯啊！”

儿子无奈地笑笑。

朋友说，今天晚上我们验证一下看看，看那女孩子是否能记得你。我现在给她发个微信，让她猜猜看，如果猜得到是你，就说明她对你很有印象。

朋友给女孩子发微信问，你猜猜我今天和谁在一起？在我老家。

“和向某某在一起。”女孩在微信里肯定地说，“我绝对没有说错。”

“你很聪明，我回单位后一定请你吃饭。今天我和向教授及他的儿子在塘头吃烤鱼。”

朋友把自己的手机给儿子看：“我没有说错吧，她一定会想到是你。我在老家，和她认识的人在一起，她马上就想到是和你在一起，说明对你的印象很深，只要你努力，一定会追到！”朋友给儿子打气鼓励。

儿子说：“谢谢叔叔指点，我一定努力！”

在扶贫期间，又有朋友给儿子介绍了一个中学老师，教物理的，免费师范生，毕业于华东师范大学。他们开始聊了一个多月，女方邀请儿子见面。周末，儿子好不容易才请假回家。女方却说她的身体状态不好，下次再见面。当时儿子的脸色不太好，感到莫名其妙的委屈：不见面就别拿我开涮啊！

女孩给儿子发了一条信息：“本来我不想谈朋友，但是我们单位领导对我太好了，我卖他一个面子，才和你联系的。我们都还很年轻，慢慢来，不要着急，我是一个慢性子的人。你说呢？”

儿子蒙了，还能说什么呢？还没有见面就夭折了。没有见面就将一个人判了死刑，这是令人伤心的事情，让人情何以堪。至少也要对人尊重啊。

一个留校的女学生，打电话给我，她想给师弟说个女朋友，女方是她的好朋友，在铜仁某专科学校当音乐老师，古筝弹得好，还在外面办培训班，很有经济头脑，也开朗大方。学生就介绍儿子开始与女方微信交谈。周末，儿子回家，学生邀约他们两个见见面。那个女孩在搞古筝培训，儿子和学生在女孩子培训的楼下等女孩子培训结束，就去找了一个餐馆吃饭交流。女孩子说："我谈男朋友不是为谈而谈，谈的目的就是为了早点结婚。如果你不介意我曾谈过三次恋爱，我们就交往，我们三个月就结婚。"儿子十分惊诧，才开始就说这样的话。

吃了饭，女方建议去喝茶。儿子说："明天我要回乡里，想早些休息。"学生开车送我儿子回家，她问儿子："弟弟，你认为她怎么样？这个女孩子是快言快语，有什么就说什么，从来就不藏着掖着，心直口快的，她对你印象很好，关键看你如何追！"儿子说："谢谢姐的关心，让我考虑一下好吗？"

学生走后，儿子说："这个女孩子当朋友还可以，当妻子还是有一些差距，她对我说，有个男孩子给她送花，她当场就撕扯掉了，因为她不喜欢他。一个人如果有礼节，接人待物一定会体面，也不会当场就让对方难堪。所以，我认为，她不适合我，尽管她很优秀。"

后来，这事也不了了之，学生问过我几回。我说："关键要你师弟愿意。"学生说："女方对弟弟的印象很好，说弟弟有绅士风度，有学者范，她不介意他还在县里工作，她希望她的男朋友有理想与担当，她主要是看好男朋友未来发展。"

女方直接问儿子："你对我有什么看法，如果认为我可以，我们马上就结婚。"

儿子说："我们先做朋友吧。"

后来，有一天，女孩子给儿子打电话，说："我正月某日要结婚了，欢迎你参加我的婚礼。预祝你早日脱单。"

这个女孩子还真是说到做到，她与一个男孩子才见过一回面，就准备嫁人了。

儿子问："我去不去吃酒？"

"怎么不去呢？认识就是朋友，祝福她吧。"我对儿子说。做不成恋人也是朋友。

儿子给这个女孩子随了礼，至今，他们还是无话不谈的好朋友。

女孩子结婚没有一个月，女学生到我家里来玩，说到那女孩子，最近已经离婚了，就是因为她的老公限制她和别人有联系。"实际上，她对我说，她喜欢你家弟弟，但是没有缘分。"

儿子后来回家也说，那女孩子已经离婚了，她把这个消息在微信里给儿子说了。儿子祝愿她今后能找到真爱。冰心老人对铁凝说，爱情不要找，要等。儿子的学识让这个女孩子佩服。那女孩子说，我儿子就是她梦中的情人，但对方不来电。

如果彼此没有缘分，就要彼此祝福。

生活总是充满着变数，也有一种戏剧性。人与人之间就像天上的两颗星星，相互照耀，如果他们之间有缘分，就会从不同的方向走来，碰在一起。如果没有缘分，就会渐行渐远，永远在不同的空间遥望着。

如果说，儿子是一颗星，那么，肯定有另外一颗星在等待着儿子。

八

儿子给我介绍过他所在的扶贫村。他说，这里还不是绝对的贫困村。这里有些人表面上住的房子有些破烂，但是家庭很殷实，在城里有车有房。

他给我发来了他们的汇报材料，是他们扶贫工作队做的。

过天村汇报材料

一、基本情况介绍

1. 地理位置。过天村位于三道乡西北部，东邻高坡村，北邻徐家坳村，南邻邓家坡村，西与香坝镇隔乌江河而望，最低海拔440米，最高海拔610米，村委会所在地海拔560米，平均海拔550米，我村距离三道水乡人民政府所在地5公里左右，距离县城57公里左右。

2. 国土面积情况。全村地域面积4.1平方公里，耕地面积1337亩，林地面积2389亩。

3. 基础设施建设情况。完成通村通组公路建设20.6公里，30户以上农村“组组通”公路覆盖率100%。完成入户便道建设9.7公里，建集中电表箱房16个，安装自来水管道220户，全村饮水安全覆盖率100%。全村6个组全部通电。户户通网络电视已达到100%，网络通信覆盖率100%。完成改厨45户，改厕94户，改圈32户，庭院硬化103户。2018年新建村办公楼1栋，占地200平方米，兼有食堂、厕所、图书室、澡堂、文体室，现已全面投入使用。有村卫生室1个，面积60平方米，配有专职村医1名，药房、诊室齐全，具备基本诊疗条件，全村群众基本医疗均有保障。有山村幼儿园1所，符合办学条件。

4. 贫困发生情况。过天村属一般贫困村，主要原因为群众观念陈旧，地理环境较差，土地资源贫瘠，产业基础薄弱，群众内生产动力不足等。2014年建档立卡贫困人口81户350人，贫困发生率27.4%。已脱贫59户278人（其中：2014年脱贫15户69人，2015年脱贫13户62人，2016年脱贫10户49人，2017年脱贫2户10人，2018年脱贫18户84

人，2019年脱贫14户59人），目前尚有未脱贫8户13人，贫困发生率由2014年的27.4%降至目前的1.14%。

5. 人口情况。全村有6个村民组、264户1143人。有劳动力654人（男335人、女319人），占比57.22%；适龄儿童和少年共167人（男96人、女71人），占比14.61%；35岁以上未婚人员有5人，占比0.4%；60岁以上有172人，占比15.05%；57人残疾，占比4.99%。全村外出务工409人，涵盖193户农户，其中男286人、女123人，建档立卡贫困人口63人涵盖119户，主要在广东、福建、海南、贵州等地务工，具体从事房屋建筑、进厂等工作；月平均工资4000元以上，最高月工资8000元以上，最低月工资1500元，季节工有32人，临时工有26人。

二、党建联结

全村共有中共党员18人（包括下派第一书记，2020年转入1人），入党积极分子1名。男性党员16名，女性党员2名。40岁以下党员5名，60岁以上党员8名，40至60岁之间党员5名。村党支部严格按照上级组织安排，每月按时开展好“三会一课”活动和党员活动日。同时紧密联系实际，加强基层党员理论学习和配合打好脱贫攻坚战役。

三、产业发展

2016年5月份建立专业合作社1个，社员有264户1143人，其中正常运转并有收益的1个。全村主导产业为红薯。2020年全村集体专业合作社计划种植面积为220亩，投入资金包括肥料、薄膜、耕土等项目共计18万元。亩产预计4000斤，预计收购价为50元100斤，除去旋耕机、社员工资、肥料、秧苗等必要支出，秋天红薯卖出后净利润70%分红给农户，30%用于日常支出。

2019年村级集体经济专业合作社已入股陈薯企业扶贫专项资金60万元，每年固定分红3万，全部分给贫困户。

四、乡村振兴

我村积极利用国家现有的好政策，积极发展产业经济，努力提升村民的物质需要，开展产业扶贫。力争从数量的变化提升到质量的变化。由自给自足的小农经济转变为政府引导，出资金出技术进行农业集约化生产收购一条龙的农村经济产业链。红薯产业发展欣欣向荣，前景可期。与此同时，随着历年来的改善村民生活条件的“四改一化”（改厕、改圈、改厨、改水、庭院硬化）的有效推进，村民的生活环境得到了显著的改善。再加上我村依山傍水的优越自然环境，铺设了长近10公里、宽1.2米的入户路，家家几乎通水泥路，成为让附近友村羡慕的美丽乡村。

我村背靠美丽的乌江和白鹭湖国家湿地公园，风景美丽宜人，气候适宜，是人们休闲旅游的好去处。我村将群策群力，发挥群众主体作用，下一步计划发展好农家乐，致力于将我村发展成集休闲旅游，农特产品产、销、购一体化的新型美丽乡村。

过天村工作队

2020年5月9日

在这篇情况汇报中，过天村的基本概貌与未来一览无余，也让人看到了扶贫工作队这几年的成绩。儿子作为扶贫工作队的一员，成绩中也有他的一份。

我想，多年后，儿子一想到自己在三道水的一段人生经历，他就会由衷感到自豪，他人生的青春岁月没有浪费与虚度。

一个人在回首往事的时候，总会有一种豪情。

儿子在扶贫期间总是感到很累。熬夜成为一种新常态，大脑的弦绷得紧紧的，一刻也不敢懈怠。儿子已经有了自己的大局观。儿子多次讲，他不希望因为自己而影响扶贫工作队的工作。如果是因自己造成的问题，连他自己也不会原谅自己。儿子除了平常工作，还要到农民家里参加劳动，比如帮农民挖红薯或者收玉米等农活。一个人的能力不在大小，关键在于是否亲自参与，这就难能可贵。

2019年国庆节儿子放假回家，开始三天基本上就是睡觉。我问他为什么有那么多的瞌睡，他说："我在乡下每天只有四五个小时睡眠时间。每天总是那么困，但是自己也不敢入睡。常常在晚上11点左右就有新工作安排，不是填表，就是做汇报材料。有时一个人还要忙通宵。你说困不困啊？"假期间，又有一位好心长辈给他安排相亲，但他没有去。究其原因，因为他感到自己状态不好，人应该将自己美好的一面留给对方，这是对女性的尊重。儿子讲得有几分道理，我们只有尊重他，那位朋友也只好圆场："好事多磨，下一次抽时间。"后来妻子对我说，国庆节儿子不去见女孩子，就是因为他自己的身体发胖，怕给对方留下不好的印象，所以他窝在家里什么地方都不去。儿子妈说得有些道理。估计儿子当时就是那么想的，爱美之心人皆有之。每一个人都想把自己最美的一方面展示给别人。不要说人，就是动物也有这种本能。如孔雀开屏，就是雄性向雌性示爱。所以，我理解儿子。

乡村生活没有什么规律可言，长期伏案，儿子体形有了一些问题，开始略有发福。儿子已经注意到了这个问题，开始每天走路，每一次去乡政府送材料，都是步行。过天村到三道水有5公里，一个来回10公里，加上每天他还要到自己扶贫对象的三个组走一趟，基本上在20公里以上。我每天在微信上了解他的运动步数，基本上都在2万步以上。有时，他还在朋友圈里发几张跳绳的图片，每天坚持跳500下，目的是要重新塑造自己的体形。看到儿子每天的运动量，我就知道他真正开始注意自己的身体。去年，我通过计算机计算了一下，儿子每天平均最少2万步，一年就算300天，一年共走路600万步，1万步等于7公里，儿子一年的步行量可折算成4200公里。儿子的体重也由原来的160斤左右降到130多斤。我给儿子讲，在扶贫工作中，除做好自己的本职工作，还可以锻炼自己的身体。身体是自己的，没有身体就不能更好地工作。

思南县已是贵州省无新冠病毒感染的县。2020年3月工作恢复到常态。一方面严防外来疫情，一方面扶贫攻坚到关键时期。思南县在2020年3月被省里宣布整体脱贫，剩下的就是扶贫的巩固时期。巩固扶贫成果，防止返贫，依然任重道远。

儿子以为县里宣布脱贫，自己就可以返回单位做朝九晚五的日常工作。可是领导找他谈话，可能他还要坚持到脱贫攻坚工作的最后一公里。

机构不撤，队伍不散，扶贫工作永远还在路上。

此刻，儿子没半点怨言，上级怎么安排就怎么做。儿子是一个有理想的人，读研究生是他的一个梦想，他的人生目标是做学者当专家。儿子给我讲了他们领导的意见，市里规定，扶贫工作队在脱贫后也不能撤，看来他还要继续留在乡村工作一段时间。我对儿子说，既然命运是这么安排的，也就只有适应工作了。每一个人在自己工作领域只要做出贡献，也就是为国家尽力了，无论在什么工作岗位都能有自己的价值。

我只有这样安慰儿子。

儿子在家庭群发了一条消息，强调自己要低调一点。他被县委组织部评为优秀扶贫干部，要我们保密不往外传。儿子发这个信息给我们，向我们汇报他一年的工作成果，也是感谢组织对他一年工作的肯定。一个人做了力所能及的工作，被组织肯定是一件非常有意义的事情。我知道，儿子心里有些高兴。他回家曾讲过，扶贫工作队的领导给他讲，如果先进不评给他，他们就会感到内心有愧。也许儿子说的是真话，领导也说的是真话，如果一个真正努力工作的人被忽视，那将是令人沮丧的。儿子没有沮丧，领导们都肯定他的成绩，也就是对他一年工作的褒扬。

庚子年清明节，儿子所在的乡宣布按国家规定放假。儿子说，思南是文化大县，人文关怀比较浓厚，其他几个相邻的县扶贫工作队与机关干部清明节都不放假，因为要接受国家的扶贫抽检。

儿子打电话给我讲，假期他想见见赵叔叔去年就给他介绍的那个姑娘，也就是去年国庆节准备见的那个女孩。于是，我打电话给朋友，讲儿子清明节可能回家，问一下那个女孩子有没有谈男朋友，如果没有的话，是否安排她与我儿子见见面。我希望儿子找一个女朋友，主要还是希望有人关心他，异性的关心往往使一个人的精神更加强大。有人说，爱情的力量是无穷的。有了爱情的力量，他就会具备更大的勇气。在扶贫工作中，有一个女朋友的支持，儿子肯定会信心百倍，有一种前所未有的力量支撑着他不断前行。

朋友说，我打电话先问一下，差不多一年了。如果那姑娘没有和别人谈朋友，那么说明他们有缘分，就让他们见见面，好事多磨。

隔一会，朋友打来电话，说那女孩同意见面。

那女孩曾经对朋友的妻子说，去年国庆节她等了我儿子五天，没有见我儿子邀请她见面，言语之中有些委屈。他们平常只在微信里聊几句，一直没有见面。在网络时代，很多人都习惯于用微信聊天，一谈朋友，就是要对方的微信号，动不动就是加一个微信号先聊聊看。

我给过儿子好几个陌生女孩子的微信，都是朋友给我转给儿子的。他究竟加了没有？我们不知道。当父亲的不能什么事都过问，给他提供认识的对象，有没有进展就是他自己的事情。朋友介绍的女孩子加了儿子的微信。

平常我走路去单位上班，朋友的妻子在路上遇到就给我讲，叫我儿子加点油，她和那个女孩是一个单位一个科室的，朋友通过她才认识这女孩子，这女孩子委托她老公给她介绍男朋友。女孩子在一个医院当医生，本来在外地工作，考虑父母的原因，辞职考回铜仁工作。朋友的妻子说她很能干，善良，还是一个工作能力强的人，工作五年就评到中级职称。平常工作忙，二十多岁了还一直没有谈过男朋友，是一个性情与品行都好的女孩。朋友的妻子与朋友对女孩子的描绘是一样的。

朋友有几次给我讲，老哥，这个女孩子很优秀，开始我还认为不怎么样，我和她交谈了几次，发觉她是一个十分健谈的女孩子，有眼光，性格也温和，又有能力，在沿海医院工作过，三年前考回铜仁。

一般而言，介绍人都是讲男女双方的优点，常常把对方包装得完美无缺。

这次还同意见面，说不定还真有缘分。朋友说，人就是这样，有缘，怎么也会走到一起。

“如你儿子清明节放假回家，”朋友说，“你家仔一定要见见这个女孩子，就在医院边的一个餐馆聚聚，我们两口子与你们一家人邀请女孩子，你看如何？”

我问儿子是否同意见面，儿子说：“当然可以。”

回家后。儿子为见女孩子穿什么衣服犹豫了一阵，我说，是不是穿西服正式一些。开始儿子穿了一下夹克，又试了试休闲装，最后才决定穿西装。我说，穿西装就得打领带。儿子说，没有领带咋办？我说，这还不简单？我不是有一条新的真丝领带吗？可以试试。于是，我翻箱倒柜地找出那条真丝领带，给儿子打上。儿子从来没有穿过西装打过领带。他第一次这样正式打扮，还显得十分的帅气。深蓝色的毛料西装，是儿子三姨父去年送儿子的。三姨父在金融部门工作，每一年都要发几套工作服，说去年发的一套质地最好，他又不喜欢穿西装，就送给了儿子。开始儿子说什么都不要。还是他三姨说，这是三姨父的一片心意，收下吧。儿子才收下。想不到今天还派上了用场。

与女孩见面是清明节假期的第三天，也就是清明节放假的最后一天。儿子本来是下午要回乡下的扶贫点去的，但因为他的一个同事在第二天早上6点回思南，他可以搭顺风车，这才有了时间，加上医院一般节假日也有人值班。要等女孩下班，才能见面。

中午我就去医院旁边的一个湘菜馆订了一个包间。铜仁刚放开堂食，订餐的人很多，还剩一个包间“桃花源”。我想这是一个好预兆。

订好之后，我发短信告诉朋友包间名称。

儿子在家洗头，我建议他把头发定个型，让自己更精神些。

儿子这次真还听了我的话。关于儿子头发有几个让人忍俊不禁的故事。儿子上初中时，我在西南大学读研究生。暑假正是足球世界杯开赛时段。儿子喜欢足球，留了一个罗纳尔多式的发型。我回家一见就生气，拉着他到理发店彻底剪掉。读初中的儿子有些叛逆，我叫理发师给他理平头，他却叫理发师理了一个光头。当年正是韩寒小说在学生中流行的时候，他别出心裁，总想着办法与我作对。很多年后，儿子还在怪我，我扼杀了他的足球天性。如果当年他选择走足球这条道路，或许人生就不一样。中国足球水平很臭，但是足球运动员很牛，收入在中国数一流。我对足球不太懂，单位几个同事都说我儿子有足球天赋。如果真让他发展，说不定还真有前途。“你看，中国足球运动员没有什么水平，哪个不是富得流油啊？”有时候，我也想，当年我没有让儿子踢足球，是不是我真的错了？有时候，我也扪心自问，一切皆有可能。人生关键时候走错一步路，就会导致自己一生前途的不可逆转。因为我没有让儿子踢足球，儿子一直对我心存芥蒂。尽管他大了，他对我还是有些怨言。儿子在初三那年写的一部长篇小说《向太阳》就是表达他的这种心态。《向太阳》就是写一个初中生的爱好被自己父亲扼杀的故事。儿子是以自己为原型写的小说，我就是小说里那个扼杀儿子天性的父亲。我把儿子这部小说发给我的一个作家朋友看。朋友说："你儿子很有文学天赋，说不定将来比你强。"当时有一句流行的广告词："亲爱的爸爸妈妈，我们将来长大一定比你们强。"我相信，我们的后代一定比我们强。

儿子还写了一篇散文《告别》，也是中学生叛逆时期的内在表达。他的《告别》就是对我的一种人生诉讼。我在写作课上将儿子的习作给与他同龄的学生看，大家都说，感同身受，写得很真实，这是儿子对一个父亲的挑战。他们也曾经和我儿子一样，受到了自己父母的压制，没有什么天性，成天就是读书。

儿子上大学第二学期时，我去贵阳参加高考阅卷。恰逢端午节，阅卷组领导就给大家放半天假让各位评卷老师休息，我打电话给在花溪贵州大学读书的儿子，要他到贵阳宝山，老爸请他吃饭。儿子来了，在云岩贵州师范大学门边桥上等我。我在桥上去接他，儿子的装束与以前判若两人。儿子留了一头长发，还穿了一条碎花的短裤，穿了一双日式的“卡拉乌”（拖鞋）。我非常生气：“你穿这样干什么？当艺术家？一个人艺术内涵不是外在的，而是有艺术修养。”儿子说：“老爸，我穿这样怎么啦？我又没有危害国家与社会。”当时我非常生气，讨厌儿子穿奇装异服，真想给他两个耳光。

下午吃饭时，我的一个同事，也帮着我批评了儿子：“小伙子，你老爸是希望你好好读书，一个人能力不仅仅表现在外，关键在于内心的强大。”

见我不高兴，第二天，儿子就把他的长发剪掉了。因为我说：“如果还是那样穿着，假期我就停止给你生活费。”我给儿子发了最后通牒。

儿子知道自己父亲是一个强势老爸，很多时候，只有向生活妥协。

下乡扶贫，儿子的穿着发生了明显变化。他一般是穿着与农民一样的衣服。冬天也没有穿家里给他买的呢子大衣与羽绒服。他买了一件黄色军大衣，成了十足乡村干部打扮。有几次，他妈妈问他：“你怎么穿着不讲究？穿得和农民一样。”儿子说：“在农村扶贫，如果不和农民一样，农民们就不相信你，你就无法与农民们交谈，也就不好做工作。”听到儿子的几句话，我明显地感到儿子已经成熟起来了。他已经开始想问题，而且是现实中的问题。

有几次，妻子看到儿子发在朋友圈他穿着军大衣的照片说，真是一个“烂拖神”穿着。他不知道自己要找女朋友啦？如果与他接触的女孩子看到这样穿着，就会对他产生一种看法，认为他不讲究。我说，在什么山头唱什么歌，如果他在农村穿得标新立异，群众会怎样认为？或许儿子行为很正确。

儿子第一次穿西装，还专门到我书房自拍了一张照片。我看着儿子穿西装的照片，有一种似曾相识的感觉。我年轻时候，也常穿西装打着领带招摇过市，很多家乡父老向我投来一种异样的眼光。我的老爸说，人好不在脚，牛好不在角。一个人要有内在的东西，外表的强大不是真正的强大。20世纪80年代初，我也是一个赶潮的人，穿着喇叭裤与花衣服，穿一双火箭皮鞋。每一个人都有自己的青春梦想年华，或者躁动的时代，总是希望引起人们的关注。

儿子的行为就有我当年的影子。

我还能说些什么呢？

我也在朋友圈里发了一张儿子第一次穿西装的照片。我不是炫耀儿子怎么帅气，而是给儿子一种变相的鼓舞。儿子是一个普通的人，关键时刻，需要人们的支持，特别是父母亲的支持。在自媒体时代，人人都在表现自己。

在朋友圈看到儿子照片，点赞的有数百人，都说儿子有范儿。我还把儿子在乡村扶贫的生活照片进行了对比，人靠衣装马靠鞍啊！人的不同穿着会让人的精神面貌迥异。

看到儿子精神抖擞，我心里就有一种安慰。一个扶贫干部一定要有自己的精气神，要把自己最好的一面展示给女孩子。

见面在下午6点钟后，我们一家人先到餐馆。我打电话给朋友，朋友说马上就到餐馆楼下。我给儿子说，我们还是该有一点礼节，到楼下去迎接一下。儿子没有反对，就和我一道下楼，刚到门口，朋友及妻子带着女孩子到了，我和朋友夫妇寒暄一句，朋友就给女孩子介绍："这是你向叔叔。"女孩子叫了一声向叔叔好。又把儿子介绍给女孩子："这是向佳韵，你们在微信里已经认识很久了。"儿子就和女孩子握握手。儿子很绅士，邀请女孩子上楼。到了餐馆，朋友夫妇与儿子打了招呼，又给女孩子介绍我们。

我说："疫情刚好转，今天下午请大家聚聚，祝福大家平安！"

儿子就和女孩子去点菜，今天儿子与女孩子是主角，我们大家来为了气氛融洽。听朋友说，女孩子也是一个腼腆的人。

点了菜，大家坐在一起谈天说地，已经没有什么拘束。

朋友怂恿儿子给女孩子夹菜。儿子很老实，给女孩子不断夹菜，还几次给女孩子加玉米汁。我见女孩子难为情，因为女孩子讲究身材，晚上不会吃很多，但是朋友说：“小向给你夹菜，给你饮料，一定不要拒绝哦。”那女孩没有说什么，下劲吃了。朋友给儿子圆场：“我以前也像小向这样憨厚，你家颜阿姨才嫁给我的。”

我看了一眼女孩子，清清爽爽的，很慈善，举止谈吐很文雅。朋友夫人说，我们BB很能干，工作几年就评上了中级职称，估计没有几年就会是高级职称了。

儿子说：“这得给医生点一个赞。”

“为今天的两位白衣天使干杯。”我也找了一由头，“今年的疫情，白衣天使是最可爱的人，今天就为这两位可爱的人干杯。”

朋友几次要儿子女孩子单独干杯。儿子没有谈过朋友，心里紧张，始终处于被动位置，朋友几次提示儿子，儿子装着恍然大悟般，又和女孩子干了几杯饮料。

大家边吃边拉家常，从住房到物管费、工作假日，紧张的气氛全无。女孩子给我们讲，她的工作也是周五制，每周休息两天，但不是连休，星期天必休，另外一天不确定，周一至周五不知道是哪一天，轮着休息。

大约两个小时过去了，朋友借故要去开车，朋友的夫人拉着儿子他妈走走，我就只好作陪。朋友说："小向，你去送送 BB 医生。"

我们先下楼走，儿子和女孩子在后面，我和妻子给女孩子做了一个再见的手势，就陪朋友的夫人散步去了。路上，朋友夫人说，这个女孩子很优秀，单位事情做得很多，平常工作中从不斤斤计较，颇有人缘。我和妻子都说不错，就是看两个孩子有没有缘分。

送朋友夫人一段路程，我们夫妻就原路返回，刚要到家，儿子打电话问我们在哪里，我说马上就到家了。我们一回家，儿子就说，这个女孩子心很细，他到家，女孩子就问他到家没有，还问我们到家没有。

我们问儿子对女孩子的印象怎么样，儿子说，不错，这个女孩子很懂礼貌，平常给他发了微信，再晚她都要给他回，还给他解释回晚的原因。妻子对儿子说："你认为不错，就得抓紧追啊！你和她在微信里聊了一年多了，她还没有谈朋友，说不定她就是在等你呢？"准确地说，2019 年元旦，朋友的妻子单位举办迎新晚会，那个女孩子有表演。听说我儿子也回家了，朋友就叫我们一家人去看看晚会，目的就是看看这姑娘，如果儿子觉得可以，他们就去向女孩子提相亲。女孩子跳舞下来，还没有换装，朋友的夫人就把女孩子叫住，夸了一下女孩子的舞技不错，目的就是让我们看看女孩子。女孩子去换装后，朋友夫人就问儿子怎么样，儿子说不错。朋友说：“既然你认为可以，就让你阿姨去问问。”从此，朋友与夫人就把儿子谈朋友的事情放在心上，跟踪女孩子的情况。

有没有缘分，那要看后来交往的发展。

儿子来也匆匆去也匆匆。扶贫干部就是这样，常听说一些扶贫干部不堪重负，劳累猝死。

我给儿子提出一些要求，平常工作上尽力，同时也要注意自己身体。身体是工作的本钱。下乡两年多，儿子头上冒出一些白发，脸也晒得很黑，有时我还开他的玩笑，是不是去了趟非洲？儿子妈多次提醒：“你还是要注意你自己的形象。”现在不少女孩子喜欢“小鲜肉”。是的，当下不少女性审美发生了根本变化，她们喜欢网红，喜欢明星。那些网红一天的收入就可能是一个基层干部一辈子的工资。新冠病毒感染在武汉流行期间，李兰娟院士说了几句话，大意是希望国家要提高科学家、医护人员、基层干部等的收入。如果一个国家高收入都是网红与明星，那么我们的国家遇到困难时，还有什么人冲在前面？在国家处在公共卫生危急关头，医护人员与普通干部往往冲在最前面。我反思了李兰娟院士说的这几句话，句句在理。网红不能治国，明星不能提高国家的生产力。不少明星在国内赚了钱，就想方设法移民到国外，他们究竟对国家有何贡献？他们不仅没有什么正能量，而且还带坏了不少青少年的“三观”。我作为一个普通教授，比较赞成李兰娟院士入木三分的观点。有时候，我也在想，基层扶贫干部付出太多太多了，他们放弃了节假日，不辞辛劳地在一线忘我工作，急农民之所急，想农民之所想。儿子一年工资差不多一半都花在扶贫工作上了，乡村一些基础建设费用往往就是由扶贫干部先垫上，后来上面没有经费，就只好自己买单了。这两年，儿子从我这里拿去的扶贫款项就有上万元了，儿子虽然说是找我借的，但是我知道，这是一种托词，就当我为扶贫事业做点贡献了。

有天晚上，我和妻子散步回家，已经是9点钟了，我给儿子打了一个电话，问他吃晚饭没有。儿子说，他和第一书记还在农民的红薯地劳动，晚上又可能是吃方便面了。听到儿子这句话，我不知道说什么好。儿子说：“老爸，我还很忙，如果没有什么重要指示，晚上我打电话给你。”

清明节儿子返回乡村。儿子她妈给他的箱子里装了十几包牛奶，一大包牛肉干，还把家里果盘里的几个苹果都给装上了，舐犊之情淋漓尽致。

儿子说，在乡里很少吃苹果了，就是有卖的，他也不好一个人去买水果吃。大家都不讲特殊，他一个人讲特殊，大家都会对他有看法，只有和大家同甘共苦了！儿子在社会生活里认识到这一点，也是这几年的巨大进步。

儿子从家里拿一盒茶叶说：“反正老爸你一个人喝不了这么多茶的，就算支持我的扶贫工作了！”

一次，他的一个中学老师请他们几个同学吃饭，我说：“你还得带一瓶酒啊，算是对老师的尊敬。”儿子就在我的酒柜找酒。后来我才发现，他把我那瓶珍藏十几年的五粮液拿走了，他说：“我看到家里的酒都是比较大瓶，我拿了小瓶。”

小时候，儿子一个人在家里，他听见外面有人在喊收旧酒瓶，他就把家里的一箱啤酒全开了，把酒装进塑料袋放进冰箱里把酒瓶卖了。有朋友来家里拿啤酒时，儿子说，啤酒在冰箱里，他拿出塑料袋装的冰块，当时让人哭笑不得。

儿子平常喜欢做一些让人觉得不可思议的事。有几次，他的表妹表弟来我家玩，他用苹果给他们炒肉，那几个小朋友还说表哥的厨艺不错，大加赞赏。

儿子也是一个有创新精神和想象力的人。小时候，见我们没有分到好房子，就安慰着将来一定要给我们买大房子。

可到现在，买大房子成为一种过去时态，仅仅是梦想而已。目前只要他能够基本维持自己的生活也就不错了。

儿子平常很少给家里打电话，即使给我们打电话，总是说自己很忙。忙也是事实，但是连打电话的时间都没有，我不太认同这种观点的。我以为，时间总是挤出来的。人总不能因为忙就什么事情也不干。

连续三年儿子娘的生日，都是我提醒儿子：作为母亲不需要儿子多大回报，但是一声问候还是需要的。今年母亲节，我又提醒儿子："你得给母亲打个电话，或者请花店送一束康乃馨。"儿子说："好好好，照办！"结果还是开了空头支票。

儿子劳动节回家，他又联系医院那位女孩，女孩答5月2日一有空就联系他。儿子想请她吃一次饭。儿子5点半就出门，到医院已经6点钟，按照常规，已经是医院的下班时间。儿子打电话，女孩子单位科室几个同事会餐，儿子只能再等半个小时，那女孩子说自己请假下来，一见面，儿子问："我们吃一个便饭？"女孩子说："我已经吃了，单位会餐。那么，我们出去走走？"女孩子的话，比我们父母还管用。他们从医院出发，沿着桃源大道到铜仁学院南门，绕铜仁学院走了一圈。儿子见到一个奶茶店，邀请女孩子喝一杯奶茶。女孩子说不用，儿子也不知道去买两杯。后来，我的一位女学生返校，问师兄的女朋友谈得如何了，我给她说了这件事。“哪有女孩子主动要什么的？关键是你怎么表现。师兄真的没有揣摩到女孩子的心思。现在的女孩子讲究仪式感。平常师兄也很讲究仪式感，为什么关键的时候就掉链子呢？”

那天晚上，儿子没有吃饭，陪女孩子走了一万七千多步，大约十二公里路程。儿子空着肚子走路。晚上回家，我问他请女孩吃饭了没有，儿子说：“我们只是走一圈路，我还是饿着肚皮走路，她已经在医生会餐吃了，她不吃，我也不好吃。”一回家，儿子洗了一个苹果狼吞虎咽。“你真傻，你该说：‘我没有吃饭，现在吃点，你陪我坐会吧。’”儿子他娘这样埋怨儿子几句。

是不是女孩子在考验儿子的耐力？或者在试探儿子的体力？我们无从得知。

还有两天，就是五四青年节，我和儿子的师兄怂恿儿子给女孩子送花。学生说，开始最好送淡雅的，要不就送玫瑰花。儿子未置可否，估计又没有什么行动。

追女朋友就应该像扶贫工作一样，贵在坚持。关键是把工作落到实处。

我真的不理解，送一束花就那么难吗？有人说，90后有恐婚症，大多数人怕结婚，怕过早承担家庭的责任。但是在这场抗疫中，不少优秀的90后医护人员让人眼前一亮。还有扶贫工作中，也有不少90后身影，担负历史赋予他们一代人承载的重任。今年90后年纪最大的已经进入了而立之年，就应该有更大的责任。当我看到一些90后青年成天拿着手机玩的时候，心头别有一番滋味。

不要因为扶贫工作就放弃了自己的爱情。青年人有一些不切实际的想法也很正常。人都要学会成熟。没有哪个人一开始就成熟的。

不只我们家里人关心儿子的婚姻大事，我的一些朋友与同事纷纷给他介绍对象。去年冬天，单位有一位同事问我："你儿子找到女朋友没有？"我说没有。同事就说："我们学校某学院有一个女孩子，研究生毕业几年了，人不错，长得特别漂亮。我帮你儿子说一下。"我当然只能客气说可以啊。同事马上就打电话给那位女孩子，说给她介绍一个男朋友，是我们学校某教授家公子，在县里一个部门上班。女孩子马上就找同事要我儿子的联系方式。我在学校网站查了一下女孩子的简历，得知比儿子大三岁，就没把儿子联系方式给同事。晚上回家，学生和他的女朋友到我家，那位同事又在给我打电话问儿子的联系方式。我就问学生认识这个女孩子不，学生说："认识，不错，只是年纪大了一些。要不在我们单位给师弟说另外一个女孩子试试。这个女孩子不错，善良也心直口快。"

学生的女朋友晚上找她那位同事聊了聊，女孩子同意与我儿子交往看看，她就把儿子的联系方式给了那女孩子。

春节期间，儿子开始与这女孩子微信聊天，谈工作，谈生活，谈到了开学后，见面请吃饭。疫情期间相互问候与鼓励。学生女朋友反馈情况，那女孩子对我儿子印象还不错。三月底，那女孩返回单位，儿子得知，打电话安排他师兄从我们家带一点土鸡蛋给女孩子，因为女孩子要隔离14天。那女孩子很感动。女孩子给儿子打电话说，如果清明节你回家，我一定请你吃饭。感谢你对我的关心。此时有点患难见真情。可是在清明节的四天前，女孩子却在微信上跟儿子说，她把他们的事情告诉她母亲，她母亲说，不同意两人交往。儿子也祝福她，不成为男女朋友也是普通好朋友啊。

4月1日下午，儿子打电话告诉我，那女孩子已经不和他见面了，当时我们安排在外吃个饭，如彼此对眼，就邀她到我们家里吃玩。

就在这个晚上，学生专门从学校到我们家里，谈了儿子与那女孩子之间的事。那女孩子对他说，她家里不同意两人谈朋友，她老家是河南的，想找一个河南的男朋友。但是没过一天，学生的女朋友却给出另外一种说辞，因为我单位同事曾给儿子提过的那个女孩子也回来了，听说这个女孩子在与儿子交朋友，就去找这个女孩子说，某某老师原来是准备给她介绍的。她们两个人本来就经常在一起玩，所以她不想得罪自己的朋友。后来我那同事到我家里玩，给我妻子说：“嫂子，我还准备给你家公子说女朋友呢。”我开了玩笑：“兄弟，你弄穿帮了，我学生给儿子介绍的一个女孩子是你说的那个女老师的闺密，所以有始无终。”我们彼此笑笑。事情就是这样的遇巧。

后来，我学生给我们建议，以后师弟找女朋友千万不要再到我们单位谈，我们单位三十几个大龄女青年建了一个微信群，只要哪个女同事有点动静，就会在群里讨论，无中生有出很多八卦。

再后来，一位在同单位工作的女学生来我家玩。我问了此事，她说有一个女孩子去她家玩，谈了她们这一批女孩子找朋友困难的问题，说到某某在和向教授家的儿子谈朋友，问学生知道他家孩子情况否。学生说：“我那弟弟很不错，人品好，在乡村扶贫，还是优秀扶贫干部呢，和他谈朋友是那个女孩子的福气。”这个女孩子就说：“我那闺密说他晒得黑不溜秋的。”学生问：“女孩子情况如何？”在她家里玩的女孩子则去对那女孩子说，向教授家派组织部领导查她的情况。这事成了三十几个未婚女孩子之间的八卦。我那学生听说后，非常生气说：“想不到大学里这些高学历女孩子还那么八卦。”

五四那天，儿子给学生曾介绍的那位女孩子发微信开玩笑说：“你不是说等我回来了要请我吃饭吗？我回来了啊！”那女孩子说：“联系一下你师兄们，一同吃个饭，我请。”

于是儿子就委托师兄在学校外找一个餐馆。

儿子给那女孩子在微信里讲：“不是男女朋友也算是好朋友，不要因为不恋爱就不见面。认识就是一种缘分，何况我们在微信里已经认识了半年之久。”妻子反对儿子与这个女孩子见面：“你们没有那层关系，还见什么面？”儿子说：“作为一个男人应该有一种胸怀，难道不谈朋友，就相互不来往？现在是21世纪20年代啦！”我也比较赞成儿子的观点，不成为恋人也可以成为朋友啊。

儿子就再没有像见朋友介绍的女孩子那样穿西装、打领带，而是穿了一套休闲装T恤衫。就是普通朋友吃一个便餐。

儿子与师兄先到餐馆，点好了菜。儿子也就提前买了单。女孩子与他师兄的女朋友到之后，彼此介绍一下。

儿子开门见山地说：“请不要紧张，我们就是一个周末简单聚聚。认识是一种缘分。”

儿子说，晚餐的气氛有些不对，那女孩子笑得很勉强，不像以前他师兄们说的那样有见识与大度。估计是因为儿子提前买了单她不太高兴，任何事情都写在脸上。

“还真不是我想找的女孩子类型。”之前那个医生虽然话不多，但考虑问题很具体。

儿子说，在他们散步过程中，医生谈了她家里情况，还对儿子说：“我可比你的年纪大点哦。”儿子反问：“你是怕我不成熟啊？”女孩子只是笑笑，未置可否。儿子说：“这个女孩子很腼腆，就像我一样。但是很多地方细致入微。无论多晚，只要看到我的微信，就会回复。让人感到她是一个很懂礼貌、有教养的女孩子。或许这样的女孩，才是我理想的爱人。”

在五一假期的最后两天，儿子几次邀请女孩出来玩，女孩子都在加班或者给同事代班。儿子的表情有些沮丧。我们安慰他：“慢慢来，你如果喜欢她，就要有耐心，说不定别人是在考验你呢。”儿子想想也是。

我跟儿子说：“你应该向你梁叔叔学习，要有他那种男人的气质。”梁叔叔是我单位一个博士。二十多年前，他在一个县的某单位工作。追求女朋友时，他现在的妻子有三个人在追求，一个是某副县长的兄弟，一位是他妻子同事的弟弟，还有一位就是他。当时他不占什么优势，他是农村出来的，而且个头又不是很高，在他们三个人中最矮。他当时就直接对女孩子说：“你嫁给我你就幸福，你不嫁给我，你就会后悔！”女孩子问他：“你和他们相比，有什么优势呢？”他说：“他们两个比我高一个秤砣，但我比他们更有智慧，身高与智慧，你知道应该选择什么。”后来，女孩子选择了他，他没有让她失望。后来他们过得很幸福。他努力考上研究生，读了博士，当了教授。原来追求他妻子的那两个人到现在都没有大出息。除了打牌打麻将，没有什么建树。所以，我就以我同事这个案例来为儿子鼓气，要儿子不要自卑，智慧比什么都重要。

儿子说，现在的女孩子和以前的有一些区别了，很多人考虑的就是家里有没有房子、车子、票子等，还有多少人在乎智慧啊？某大款的儿子是一个十足的傻子，据说追求的女孩子足有一个加强排。

我说：“表白与不表白那是你自己的事情，但是勇气对一个人非常重要。如果你没有勇气表达，将来你一定会后悔。”

假期很快就结束了，5月4日，儿子就要返回乡里。儿子开始讲坐公交车去车站赶车，妻子说还是我们开车送他去车站。

上午，我建议儿子给女孩送点花，今天是青年节。儿子未置可否，怕有些突唐，引起反感。我说，现在的女孩子讲究仪式感。

我的学生也打电话给儿子建议，走的时候，给女孩子送一束花。儿子“嗯嗯”地表示好，但是直到走的时候，都没有行动。

“下次吧！”儿子说。

“不要任何事情都说下次，下次就是下次的事情。”儿子他妈说。

儿子沉默了，没有说什么。

中午吃了午饭，我们开车送儿子去车站。

下午3点左右，儿子打电话说，他已经到县里，正准备往村里赶。我们跟他讲，注意安全，好好工作。

儿子走了，我的心里有一些空落落的。他在家里，我常给他讲一些大道理。妻子说：“儿子回来了，你就找到了搁话的地方，走了，你又寂寞了。”

九

国家扶贫普查时间一天天临近。儿子说，最近他的压力越来越大，常常睡不着觉。

原来是定于2020年3月普查，拖到5月还没有确切时间。有消息说要6月才可能普查。疫情让教授与专家还不能外出，就拖延了脱贫普查的时间。关键是时间拖得越久，下面的扶贫干部压力越大，每天都在填一些不同的表格，生怕出什么问题。下政策的部门没有什么，主要还是累坏了基层的工作人员，表格朝令夕改，让他们无所适从，往往一个数据就会影响全局。

儿子讲最近关键的问题是一些易地搬迁的群众还在观望，该复垦的宅基地不肯复垦，在城里有了房子，还要占着村里的房子。这个工作不好做，如果这个工作做不好，就会影响整个扶贫工作大局。他们村里有十几户，大家都彼此观望，没有一家开头，扶贫工作队只好一家一家地做动员工作。乡里每一天都在统计数据，如果没有进展，每一天都会被通报批评。儿子讲，他们村的拆房工作滞后，已经被乡里几次通报，他们的压力非常大，如果没有进展，他们以前的工作将会前功尽弃。

动员贫困户搬迁是一项比较难做的工作，搬迁之后，拆房复垦更是一项艰难的工作。有一户人家，儿子与扶贫工作队长们做十天工作，还是没有一点松动。他们每天早上8点钟就到这户人家里，晚上10点钟才回村委会。反正一天就磨嘴皮子，直到他同意拆房复垦为止。如果把村里最不好做工作的堡垒攻下了，其他帮扶户相同的问题就会迎刃而解。

做了十几天工作，那个搬迁户终于同意复垦了，前提是由扶贫工作队给他拆房子，一砖一瓦都要保存下来，拖到他搬迁的镇里。于是儿子和工作队开始人工拆房，扶贫工作队给他们扛门板、扛旧木柱。儿子现场发了一张拆房的照片，儿子和工作队员们都在扛木料。儿子说，本来不用这样拆房的，这些拆下来的东西拿到镇里根本没有用处，但是搬迁户给他们出了难题，他们只有迎难而上，没有退路。比如村里有些村民，人居环境的卫生都等着扶贫干部给他们打扫。这不是传说，而是在村里客观存在的。农民认为，反正我不打扫，扶贫工作队也要给我们打扫，因为上面检查人居环境存在问题，就会问责扶贫工作队。儿子讲，扶贫的关键还是在于提高农民的基本素质，如果一味发钱发粮，一些农民对国家不仅不会产生感恩之情，还认为这是理所当然的事情。扶贫工作不能单纯给钱发粮了事，而是要从根本上改变农民的思想观念，从根子上治理“等、靠、要”的落后思想，要树立劳动致富的观念。习总书记说，幸福都是奋斗出来的。有一部分农民就不知道这样：反正他贫困，政府要给他兜底。事实上，乡村有一部分人本身不贫困，主要是要改变他们的思想观念。

有了第一户的拆房复垦，后面搬迁户的工作就好做了。有部分搬迁户却要求人工拆房复垦，这种做法成本高，同时也有一定的安全隐患。但是有时候，又没有什么办法，群众的利益高于一切。群众要你怎么做，你也只有怎么做。特别是少部分不讲道理的搬迁户，常常会给你出难题，为难扶贫工作队。在他们心里，扶贫工作队理所当然就是应给他们打工，帮他们收庄稼，给他们打扫卫生，出钱帮他们拆房搬迁。本来很简单的问题，被现实搞得十分复杂。好在有一些贫困户还能理解政府政策，只要做了工作，还是按照政策搬迁。

除了搬迁复垦外，还有产业扶贫。扶贫工作队员自己掏腰包给群众买红薯秧，搞红薯产业，开始群众有一些抵触情绪，祖祖辈辈在这片土地上就是种苞谷，要他们栽红薯有一些难度。好在去年，部分农民栽红薯有一定收益，每亩有3000元左右的收益，农民对这项工作不再那么有情绪，明白扶贫工作队是在给他们做项目，真正让他们脱贫致富。过天村的自然条件十分适合种红薯，但是由于今年的疫情，不少农户说没有买红薯种的本钱，扶贫工作队员只能自己掏腰包给群众。如果一村没有扶贫产业，最后国家验收也通不过。产业是乡村脱贫的重要途径，如果没有什么产业支柱，很快又会返贫。过天村的扶贫工作队租来机器帮群众挖地，大种红薯。红薯种植属于订单产业，三道水乡招商引资的陈薯加工厂为整个乡及附近乡镇的扶贫产业提供了支撑，每一年要20万吨红薯加工，给农民致富提供了发展的契机。只要勤劳，就不会返贫。儿子讲，他们扶贫工作在过天村发展红薯产业是很正确的，因地制宜搞产业，虽然不是什么高大上的产业，但是实实在在让农民致富，把小产业做成大文章。

这里搞乡村种植业的条件得天独厚，气候与土壤非常适合，再加上订单农业，种红薯成本又不是很高，只要栽下红薯秧，施一点钾肥，每一年都是一个丰收年，亩产万斤不是什么天方夜谭，而是真实的收益。每一亩地除去成本外，一年保证3000元收入，如果是一般三口之家，种5亩红薯基本就能保证脱贫。其他养殖业还有养鸡、养羊等，还有水果业，这里的桃子很有品质，李子味道也很好。

2020年全村种植红薯2000亩，其中，扶贫工作队示范种植500亩。按照每亩3000元收入计算，有600万元的收入，不失为脱贫致富的长期好产业。以前当地农民种红薯基本上是喂猪，规模小，而现在种植红薯是为了增加收入。因为是订单农业，农民再也不愁卖不出去了。

2020年6月，思南接受国家抽查、省普查，以及第三方评估而圆满出列，贫困在这个乌江流域的县里已经成为一段历史。“明珠思南”刊发《潮涌乌江又出发》，描绘思南脱贫之后未来的情景。我在朋友圈看到这篇充满激情的文字，我想，如果说思南扶贫是一往无前的潮涌，那么，儿子就是潮涌里的一朵无名的浪花。

经过相关部门审查与评估，儿子帮扶的九户都脱贫摘帽，以后关键就是贫困户的脱贫巩固。如何巩固才是儿子最为担心的一个问题。

儿子对他的帮扶户如数家珍：刘朝廷已经易地扶贫搬迁，两个儿子一个读高中、一个读大学，过上了城里人的生活；刘廷友，一家六口人，三个儿子读书，一个读中职，一个下半年读高中，一个还在读初中，大儿子智商略微低下，户主刘廷友患有皮肤病，晒不得太阳……还要给他们找政策，找出路，让他们彻底摆脱贫困。

2020 年 7月，儿子被授予扶贫先进个人称号。

扶贫结束了，又在准备乡村振兴计划有效衔接，队伍不能散，机构不能撤。

儿子在为乡村振兴衔接做准备工作，筹划帮助农民成立互助合作社。

接下来，乡村振兴工作又将铺开……

（本文部分原载于《贵州纪实文学》2021 年 3 期，获贵州省纪实文学学会“脱贫攻坚”征文奖）

桐子花开

——全国道德模范张蕾带着失明父亲上大学的故事

女大学生张蕾把双目失明的父亲从乡下接到了她上学的铜仁，以她坚强的毅力撑起一个三口人苦难漂泊的家，演绎人间真挚而朴素的爱：“父亲，我要您好好地活下去，只要我活着，我一定要让您过上好日子！”

——题记

梵净山在述说，乌江北去，锦江东流。梵净山下的印江，是一个美丽的土家族苗族自治县。曾是红二、红六军团会师的地方。桐子花开是这里的一大景色。桐子花洁白无瑕，非冻不开，有人说张蕾就是桐子花，饱受了风霜，开得非常的灿烂。

桐子花开，绚丽的背后却是磨难。

不幸的家庭

张蕾是典型的80后女孩。1988年出生在印江土家族苗族自治县杉树乡永靖村一个叫岭上的贫困而且闭塞的土家山寨。父亲张正学，1956年出生，是寨上少有的高中生。不幸相伴他的童年，出世不久母亲撒手人寰。后来张正学父亲讨了个后娘，俗话说有后娘就有后爹，张正学没少挨饿受冻。刚高中毕业，张正学就被父母分了出来，开始自谋生活：他长期在黔东南做木活，当石匠，过着漂泊无定的日子。30岁那年，他在打工之地岑巩爱上一个小他10岁的女人并结婚，然后带着妻子回到自己的出生地岭上。

1988年他们有了女儿张蕾，第二年又添了儿子张帅。一家四口，虽然不十分富裕，但其乐融融，过着乡下人十分恬静的日子。

天有不测风云。1996年初，也就是张蕾8岁那年。在广东打工的父亲张正学突然眼睛看不见，到医院去检查，才得知是患了失明性的青光眼。因南方城市医院的费用比较昂贵，张正学只好回家乡印江，急忙去县人民医院住院治疗。三个月下来，花光家里所有的钱，仍然不见半点好转。他又去乡里信用社贷款2000元到湖南省吉首医院治疗。半年之后，钱都打了水漂。张正学只好回到家里，想办法维持一家人的生计。在几个亲戚朋友的帮助下，他开始做起了米粉买卖。张正学忍着疼痛，一个人推着大石磨，老婆烫米粉，然后挑着米粉去附近的杉树场、板溪场等地叫卖，勉强维持一家人艰辛的日子。

男人丧失了劳动力，家里失去了顶梁柱。张蕾的母亲终于撑不住了，内心在悄悄酝酿着自己的未来……1996年腊月下旬的一个赶场天，带着家里仅有的卖米粉的100多元钱，她狠心丢下老公和儿女一走了之。

母亲出走的那天，张蕾与弟弟像往常一样，在村子的那个路口盼望着娘回来，从傍晚一直等到月亮升起，都没见到母亲的身影。姐弟俩只有哭着回到家里……原来，母亲和另外一个男人跑了，去了外地，像一只脱了线的风筝，从此，再也没有回来。

8岁当家

苦难的日子开始了。

父亲失明，母亲出走，张蕾家的天彻底塌了。

从此，欢乐成为一家人过去时。解决眼下吃饭成为迫在眉睫的生存问题。父亲张正学本是一个知书识礼而自尊心强的人，连他父亲和继母那里也不去求援，更不要说他同父异母的弟兄姊妹。一个从来不落泪的土家汉子，心里在挣扎着……

1996年的除夕和新年初一，张正学一家三口是吃稀饭度过的。当别人都沉浸在新年的幸福之中时，他们一家三口却在为简单的衣食发愁。两个孩子与父亲坐在火塘边，默默地流泪。

因缺少油盐与营养，弟弟张帅常常喊饿。每当弟弟说饿时，张蕾看着弟弟失神的面孔，鼻子发酸，真想痛哭一场。老天为什么这么不公平？

吃饱饭成为他们最基本的需求。

俗话说，穷人的孩子早当家，张蕾开始担负起家里的责任。她刚满8岁，别家像她那样大的孩子在家里还撒娇。人可以选择自己的前途，但不可以选择自己的出身。命运可以降临你，但是，你无法摆脱命运。

懂事的小张蕾，哭着对父亲说："别怕，爸爸，妈妈走了，还有我和弟弟，我们长大之后，一定好好地养你！"充满童稚而坚定的话语，让一个正值壮年的汉子号啕大哭。听到父亲和姐姐哭泣，还不懂事的小男孩，也莫名其妙地跟着哭起来……

也许是女孩的天性，张蕾从小就比小自己一岁的弟弟懂事得多，干起本还不该属于她的家务。身体瘦弱的她，端不动锅，曾经几次把开水倒在自己身上，烫伤了小腿，至今还留有疤痕。当时她只是躲着父亲悄悄地抹了几把泪水，没有哭出声来，她不想让自己父亲知道而增加更多的痛苦。

父亲张正学在母亲出走之后，几度自杀，每次都被张蕾救了回来。张蕾跪在父亲的面前拽着父亲的手哀求着：“爸爸，好好活着，等我长大后，一定要让你过上好日子，爸爸，我求求您！我求求您！”

此情此景，父亲只有伤心大哭。一个成年男人，还要稚嫩的女儿安慰。幼小女儿的央求，让父亲彻底放弃了轻生的念头。

好好地活着，一家三口，永远不停一起朝前走啊！

一定要享女儿和儿子的福。双目失明的男人心里默念着。

母亲出走后，张蕾的脸上再也没有笑容。面对双目失明的父亲，知事的小张蕾流着眼泪说：“爸，我不上学了，我要干活养您和弟弟！”

为了一家人日子的延续，张蕾开始用绳子牵着父亲在地里犁土。为了不让父亲的身上沾粪水，懂事的她弄短了粪桶的挑系，慢慢地牵着父亲挑粪摇摇摆摆地走到地里，然后倒在塑料盆里，她自己拿着小瓢淋在土豆或红薯苗上。因为父亲的眼病，不能种稻谷和其他粮食作物，只有种最易种的土豆和红薯。于是，土豆和红薯就成为他们一年的主食。因无钱买肥料，他们种的土豆和红薯往往是寨里最小的，有时一年收成还没有种子多。

青枫林下的土地上有两个种着土豆和红薯的男女小孩，土边坐着一位失明的男人。粗线条勾画出一幅乡村劳作图。

因为家庭的变故，张蕾只好放弃了读书，她才刚读到小学二年级！

她常常带着父亲干些简单的农活，同时还承担一切家务，做饭、打柴、洗衣。一有空，张蕾就牵着父亲到屋外晒太阳，让父亲享受公平温暖万物的阳光。

为节省钱给父亲治病，一家三口每顿只煮一热水瓶盖米的稀饭。年幼不懂事的弟弟常常因为吃不饱而抱怨姐姐。这时节，张蕾常常幻想，幻想自家有一张华丽的餐桌，上面有很多食物，一家人在尽情享受。她希望自己快快长大，长大之后，好让自己的父亲和弟弟吃饱饭穿好衣。

1997年夏天的一个下午，一个当地读初中的女生路过张蕾家门口，看见一家老小在吃没有剥皮的小土豆。女生拿出身上唯一的1元零用钱给张蕾，张蕾感动得泪流满面，大声喊着:“姐姐，谢谢你！”于是，张蕾含泪拿这1元钱给父亲和弟弟每人买了一包5毛钱的方便面，而她自己仍然吃着带皮的小土豆。

有一次，吃饭时，弟弟不小心弄洒了一小碗面，痛哭失声。见状，张蕾安慰弟弟，把自己的半碗面条倒给弟弟，她又将地上的面捡起来，用水清洗，然后自己吃。平常，懂事的小张蕾常常是自己用小碗，父亲和弟弟用大碗，父亲从儿子口中得知女儿的行为，骂着女儿一定要吃饱，甚至打她……她知道，父亲一定疼在心头。

祸不单行，父亲在劳动中跌倒受伤，常常因受不了头疼和失明而呻吟，不时还要做倒立与病痛抗争。张蕾常常叫弟弟站在父亲的面前，让父亲摸摸弟弟的脸。在父亲叹气和呻吟中，她知道父亲多么想看自己儿女的脸。她那时想，如果医学发达，能够把自己的眼睛换给父亲的话，她愿意把自己的眼睛换给父亲，让父亲重见光明。

父亲的病成为她不幸的开始，但是也考验着她坚强的人生。

带着父亲流浪卖唱

母亲出走，家里丧失了最大的劳动力，刚在杉树小学上二年级的张蕾被迫辍学，家里的重担落在她柔弱的肩上。虽然日子非常艰难，但她内心是多么渴望读书。在干完农活和家务之余，她常常把自己读过的书和父亲以前读过的书拿出来看。在烧火做饭时，还有几次把自己的头发都燃起来了，晚上为了看书，几次差点起火烧了自家的房子。为此，张蕾用毛笔在自己睡的屋子墙壁上写上“注意防火”“不能睡觉”等以警示自己。

张蕾的举动，感动了失明的父亲，虽然他眼睛失明，但是心里是亮堂的。父亲决定要送她去读书。有点二胡基础的父亲做出一个惊人的决定，在自家祖先的牌位面前发誓，就算自己去沿街拉二胡卖唱也要送自己的子女读书，不能因为自己耽误了女儿的前途。于是，父亲把张蕾送回了学校。

这来之不易的读书机会，张蕾非常珍惜，同时从心里非常感谢父亲，父亲靠卖唱来供自己女儿读书。在当地，女孩是不大送去读书的。尽管父亲失去了正常生存的能力，但是，还是坚持让女儿读书。父爱并没有因为贫困而丧失。

农村的孩子只有读书才能改变自己的命运！张蕾相信没有迈不过的坎，她在自己的笔记本上这样写道：“你该飞翔时，绝对不能爬行。”而且还把这句话当成了座右铭，写在自家的墙壁上以鼓励自己。

每到周末，张蕾就牵着父亲到印江县城拉二胡讨饭求生存。每周星期五的下午一放学，张蕾就牵着父亲，带着弟弟，风尘仆仆地走向印江县城。五六十里的路，他们常常要走八九个小时，到了印江已是下半夜，就连那些赶夜市的人们都已经悄无声息。

第二天一早，张蕾一家三口就行走在印江大街小巷上。凄厉的二胡声和稚嫩的童声伴唱感动着人们，常有不少的好心人向他们伸出援助之手。印江县城一位叫邹学芬的中年妇女，常送给他们吃的和穿的，就连张蕾上大学的时候，还亲自到车站送她，给了她生命中无限的感动。还有一些帮助他们一家而不留姓名的好心人……张蕾总是记在心里。

白天，父亲拉二胡卖唱时，张蕾稍微休息一下，然后自己也去唱歌。因为弟弟长期大声地唱，声音常常是沙哑的。

晚上，一家三口总是露宿街头，时常把从餐厅里讨来的残羹剩汤加热以后当饭吃。最让张蕾紧张的是露宿街头，她常常是不能入睡的，街上的混混多，常常骚扰他们一家。她只有让父亲和弟弟睡着，自己拿着一条木棍坐守在父亲和弟弟的身边。有一次，一个小混混，拿着刀逼着她拿出讨得的几个小钱，她大声喊："抢劫啊！"幸好有一个警察过来，抓住了这个小混混。后来，她时常做被抢的噩梦，醒来常常是一脸的惊恐。

上学的头天晚上，张蕾牵着父亲、带着弟弟连夜步行六十里公路赶回家里，虽然小路近十多里，但因牵着父亲行动不方便，每回只能走些冤枉路。一到家里，张蕾累得连饭也不想吃就倒在铺上……第二天还要按时到校上课。虽历经平常人无法忍受的苦难，但一想到自己的学习，她就有一种莫名的力量，从来没有掉过一滴泪。“书中自有黄金屋，书中自有颜如玉。”只有读书才有希望，才能改变自己的命运，才能让父亲过上好生活。

在杉树场上小学和初中期间，张蕾每天往返学校与家三次，给父亲与弟弟做饭。平均每一次要花四十分钟，走五里路，七年时间走了上万里的路。放学后，张蕾总是回家干农活，或者砍柴、背煤。但是，她的成绩从来没有落下，常常是班上的前几名。

张蕾说，最愉快的时候，就是看到父亲很难见到的笑脸。

从母亲出走那时起，张蕾很少吃上一顿饱饭，平时遇到一些好心人送点啥好吃的，她总是匀给父亲和弟弟。她不知多少次在父亲和弟弟面前说过“早就吃饱了”之类的善意谎言。

在杉树乡中读初中的时候，偶有一些同学请张蕾吃饭，但是，每次都被她婉言拒绝，时常被一些同学误解为“铁公鸡”，她知道，她自己没有能力回请同学。因为贫穷，也没少受到一些家庭条件好的同学白眼，就连一些教师，也戴着有色眼镜看她。张蕾说，从这时起，她的愿望就是当一名教师。

2002年8月，张蕾父亲的病越来越严重：不但眼疼，而且牙也疼，患有严重的风湿性关节炎，常常是长一声短一声地呻吟。看着父亲十分难过的样子，张蕾建议父亲去铜仁看看病。但是父亲拒绝了。

父亲的不幸，使张蕾的人生充满苦难，但她从来没抱怨过父亲，而是想方设法减轻病魔对父亲的折磨。她常常与弟弟一起和父亲比高，给父亲讲一些书上或者在学校的开心故事。

说起女儿张蕾，父亲张正学歉疚地说："我对不起女儿，她为我失去太多，没有享受到同龄人的快乐和幸福，如果有来世，我一定再当她的父亲，好好地补偿她。"

"老爸，下辈子我仍然当您的女儿。我永远孝敬您！"张蕾抱着父亲深情地说出一个女儿的心声。

流浪贵阳，心里永远的痛

每到寒暑假，张蕾就牵着父亲、带着弟弟，步行到贵州的铜仁、遵义，重庆的秀山等地拉二胡卖唱乞讨，在一些地方，他们受到非人的责难，甚至受到别人的白眼与殴打。比如在遵义，张蕾一家卖唱的钱被人抢了，尽管一家人大声向路人求救，但是，没有一个人站出来主持公道，让苦难的一家人感到无助。

2000年除夕之夜，张蕾一家在印江的街头，父亲张正学拉二胡，张蕾唱着《白毛女》的曲子："北风那个吹，雪花那个飘……"

家住县城的一个任课老师看到这个情景，放声大哭了一场，给了张蕾一些钱，还给了年货。

由于长期得不到医治，加上生活差，营养严重不足，2003年8月，父亲张正学的眼里开始出血……他仍然强忍病痛，在印江县城拉着二胡沿街乞讨。他的惨状，引起一位好心司机的同情，把张蕾一家三口拉到了省城贵阳。这是他们第一次去贵阳，人生地不熟，父亲张正学一边拉二胡一边求着好心人的捐助。在一位阿姨的帮助下，他们一家人终于找到贵阳中国人民解放军第四十四医院，高昂的医药费对他们一贫如洗的家庭来说不亚于一个天文数字。无奈之下，一家人只好在贵阳人民广场拉二胡求援助……不幸的是，因为其影响城市环境被送到收容遣送站，一连几天吃不饱饭，而且全家人都出现了腹泻，父子三人强烈要求回家。父亲赖以生存的二胡和随身带着的水也被没收了，张蕾急得大哭了，真怕父亲出什么问题，万一有个三长两短，那该怎么办？

尽管张蕾跟管理人员说尽了好话，但是并没有得到其同情和怜悯。眼看开学的时间要到了，张蕾找收容遣送站的人说起上学的事，遭到其拒绝。他们一家的遭遇引起大家的同情，纷纷强烈谴责收容站的不对，收容站才准许他们回家。当时收容站只给他们10元钱路费，还不够坐公交车到贵阳城里，是一位叔叔给他们补上了公交车车费。站在贵阳的街头，举目无亲，一家人泪流满面。何处是归程？

在一位善良的大妈指引下，绝望中怀着最后的希望，他们找到省妇联、省残联，终于得到省残联和省妇联未成年人保护委员会的帮助，收到回家路费和一些生活费。他们在满目泪水浸泡里回到了家。

现在，一想起在贵阳流浪的日子，张蕾就感到辛酸，拳头握得紧紧的，坚毅中透出一种人生强大的力量。不是自己想去流浪，是生活的逼迫，是生存的无奈！人在危急中，总有一种生存的勇气。

她相信通过自己的努力，自己生存的境遇一定能够改变。流浪已经成为过去的时光。

贵阳流浪成为张蕾人生中永远的痛，也是在这个时候，弟弟张帅萌生了要当法官的想法，长大后，要维护社会的公平正义。

从这个时候起，她就不再希望自己一家人离家去外地流浪。

15岁，一个长大的年龄。

读书、打工、养家

初中阶段，虽然张蕾成绩好，但是学校的一切荣誉并不属于她。

张蕾终没辜负父亲的希望。

希望之神开始眷顾她这位贫困而勤奋的农家女孩。2004年中考，张蕾以优异的成绩，如愿以偿地考入了县里最好的高中——印江民族中学，而且成为重点班的一员。她是她初中同学中唯一进入重点班的学生。

张蕾深知家里的艰辛，当家的不易。原来由她和弟弟共同做的事情，完全落在弟弟的身上。懂事的她为了尽量给父亲减轻一些负担，请求学校给她一些勤工俭学的岗位，赚取自己的生活费用和回家的路费。她的请求感动了学校老师，学校给她在食堂找了些零工。除了上课，业余的时间，张蕾就在学校的食堂洗菜。她对生活从来都没有绝望，说到有什么绝望那就是对于母亲的绝望。

放假回家，张蕾总是帮家里干完所有活才到学校。给父亲准备好柴火，洗好衣服。每回上学时，总对父亲说些安慰的话："老爸，好好地活着，我和弟弟把书读出来了，你就会过上好日子！"这话让曾经多少次绝望的父亲感动，失明的眼睛里仿佛有了一丝光亮，心头的阴影开始被女儿的坚强信念驱散。

每次上学，别的同学带的都是大米，张蕾拿得最多的却是红薯、土豆。红薯、土豆和着米蒸。高中的三年里，她基本没有吃菜，更谈不上吃肉。因为学校的菜很贵，张蕾常是买些辣椒来当下饭菜吃，常常是吃得胃发疼，满脸菜色。她相信，一个人的苦难会过去的，信念会照亮她所有贫困的日子。

有一回，张蕾的饭盒被蒸饭的阿姨不小心弄翻，里面的萝卜全倒了出来。好心的阿姨就给她换了饭，当她回到宿舍打开饭盒时，发现全是米饭，开始还以为是弄错了，仔细地看了看饭盒的编号，没有错。当天下午，学校领导知道了这件事，马上给她送来一袋米，同时给她一些饭票。一想到这些事情，张蕾的心头就充满无限的感激：世上的好人多！如果自己将来有出息了，一定要去帮助那些曾经和我一样需要帮助的人。

知道张蕾的生活处境后，一些好心的老师和同学给她带来菜和米，她每次都会留下大部分带回自己家里，给父亲和弟弟。每当有老师请她去吃饭的时候，张蕾就会想到自己家里的父亲。有时会趁人不注意，悄悄地捎上一点带给父亲。知道她的行为后，大家不仅没有责怪她，相反都为她的孝心感动，而且千方百计地找理由帮她一把。如印江中学政教处的龙主任，还给张蕾联系了赞助单位，不时给她解决一些燃眉之急。

每次开学，张蕾都希望顺利一点，想看到父亲幸福的笑容，同时又希望学校以某种理由拒绝她，好让自己回家，外出打工挣钱为父亲治病和送弟弟读书，这样可以不用担心父亲因拉二胡而加重的病痛，也能让弟弟安心在学校读书。每当她试探父亲准备放弃读书的时候，父亲总是以生命相威胁。她知道，这是一个父亲真正的愿望，她就放弃了父亲不愿意听到的想法。只有在学习之余，打工挣钱减轻不幸父亲的压力。

从高中开始，张蕾就不再允许父亲去街上拉二胡卖唱了。这个时节，父亲每月已经有了几十元的低保，但是病情不乐观。让父亲好好地活着成了她最大的心愿，同时她也常常在内心祈祷，希望奇迹出现，父亲的眼睛能够突然重见光明，看看她和已经长大的弟弟。在读高二的那年，弟弟考到县二中读高中，二中学校的领导知道其具体情况之后，破例让父亲住进学校的宿舍。好人不少啊！说起人们对他们家庭的帮助，张蕾父女俩同时回想起印江县城的刘波医生无私的资助。“我会把他们永远记在心里。”张蕾说，“如果有一天，我能够帮助别人，我会义不容辞的，因为我是吃百家饭长大的。”

尽管生活中遭到一些人的无端漠视，但是，好人还是大多数，人们的良心从来就没有泯灭，也不会泯灭。

每天张蕾都要去给父亲送饭，同时给父亲洗衣。

张蕾已经长大，能挣钱养活自己不幸的父亲。张蕾不想让父亲把生命拿去当赌注了。让父亲好好地活着，成为她最大的心愿。

带着失明父亲上大学

2007年8月，张蕾被铜仁学院中文系本科录取。她既高兴又难过。高兴的是，她终于成为大学生了，十几年的艰辛没有白费，父亲的付出有了回报。难过的是，自己又要离开父亲了，学费怎么办？大学不是义务教育。何况弟弟已经上了高三！不能因为自己耽误了弟弟！弟弟的学习比自己的更加重要。她宁愿自己放弃也不能让弟弟失学。但在父亲的鼓励之下，张蕾决定去读自己梦寐以求的大学，去实现自己的人生理想和目标，把生活推到充满阳光的彼岸。

9月，张蕾揣着200元钱怀着试一试的心情来到铜仁。铜仁学院没有放弃她这位贫困的学生，给她一条绿色通道。她把这个好消息激动地告诉了父亲。在电话里，她听见了父亲无比高兴的话语。她上大学延续了父亲的期望。第一学期每回放假，张蕾都因车费贵没有回家，在一些餐馆打小工，只能从自己少得可怜的早餐费里节约钱给父亲买点东西带去。同时，她每周写一封信鼓励弟弟好好学习，要他争取明年考上大学。

弟弟张帅也没辜负姐姐的希望，2008 年考上贵州警官学院法学专业。

家里只剩下孤独而又双目失明的父亲，怎么办？现实的问题摆在这个外表弱小但很坚毅的女孩面前。

不能让双目失明的父亲一人在家里无依无靠。张蕾进大学后产生这个想法。因长期没得到治疗，父亲的病情一天天加重。弟弟去了贵阳上学，父亲的生活处境比以前更糟糕。以前她和弟弟是父亲的眼睛，常常牵着他外出，而现在孤苦伶仃的父亲该如何生活？于是，她做出了一个平常人难以理解的决定：把父亲接到读书的铜仁，一边读书一边打工挣钱养活父亲。

上大学以来，张蕾已经换了几十个打工岗位。晚上去夜市洗碗，有时是连续洗几家。她最为恼火的是社会上无聊之人恶意的眼神。有一次，她不小心打破了几个碗，那晚上的工就白打了，她难过得直想哭，但是，她还是强忍住了泪水。十几年苦难的日子告诉她：生活是不相信眼泪的！流泪并不能带来人们的同情。

2008 年秋大二开学，张蕾带着她的父亲来到铜仁。她读书的地方在新校区，离市区有三公里的距离，不便照料父亲。她就在铜仁城边给父亲租了一间小屋。每天上下午，张蕾在新校区和城区之间来回。每天四次走十多公里的路程，两年来，张蕾走了两万多里的路，相当于当年红军长征的路程。

张蕾无怨无悔地给父亲做饭洗衣，时常给父亲讲社会上出现的一些新鲜事，让父亲知道和了解社会的变化和发展。

张蕾还给父亲买了一台收音机，让父亲的生活不再单调，让父亲听音乐，听故事，打发他那盲人世界里难熬的时光。

现在，虽然父亲张正学每月有几十元的低保，但面对日益上涨的物价，远不能维持基本生活开支。张蕾只有每天晚上出去打小工和周末做促销（每周末做促销可以得60元钱），维持简单开支。有几次父亲骂着她不准再去打工，叫她牵着他去铜仁街道上去拉二胡讨钱，张蕾耐心给父亲解释："爸，我已经完全大了，能够打工挣钱养活您，请您相信我，成绩也不会落下！"

听到女儿的话，父亲抱着女儿伤心地大哭了一场。哭因为自己的病让女儿失去同龄人应该得到的东西。一种难言的内疚涌上心头。女儿是理解父亲的，父女是血脉相连的亲人。

每晚，张蕾从铜仁城里打完工，常常是深夜两点，她一个人走着回新校区，这时是她最害怕的时间，常常是唱着歌走在夜深人静的公路上。她说，好在常有车开过，没有车过时，自己心里有些颤抖，真怕出现什么意外。

有几次刮风下雨，雷声轰轰地响，非常吓人，张蕾走到了学校之后，心才放下来，她有些庆幸，仿佛自己是战场上胜利归来的士兵。

张蕾说，自己常常有一种负疚感，她没有能让父亲过上好生活，也没能够让自己弟弟好好读书，每月只能给弟弟寄两三百元钱。要知道，这是从她牙缝里节省出来的。为了尽量让父亲平常的生活过得好一点，她一周只吃一回肉。

平常，张蕾除每天去夜餐店当洗碗工外，还利用课余去收废品。尽管如此，她仍然每月为弟弟的生活费发愁。连平常给父亲买止疼药，她也要跑遍铜仁所有药店进行价格比较，买最便宜的。

因为晚上打工导致平常上课不时迟到，有时她被老师和同学误解。她无法向老师和同学说明迟到的原因，委屈只好默默地埋在自己的心里。

晚上在夜宵摊打工时，张蕾闻到食物的香味，口水直往肚里流。如果碰到善良的老板，收摊的时候，她还可以得到食品的馈赠，反之，她饿得眼冒金星。有时，她真想趁老板不注意的时候吃一点客人剩下的夜宵，但是，尊严让她放弃了这个想法。

有几回，收摊晚了，张蕾一个人不敢回新校区宿舍，就跑到医院的住院部走廊的椅子上坐到天亮，然后才步行去新校区上课。

张蕾上大学三年来，从来都没有向任何人倾诉过自己的不幸境遇，而是默默地承担着生活的重担。以孝心支撑自己的家庭，以顽强的精神战胜学习与生存的困难。“风雨中这点痛算什么？”她常常唱起自己喜欢唱的歌谣。她说，自己相比那些在大地震中死去的人不知道要幸福多少。她常常避开自己同学与老师，不想让他们知道自己的真实状况，靠自己的毅力硬扛着历经磨难的家。

一次，张蕾还是让上古代文学课的杨仲义教授看见了自己生活的窘境，问及情况，杨教授才知道她真实生活的状况，她的事迹才渐渐在学校传开，才传遍了黔中大地。

大孝无言啊！梵净山在述说，乌江北去，锦江东流。

印江的桐花开了，是那么的洁白。

补记：铜仁学院团委授予张蕾2010年度五四青年奖章，学院决定免去其所有学费。张蕾本人被评为贵州省2010年度道德模范，2011年毕业留校，2011年被评为第三届全国道德模范，2013年获全国五四青年奖章。

（本文原标题为《大孝无言》，曾获贵州省文明委《光明日报》“孔学堂杯”弘扬传统文化征文二等奖）